LAUREN KATE

Pasión

Lauren Kate creció en Dallas, Texas. Tras licenciar-se en la Universidad de Emory, se trasladó a Nueva York y poco después cursó un máster en escritura creativa en la Universidad de California, Davis. Ha escrito varias novelas juveniles, entre las cuales se encuentran *Oscuros* y *Tormento*, las primeras dos entregas de la exitosa serie *Oscuros*. Actualmente vive en Los Ángeles con su esposo.

Pasión

Pasión

LAUREN KATE

Traducción de Rosa Pérez

Vintage Español
Una división de Random House, Inc.
Nueva York

PRIMERA EDICIÓN VINTAGE ESPAÑOL, NOVIEMBRE 2011

Copyright de la traducción © 2011 por Rosa Pérez Pérez

Información de catalogación de publicaciones disponible en la
Biblioteca del Congreso de los Estados Unidos.

Vintage ISBN: 978-0-307-74523-1

www.vintageespanol.com

Impreso en los Estados Unidos de América
10 9 8 7 6 5

Si no me encuentras enseguida, no te desanimes;
si no estoy en aquel sitio, búscame en otro.
Te espero, en algún sitio estoy esperándote.

WALT WHITMAN, *Canto a mí mismo*
(Traducción de León Felipe)

Prólogo
Enigma

Se oyó un disparo. La ancha verja de salida se abrió de golpe. Un martilleo de cascos de caballo resonó en el hipódromo como un trueno ensordecedor.

—¡Ya han salido!

Sophia Bliss se arregló la ancha ala del sombrero adornado con plumas. Tenía una apagada tonalidad malva, casi setenta centímetros de diámetro y un velo de gasa. Era lo bastante grande para hacerla parecer una auténtica entusiasta de las carreras de caballos, pero no tan chillón para que llamara excesivamente la atención.

El mismo sombrerero de Hilton Head había confeccionado tres sombreros encargados especialmente para la carrera de ese día. Uno, de color amarillo pálido, cubría la nívea cabeza de Lyrica Crisp, que estaba sentada a la izquierda de la señorita Sophia, deleitándose con un bocadillo de cecina. El otro, de paja y de color verde mar, con una ancha cinta moteada de satén, coronaba la cabellera azabache de Viviana Sole, que estaba sentada a la derecha de la señorita Sophia en actitud engañosamente recatada, con guantes blancos y las manos cruzadas en el regazo.

—Un día espléndido para una carrera —dijo Lyrica. A sus ciento treinta y seis años, era el miembro más joven de los Ancianos de Zhsmaelin. Se limpió una manchita de mostaza de la comisura de la boca—. ¿Podéis creer que es la primera vez que vengo a un hipódromo?

—Chissst —susurró Sophia.

Lyrica era una imbécil. Ese día no habían ido allí por los caballos, sino para una reunión clandestina de mentes brillantes. ¿Y si los demás no habían llegado aún? Acudirían. A aquel lugar totalmente neutral consignado en la invitación impresa en oro que Sophia había recibido de un remitente anónimo. Las otras mentes brillantes acudirían para darse a conocer y sugerir un plan de ataque conjunto. De un momento a otro. Esperaba.

—Un día espléndido y un deporte espléndido —dijo Viviana con ironía—. Es una lástima que la yegua de nuestra carrera no se limite a dar vueltas por una pista como hacen estos caballos, ¿verdad, Sophia? Es difícil hacer apuestas sobre dónde terminará la purasangre Lucinda.

—He dicho que os calléis —susurró Sophia—. Muérdete esa lengua viperina. Hay espías por todas partes.

—Estás paranoica —dijo Viviana, suscitando una risita aguda en Lyrica.

—Solo quedo yo —alegó Sophia.

Antes eran muchos más: en su mejor momento, habían sido veinticuatro Ancianos de Zhsmaelin. Un grupo de mortales e inmortales, y unos cuantos transeternos, como la propia Sophia. Un eje de conocimiento, pasión y fe con una sola meta unificadora: conseguir que el mundo volviera a su estado prelapsario, aquel breve y glorioso momento anterior a la caída de los ángeles. «Para bien o para mal.»

Estaba escrito, más claro que el agua, en el código que habían redactado juntos y que todos habían firmado: «Para bien o para mal».

Porque, en realidad, cabían las dos posibilidades.

Todas las monedas tenían dos caras. Cara y cruz. Luz y oscuridad. Bien y…

El hecho de que los otros Ancianos no hubieran estado preparados para las dos opciones no era culpa de Sophia. No obstante, tuvo que cargar con esa cruz cuando, uno a uno, le notificaron por escrito que se retiraban. «Tus propósitos se han vuelto demasiado siniestros.» O: «Los valores de la organización han decaído». O: «Los Ancianos se han desviado demasiado del código original». La primera avalancha de cartas llegó, como era previsible, a la semana siguiente al incidente con Pennyweather. No podían tolerar, decían, la muerte de aquella cría insignificante. Un descuido con un puñal y, de repente, los Ancianos huían en desbandada, temiendo la ira de la Balanza.

Cobardes.

Sophia no temía la Balanza. Su cometido era vigilar a los ángeles caídos, no a ella. A ángeles de baja estofa como Roland Sparks y Arriane Alter. Mientras uno no desertara del Cielo, era libre de fluctuar un poco. Aquellos tiempos desesperados prácticamente lo exigían. Sophia casi se había quedado bizca al leer las patéticas excusas de los otros Ancianos. Pero, aunque hubiera querido que los desertores regresaran, lo cual no era así, no había nada que hacer.

Sophia Bliss, la bibliotecaria escolar que solo había ejercido de secretaria en el consejo de los Ancianos de Zhsmaelin, se había convertido en el directivo de mayor rango entre los Ancianos. No quedaban más que doce. Y nueve no eran de fiar.

Eso solo las dejaba a ellas tres allí ese día, con sus grandes sombreros de colores pastel, fingiendo que apostaban a los caballos. Y esperando. Era patético lo bajo que habían caído.

Terminó una carrera. Un altavoz crepitó al anunciar los caballos ganadores y las apuestas para la siguiente carrera. A su alrededor, ricachones y borrachos gritaron de alegría o se hundieron más en sus asientos.

Y una chica de unos diecinueve años con una coleta rubia casi blanca, una gabardina marrón y gruesas gafas oscuras subió despacio por las escaleras de aluminio en dirección a ellas.

Sophia se puso rígida. ¿Por qué estaba allí?

Era casi imposible saber adónde miraba, y Sophia se esforzó por no clavar la vista en ella. Aunque daba igual; la chica no podría verla. Era ciega. Pero por otra parte…

La Proscrita saludó a Sophia con la cabeza. Oh, sí, aquellos necios percibían el fuego de las almas ajenas. Era tenue, pero la fuerza vital de Sophia debía de ser visible.

La chica se sentó en la fila vacía delante de las Ancianas. Miró hacia la pista y hojeó una cara revista de pronósticos y apuestas que sus ojos ciegos no podían leer.

—Hola. —La voz de la Proscrita era monótona. No se volvió.

—No sé por qué estás aquí —dijo la señorita Sophia. Era un húmedo día de noviembre en Kentucky, pero la frente se le había perlado de sudor—. Nuestra colaboración terminó cuando tus compinches no consiguieron recuperar a la chica. Por mucho que proteste ese tal Phillip, no vamos a cambiar de opinión. —Sophia se inclinó hacia delante para acercarse más a la muchacha y frunció la nariz—. Todos saben que los Proscritos no sois de fiar…

—No estamos aquí para tratar contigo —dijo la Proscrita sin dejar de mirar al frente—. Tú solo fuiste un medio para acercarnos a Lucinda. Nos da igual colaborar contigo o no.

—A nadie le importa vuestra organización en estos tiempos.

—Pasos en las gradas.

El muchacho era alto y esbelto. Llevaba la cabeza rapada y una gabardina similar a la de la Proscrita. Sus gafas oscuras tenían la montura de plástico.

Phillip se sentó al lado de Lyrica Crisp. Al igual que su compañera, no se volvió para mirarlas cuando habló.

—No estoy sorprendido de verte aquí, Sophia. —Se bajó las gafas y dejó al descubierto dos ojos blancos y vacíos—. Solo decepcionado por que no hayas querido decirme que también estabas invitada.

Lyrica sofocó un grito al ver los horribles espacios blancos que habían ocultado las gafas. Hasta Viviana perdió su calma habitual y se apartó. A Sophia le hirvió la sangre.

La Proscrita alzó una tarjeta dorada, la misma invitación que Sophia había recibido, sujeta entre dos dedos.

—Nos han mandado esto.

Aunque aquella tarjeta parecía escrita en Braille. Sophia fue a cogerla para asegurarse, pero, con un rápido movimiento, la muchacha volvió a meterse la invitación en el bolsillo interior de la gabardina.

—Oíd, gamberros. Vuestras flechas estelares llevan el emblema de los Ancianos. Trabajáis para mí…

—Corrijo —dijo Phillip—: los Proscritos solo trabajan para sí mismos.

Sophia lo vio alargar un poco el cuello, como si siguiera un caballo por la pista. Siempre le había parecido inquietante su forma de dar la impresión de que veían. Cuando todos sabían que «él» los había dejado ciegos con solo mover un dedo.

—Es una lástima que lo hicierais tan mal cuando intentasteis capturarla. —Sophia se dio cuenta de que había levantado la voz más de lo debido y había llamado la atención de un matrimonio mayor que atravesaba la tribuna—. Se suponía que colaborábamos —susurró— en su captura, y… vosotros fracasasteis.

—De todos modos, habría dado igual.

—Repite eso.

—Seguiría perdida en el tiempo. Ese ha sido siempre su destino. Y los Ancianos seguiríais pendiendo de un hilo. Ese es el vuestro.

Sophia quiso abalanzarse sobre él, estrangularlo hasta que aquellos enormes ojos blancos se le salieran de las cuencas. Le pareció que su puñal le quemaba el bolso de piel de becerro que tenía en el regazo. Ojalá hubiera sido una flecha estelar. Se estaba levantando de su asiento cuando oyó una voz detrás de ella.

—Siéntate, por favor —retumbó—. Se abre la sesión.

La voz. Sophia supo de inmediato a quién pertenecía. Calmada y autoritaria. Una voz que te bajaba por completo los humos. Hizo temblar el graderío.

Los mortales próximos no percibieron nada, pero Sophia sintió un calor en la nuca que se le extendió por el cuerpo hasta dejarla paralizada. Aquel no era un miedo corriente. Era un terror que la inmovilizaba y le agriaba el estómago. ¿Sería capaz de darse la vuelta?

Al mirar disimuladamente por el rabillo del ojo, vio a un hombre con un traje negro de sastre. Llevaba el pelo oscuro muy corto y un sombrero negro. La cara, amable y atractiva, no era especialmente memorable. Bien afeitada, de nariz recta, con unos ojos castaños que le resultaban familiares. Pero la señorita Sophia no lo había visto nunca. Y, aun así, sabía quién era, lo sabía en lo más hondo.

—¿Dónde está Cam? —preguntó la voz detrás de ella—. Se le ha enviado una invitación.

—Probablemente, jugando a ser Dios dentro de las Anunciadoras. Como todos los demás —espetó Lyrica.

Sophia le dio un manotazo.

—¿Has dicho «Jugando a ser Dios»?

Sophia trató de hallar las palabras para arreglar un desliz como aquel.

—Varios de los otros han seguido a Lucinda al pasado —adujo por fin—. Entre ellos, dos nefilim. No estamos seguras de cuántos más.

—¿Puedo preguntar —dijo la voz, súbitamente glacial— por qué ninguno de vosotros decidió ir tras ella?

A Sophia le costó tragar saliva, respirar. El pánico le impidió ejecutar los movimientos más instintivos.

—No podemos, es decir… Todavía no tenemos las capacidades para…

La Proscrita la interrumpió.

—Los Proscritos estamos en proceso de…

—Silencio —ordenó la voz—. Ahorradme vuestras excusas. Ya no importan, porque vosotros ya no importáis.

El grupo se quedó callado durante un buen rato. Resultaba aterrador no saber cómo complacerlo. Cuando por fin habló, su voz era más dulce, pero no menos mortífera.

—Hay demasiadas cosas en juego. No puedo dejar nada más en manos del azar.

Un silencio.

Luego, en voz baja, añadió:

—Es hora de que me encargue personalmente de todo.

Sophia contuvo el aliento para disimular su horror. Pero no pudo detener los temblores de su cuerpo. ¿Su implicación directa? Verdaderamente, era la perspectiva más aterradora. No podía imaginarse colaborando con él para…

—El resto os quedaréis al margen —añadió él—. Eso es todo.

—Pero… —dijo Sophia. La palabra se le había escapado sin querer. No podía retirarla. Pero ¿y todas sus décadas de duro trabajo? ¿Y todos sus proyectos? ¡Sus proyectos!

Se oyó un rugido largo y espeluznante.

Resonó en las gradas y pareció recorrer todo el hipódromo en una milésima de segundo.

Sophia se estremeció. Casi tuvo la sensación de que el sonido se estrellaba contra ella, le atravesaba la piel y le llegaba al alma. Le pareció que le hacía pedazos el corazón.

Lyrica y Viviana se apretaron contra ella, con los ojos cerrados. Hasta los Proscritos temblaron.

Justo cuando Sophia creía que el sonido no iba a cesar nunca, que por fin iba a morir, el rugido dio paso a un silencio sepulcral.

Por un instante.

El tiempo suficiente para que ella mirara a su alrededor y viera que el resto de las personas del hipódromo no se había percatado de nada.

Al oído, él le susurró:

—Se te ha agotado el tiempo. No te atrevas a interponerte en mi camino.

Abajo, sonó otro disparo. La verja volvió a abrirse. Solo que, esa vez, el martilleo de los cascos en la pista fue tan imperceptible como una finísima llovizna al caer sobre unos árboles.

Antes de que los caballos hubieran cruzado la línea de salida, la figura que tenían detrás se había desvanecido, y no quedaron más que unas huellas negras de pezuñas en las tablas calcinadas.

1

Bajo fuego enemigo

Moscú

15 de octubre de 1941

—¡Lucinda!

Las voces atravesaron la densa oscuridad.

—¡Vuelve!

—¡Espera!

Ella las ignoró y siguió adelante. El eco de su nombre rebotó en las oscuras paredes de la Anunciadora y le recorrió la piel como lenguas de fuego. ¿Era la voz de Daniel o la de Cam? ¿La de Arriane o la de Gabbe? ¿Era Roland, suplicándole que regresara, o era Miles?

Los gritos se volvieron más difíciles de discernir hasta que Luce ya no pudo diferenciarlos: buenos o malos. Enemigos o amigos. Debería haber sido más fácil distinguirlos, pero ya nada lo era. Todo lo que antes era blanco o negro se había tornado gris.

Por supuesto, ambos bandos estaban de acuerdo en una cosa: todos querían sacarla de la Anunciadora. Para protegerla, según ellos.

«No, gracias.»

No en ese momento.

No después de que hubieran destrozado el patio de sus padres, de que lo hubieran convertido en otro de sus polvorientos campos de batalla. No podía pensar en las caras de sus padres sin querer dar media vuelta, aunque, por otra parte, ni siquiera sabía dar media vuelta dentro de una Anunciadora. Además, ya era demasiado tarde. Cam había intentado matarla. O a lo que él creía que era ella. Y Miles la había salvado, pero ni siquiera eso era sencillo. Solo había sido capaz de dividir su imagen en su reflejo porque la quería demasiado.

¿Y Daniel? ¿La quería lo bastante? Luce no lo sabía.

Al final, cuando el Proscrito se había dirigido a ella, Daniel y los demás la habían mirado como si les debiera algo.

«Tú eres nuestra llave de entrada al Cielo», le había dicho el Proscrito. «El precio.» ¿A qué se refería? Hasta hacía dos semanas, Luce ni siquiera sabía que los Proscritos existían. Y, no obstante, querían algo de ella, tanto como para enfrentarse a Daniel. Debía de tener que ver con la maldición, la que la condenaba a un ciclo eterno de reencarnación. Pero ¿qué creían que podía hacer ella?

¿Estaba la respuesta oculta en algún lugar de aquella Anunciadora?

El estómago le dio vuelco mientras caía sin sentido en el frío abismo de la oscura Anunciadora.

—Luce…

Las voces comenzaron a apagarse. Pronto apenas fueron susurros. Casi como si se hubieran dado por vencidas. Hasta que…

Volvieron a oírse más altas. Más altas y claras.

—¡Luce…!

—No. —Cerró los ojos en un intento de no oírlas.

—¡Lucinda…!

—¡Lucy…!

—¡Lucia…!

—¡Luschka…!

Luce tenía frío, estaba cansada y no quería oírlas. Por una vez, quería que la dejaran en paz.

—¡Luschka! ¡Luschka! ¡Luschka!

De pronto, sus pies dieron contra algo blando.

Algo muy, muy frío.

Estaba en tierra firme. Sabía que había dejado de caer, aunque no veía nada ante ella salvo un velo de negrura. Miró sus deportivas Converse.

Y tragó saliva.

Las tenía hundidas en un manto de nieve que le llegaba a las pantorrillas. El frío húmedo al que estaba habituada, el oscuro túnel por el que había viajado al pasado desde su patio, estaba dando paso a algo distinto. Algo ventoso y glacial.

La primera vez que Luce había viajado por una Anunciadora, desde la puerta de su dormitorio de la Escuela de la Costa hasta Las Vegas, iba acompañada de sus amigos Shelby y Miles. Al final del túnel, se habían topado con una barrera: una cortina nebulosa que se interponía entre ellos y la ciudad. Miles, que era el único que se había leído el manual sobre cómo viajar por Anunciadoras, había descrito un suave movimiento circular con la mano hasta que la espesa cortina se desconchó como una capa de pintura. Hasta ahora, Luce no sabía que Miles había resuelto un problema imprevisto.

Esa vez, no había ninguna barrera. Quizá porque viajaba sola, a través de una Anunciadora que había invocado ella. Pero salir fue muy fácil. Casi demasiado. El velo negro se disipó sin más.

Una ráfaga de aire frío le caló hasta los huesos y le obligó a juntar las piernas. Las costillas se le agarrotaron, y le lloraron los ojos a causa de aquel súbito viento mordiente.

¿Dónde estaba?

Ya empezaba a arrepentirse de su precipitado salto en el tiempo. Sí, necesitaba una vía de escape y, sí, quería conocer su pasado, evitar que sus antiguos yoes sufrieran, comprender qué clase de amor había tenido con Daniel en aquellas otras vidas. Sentirlo en lugar de oírlo de labios de otras personas. Entender, y después romper, la maldición que pesaba sobre Daniel y ella.

Pero no de aquella forma. Congelada, sola, sin estar en absoluto preparada para el lugar y la época a los que había viajado, fueran cuales fueran.

Veía una calle nevada ante ella, un cielo plomizo sobre unos edificios blancos. Oía algo que retumbaba a lo lejos. Pero no quería pensar en qué significaba nada de aquello.

—Espera —susurró a la Anunciadora.

La sombra nebulosa flotó a un palmo de las yemas de sus dedos. Trató de agarrarla, pero la Anunciadora la eludió y se alejó. Luce se abalanzó sobre ella y atrapó un pedacito húmedo entre los dedos…

Pero, en un instante, la Anunciadora se desintegró y cayó a la nieve convertida en un sinfín de blandos fragmentos negros que palidecieron hasta desvanecerse.

—Genial —masculló—. ¿Y ahora qué?

A lo lejos, la calle estrecha doblaba a la izquierda hasta encontrarse con un cruce sumido en sombras. A lo largo de las aceras, había altos montículos de nieve compacta apilados contra dos largas hileras de edificios blancos de piedra. Los edificios eran imponentes, más de lo que Luce había visto hasta entonces. Tenían varios pisos, sus relucientes fachadas blancas estaban compuestas por hileras de arcos y trabajadas columnas.

No había luz en ninguna ventana. Luce tuvo la sensación de que toda la ciudad estaba a oscuras. La única luz provenía de una sola farola de gas. Si había luna, se hallaba oculta tras un espeso manto de nubes. Una vez más, algo retumbó en el cielo. ¿Truenos?

Luce se abrazó el cuerpo. Estaba muerta de frío.

—¡Luschka!

Una voz de mujer. Ronca y áspera, como la de una persona que lleva toda la vida gritando órdenes. Pero la voz también temblaba.

—Luschka, cabeza hueca, ¿dónde estás?

La voz se había acercado. ¿Hablaba con Luce? Había algo más en aquella voz, algo que Luce no lograría expresar en palabras.

Cuando una figura renqueante dobló la esquina de la calle nevada, Luce escrutó a la mujer y trató de identificarla. Era muy menuda y un poco cheposa. Aparentaba unos setenta años. Sus ropas holgadas parecían demasiado grandes para su cuerpo. Llevaba el cabello oculto bajo una gruesa bufanda negra. Cuando vio a Luce, arrugó la cara y la miró con una expresión difícil de interpretar.

—¿Dónde estabas?

Luce miró a su alrededor. No había nadie más en la calle. La anciana hablaba con ella.

—Aquí —se oyó decir.

¡En ruso!

Se tapó la boca. Eso era lo que le había extrañado tanto de la voz: la anciana hablaba en un idioma que ella desconocía. Y, no obstante, no solo entendía todas las palabras, sino que, además, lo hablaba.

—Te mataría —dijo la mujer. Resolló cuando corrió hasta ella y la abrazó.

Para una mujer que parecía tan frágil, su abrazo fue vigoroso. Notar el calor de otro cuerpo pegado al suyo después de un frío tan intenso casi hizo llorar a Luce. Abrazó a la anciana con la misma fuerza.

—¿Abuela? —susurró, con los labios pegados al oído de la mujer, sabiendo, de algún modo, que lo era.

—Una noche que no trabajo, y tú te vas —dijo la mujer—. Y ahora te encuentro rondando por las calles como si estuvieras loca. ¿Has ido siquiera a trabajar? ¿Dónde está tu hermana?

Otra vez aquel ruido atronador en el cielo. Parecía que se estuviera avecinando una fuerte tormenta. Con mucha rapidez. Luce tiritó y negó con la cabeza. No lo sabía.

—Ajá —dijo la mujer—. Veo que ya no te da todo igual. —Entrecerró los ojos y la apartó para verla mejor—. Dios mío, ¿qué llevas puesto?

Luce se movió con nerviosismo mientras su abuela de otra vida miraba los vaqueros boquiabierta y pasaba los huesudos dedos por los botones de su camisa de franela. Le cogió la enredada coleta.

—A veces creo que estás tan loca como tu padre, que en paz descanse.

—Yo… —A Luce le castañetearon los dientes—. No sabía que iba a hacer tanto frío.

La mujer escupió en la nieve para manifestar su desaprobación. Se quitó el abrigo.

—Ponte esto antes de que te dé un pasmo. —La envolvió bruscamente en el abrigo, y Luce intentó abrochárselo con los dedos medio congelados. Luego, la anciana se quitó la bufanda y se la enrolló alrededor de la cabeza.

Un fuerte estallido en el cielo las asustó. Esa vez, Luce supo que no se trataba de un trueno.

—¿Qué es? —susurró.

La anciana la miró de hito en hito.

—La guerra —masculló—. ¿Has perdido la inteligencia además de la ropa? Vamos. Tenemos que irnos.

Mientras avanzaban por la calle nevada, recorrida por las vías de un tranvía y pavimentada con adoquines desiguales, Luce se dio cuenta de que, finalmente, la ciudad no estaba vacía. Había pocos coches aparcados junto a las aceras, pero, de vez en cuando, en las callejuelas sin alumbrar, oyó relinchos de caballos a la espera de órdenes y vio el vaho de su respiración. También había sombras correteando por las azoteas. Al final de un callejón, un hombre con el abrigo roto ayudaba a tres niños a acceder a un sótano por una trampilla.

La estrecha calle desembocaba en una ancha avenida bordeada de árboles con una amplia vista de la ciudad. Allí, los únicos coches aparcados eran vehículos militares. Tenían un aspecto anticuado, casi absurdo, como las antiguallas de un museo bélico: jeeps descapotables con gigantescos guardabarros, raquíticos volantes y el símbolo de la hoz y el martillo pintado en las puertas. Pero, aparte de Luce y su abuela, la calle estaba desierta. Salvo por los espantosos retumbos del cielo, reinaba un silencio fantasmal e inquietante.

A lo lejos, Luce vio un río, y, más allá, un gran edificio. Incluso en la oscuridad, distinguió sus recargadas torres y sus cúpulas ornamentadas con forma de cebolla, que le parecieron familiares y míticas al mismo tiempo. Tardó un momento en caer en la cuenta y, cuando lo hizo, el miedo la atenazó.

Se hallaba en Moscú.

Y la ciudad estaba en guerra.

Columnas de humo negro ascendían hacia el cielo gris y señalaban las partes de la ciudad que ya habían sido atacadas: a la izquierda del inmenso Kremlin, justo detrás de él y, más lejos, a la derecha. No había combates en las calles, ninguna señal de que las tropas enemigas hubieran entrado aún en la ciudad. Pero las llamas que lamían los edificios carbonizados, el olor a humo que lo impregnaba todo y la amenaza de que aquello no había hecho más que empezar eran, por algún motivo, incluso peores.

Aquella era con diferencia la mayor locura que Luce había cometido en su vida, probablemente en todas sus vidas. Sus padres la matarían si supieran dónde estaba. Daniel podía no volver a dirigirle la palabra nunca más.

Pero, por otra parte, ¿y si ni siquiera tenían ocasión de enfadarse con ella? Podía morir, allí mismo, en aquella ciudad en guerra.

¿Por qué había actuado así?

Porque había tenido que hacerlo. Le había costado rescatar aquella pizca de orgullo del pánico que la atenazaba. Pero allí estaba, en alguna parte.

Había cruzado. Sola. A un lugar distante y a un tiempo lejano, al pasado que necesitaba entender. Eso era lo que quería. Ya llevaban demasiado tiempo moviéndola como una pieza de ajedrez.

Pero ¿qué se suponía que debía hacer entonces?

Apretó el paso y se agarró bien a la mano de su abuela. Era extraño: aquella mujer no tenía ninguna noción de lo que ella sentía, ni siquiera sabía quién era y, no obstante, el tirón de su mano reseca era lo único que la mantenía en movimiento.

—¿Adónde vamos? —preguntó mientras su abuela la conducía por otra calle sin alumbrar.

Los adoquines se terminaron y el suelo de tierra se tornó resbaladizo. La nieve había empapado la lona de las deportivas de Luce, y los dedos, congelados, comenzaron a darle pinchazos.

—A recoger a tu hermana, Kristina. —La anciana frunció el entrecejo—. La que trabaja de noche cavando trincheras con sus propias manos para que tú puedas dormir. ¿Te acuerdas de ella?

Donde se detuvieron, no había ninguna farola para alumbrar la calle. Luce parpadeó varias veces para habituarse a la oscuridad. Estaban delante de lo que parecía una zanja muy larga, justo en mitad de la ciudad.

Allí debía de haber un centenar de personas. Todas ellas tapadas hasta las orejas. Algunas estaban arrodilladas y cavaban con palas. Algunas lo hacían con las manos. Otras parecían haberse quedado petrificadas mientras observaban el cielo. Unos cuantos soldados se llevaban astilladas carretillas y carros cargados de tierra y piedras que vaciaban en la barricada de escombros levantada al final de la calle. Llevaban recios abrigos militares de lana que se les ahuecaban alrededor de las rodillas, pero, bajo los cascos de acero, estaban tan demacrados como cualquier civil. Lucinda dedujo que los hombres de uniforme y las mujeres y los niños colaboraban para convertir la ciudad en una fortaleza, que hacían todo lo posible, hasta el último minuto, para cortar el paso a los tanques enemigos.

—¡Kristina! —gritó su abuela, con la misma mezcla de amor y pánico que Luce había percibido en su voz al llamarla a ella.

Una chica apareció a su lado casi de inmediato.

—¿Por qué habéis tardado tanto?

Alta y delgada, con el pelo oscuro asomándole por debajo del sombrero de fieltro, Kristina era tan hermosa que a Luce se le formó un nudo en la garganta. La reconoció de inmediato como parte de su familia.

Ver a Kristina le recordó a Vera, otra hermana de una vida anterior. Luce debía de haber tenido un centenar de hermanas a lo largo del tiempo. Un millar. Todas ellas habrían pasado por algo similar. Hermanas y hermanos, padres y amigos a los que Luce debió de querer antes de perderlos. Ninguno de ellos sabía lo que le esperaba. Ella los había dejado a todos entristecidos por su pérdida.

Quizá hubiera una forma de cambiar aquello, de facilitar las cosas a las personas que la habían querido. Quizá eso fuera parte de lo que Luce podía hacer en sus vidas anteriores.

El estruendo de una explosión recorrió la ciudad. Había sucedido tan cerca que Luce notó el temblor del suelo bajo sus pies y creyó que se le había reventado el tímpano del oído derecho. En la esquina, las alarmas antiaéreas se dispararon.

—Baba. —Kristina se agarró al brazo de su abuela. Estaba a punto de llorar—. Los nazis están aquí, ¿verdad?

Los alemanes. La primera vez que Luce viajaba sola en el tiempo y había ido a parar a la Segunda Guerra Mundial.

—¿Están atacando Moscú? —Le tembló la voz—. ¿Esta noche?

—Deberíamos haber abandonado la ciudad con los demás —dijo Kristina con amargura—. Ahora ya es demasiado tarde.

—¿Y haber abandonado también a tus padres y a tu abuelo? —Baba negó con la cabeza—. ¿Haberlos dejado solos en sus tumbas?

—¿Es mejor que les hagamos compañía en el cementerio? —replicó Kristina. Se agarró al brazo de Luce—. ¿Sabíais lo del ataque? ¿Tú y tu amigo *kulak*? ¿Por eso no has venido a trabajar esta mañana? Estabas con él, ¿verdad?

¿Qué creía su hermana que podía saber ella? ¿Con quién podía haber estado?

¿Con quién salvo con Daniel?

Claro. Luschka debía de estar con él en ese momento. Y si su propia familia la confundía con aquella Luschka...

Se le encogió el pecho. ¿Cuánto tiempo le quedaba a Luschka antes de morir? ¿Y si lograba encontrarla antes de que sucediera?

—¡Luschka!

Su hermana y su abuela la estaban mirando.

—¿Qué le pasa esta noche? —preguntó Kristina.

—¡Vamos! —Baba frunció el entrecejo—. ¿Creéis que los moscovitas van a dejar su sótano abierto eternamente?

Oyeron el fuerte zumbido de las hélices de un avión de combate por encima de ellas. Pasó tan cerca que, cuando Luce miró arriba, vio con claridad la esvástica oscura pintada en la parte inferior de sus alas. Se estremeció. Luego, otro estruendo sacudió la ciudad y un oscuro humo cáustico lo impregnó todo. La bomba había caído cerca. Otras dos explosiones fortísimas hicieron temblar el suelo bajo sus pies.

En la calle, se desató el caos. Las personas de las trincheras comenzaron a dispersarse por un sinfín de estrechas callejuelas. Algunas corrieron a refugiarse en la estación de metro de la esquina para esperar bajo tierra a que el bombardeo pasara; otras entraron en oscuros portales.

A una manzana de allí, Luce vio a una persona que corría: una muchacha, de una edad parecida a la suya, con un sombrero rojo y un largo abrigo de lana. La chica solo volvió la cabeza un segundo antes de acelerar el ritmo. Pero fue tiempo suficiente para que Luce lo supiera.

Allí estaba.

Luschka.

Se soltó del brazo de Baba.

—Lo siento. Tengo que irme.

Respiró hondo y echó a correr hacia el humo turbio, hacia la zona donde caían más bombas.

—¿Estás loca? —gritó Kristina. Pero no la siguieron. Tendrían que haber estado locas para hacerlo.

Luce tenía los pies entumecidos mientras trataba de correr por la nieve de las aceras, en la que se hundía hasta las pantorrillas. Cuando llegó a la esquina por la que había visto pasar a su antiguo yo del sombrero rojo, aflojó el paso y respiró hondo.

Justo delante de ella, un edificio que ocupaba media manzana había sido pasto de las bombas. La piedra blanca estaba manchada de ceniza negra. Un fuego ardía en la base del socavón abierto en el lado del edificio.

La explosión había arrojado a la calle montones de restos irreconocibles del interior del edificio. La nieve estaba veteada de rojo. Luce retrocedió hasta advertir que las vetas rojas no eran sangre sino seda roja hecha jirones. Debía de haber una sastrería en el edificio. Varias perchas de ropa chamuscadas sembraban la calle. Un maniquí había terminado en una zanja. Estaba en llamas. Luce tuvo que taparse la boca con la bufanda de su abuela para no asfixiarse con los vapores. Pisara donde pisara, piedras y cristales rotos se hundían en la nieve.

Debería dar media vuelta, regresar con su abuela y su hermana, quienes la ayudarían a buscar cobijo, pero no podía. Tenía que encontrar a Luschka. Jamás había estado tan cerca de uno de sus antiguos yoes. Luschka quizá la ayudaría a entender por qué su vida era distinta. Por qué Cam había disparado una flecha estelar a su reflejo creyendo que era Luce y había dicho a Daniel: «Era el mejor final para ella». ¿Un final mejor que qué?

Se dio la vuelta despacio y trató de vislumbrar el sombrero rojo en la oscuridad de la noche.

Allí.

La muchacha corría hacia el río. Luce también echó a correr.

Las dos corrían a la misma velocidad exacta. Cuando Luce se agachó al oír una explosión, Luschka también lo hizo, en una extraña repetición de su movimiento. Y cuando llegaron a la orilla del río y la ciudad apareció ante ellas, Luschka se quedó petrificada en la misma postura rígida que la propia Luce.

A cincuenta metros de Luce, su reflejo exacto comenzó a sollozar.

Era tanta la parte de Moscú que ardía en llamas… Tantos los hogares arrasados… Luce trató de pensar en las otras vidas que estaban siendo destruidas aquella noche en toda la ciudad, pero le parecieron lejanas e inalcanzables, como algo sobre lo que hubiera leído en un libro de historia.

La muchacha echó de nuevo a correr. Tan aprisa que Luce no habría podido alcanzarla si lo hubiera pretendido. Rodearon gigantescos socavones abiertos en la calle adoquinada. Pasaron junto a edificios en llamas donde el fuego emitía el espantoso rugido de un incendio al propagarse hacia un nuevo objetivo. Dejaron atrás camiones militares destrozados y volcados, con brazos ennegrecidos asomando por las ventanillas.

Luschka dobló a la izquierda, y Luce dejó de verla.

Se le disparó la adrenalina. Siguió corriendo por la calle nevada, con más vigor, más deprisa. Las personas únicamente corrían a aquella velocidad cuando estaban desesperadas. Cuando las impulsaba algo más importante que ellas.

Luschka solo podía estar corriendo hacia una cosa.

—Luschka…

¡Su voz!

¿Dónde estaba él? Por un momento, Luce se olvidó de su antiguo yo, se olvidó de la muchacha rusa cuya vida podía concluir de un momento a otro, se olvidó de que aquel Daniel no era su Daniel, aunque, por otra parte…

Claro que lo era.

Él no moría nunca. No se iba jamás. Siempre era suyo, y ella siempre era suya. Lo único que Luce quería era hallar sus brazos, refugiarse en ellos. Él sabría qué hacer; sabría ayudarla. ¿Cómo podía haber dudado de él?

Luce siguió corriendo, atraída por su voz. Pero no lo veía por ninguna parte. Ni tampoco veía a Luschka. A una manzana del río, se paró en seco en un cruce desierto.

Sus pulmones congelados apenas parecían capaces de respirar. Un frío dolor lacerante le taladraba los oídos, y las insoportables punzadas de los pies le impedían seguir parada.

Pero ¿hacia dónde debía ir?

Delante de ella había un solar inmenso, lleno de escombros y separado de la calle por andamios y una valla de hierro. Pero, incluso en la oscuridad, Luce supo que aquello era una demolición más antigua y no el resultado de un bombardeo aéreo.

No parecía nada del otro mundo, solo un feo socavón abandonado. No sabía por qué seguía parada delante de él. Por qué había dejado de perseguir la voz de Daniel…

Hasta que se agarró a la valla, parpadeó y vio un destello de luz.

Una iglesia. Una majestuosa iglesia blanca erigida en aquel hoyo inmenso. Tres enormes arcos de mármol en la fachada. Cinco torres doradas que casi tocaban el cielo. Y dentro: hileras de bancos de madera encerada hasta donde alcanzaba la vista. Un altar al final de un tramo de escaleras blancas. Y todas las paredes y altos techos abovedados cubiertos de frescos espléndidos. Ángeles por doquier.

La iglesia de Cristo Salvador.

¿Cómo sabía aquello? ¿Cómo podía sentir con todas las fibras de su ser que aquel vacío había sido una imponente iglesia blanca?

Porque había estado allí momentos antes. Vio las huellas de otras manos en la ceniza que recubría el metal: Luschka también se había detenido allí. Había contemplado las ruinas de la iglesia y había sentido algo.

Luce se agarró otra vez a la valla, volvió a parpadear y se vio a sí misma, o a Luschka, cuando era pequeña.

Estaba sentada en uno de los bancos de la iglesia y llevaba un vestido blanco de encaje. Alguien tocaba el órgano mientras los feligreses entraban en fila antes de una misa. El apuesto hombre sentado a su izquierda debía de ser su padre, y la mujer sentada junto a él, su madre. También estaban la abuela a la que Luce acababa de conocer y Kristina. Ambas parecían más jóvenes, mejor alimentadas. Luce recordó que su abuela había dicho que sus padres habían muerto. Pero allí estaban llenos de vida. Parecían conocer a todo el mundo y saludaban a todas las familias que pasaban junto a su banco. Luce estudió a Luschka cuando ella observó a su padre mientras estrechaba la mano a un guapo joven rubio. El joven se agachó y le sonrió. Tenía unos preciosos ojos violeta.

Volvió a parpadear, y la visión se desvaneció. De nuevo, el solar era poco más que un mar de escombros. Estaba aterida. Y sola. Otra bomba cayó al otro lado del río, y el susto la postró de rodillas. Se tapó la cara con las manos…

Hasta oír que alguien lloraba sin hacer apenas ruido. Alzó la cabeza, entornó los ojos y lo vio, entre las ruinas sumidas en la oscuridad.

—Daniel —susurró. Estaba igual que siempre. Casi irradiaba luz, incluso en aquella oscuridad glacial. El pelo rubio por el que a ella le costaba dejar de pasar los dedos, los ojos grises moteados de violeta que parecían hechos para mirarla únicamente a ella. La cara formidable, los pómulos salientes, los labios. El corazón le palpitó y tuvo que agarrarse con más fuerza a la valla para no correr a su lado.

Porque no estaba solo.

Estaba con Luschka. Consolándola, acariciándole la mejilla y enjugándole las lágrimas con sus besos. Se hallaban uno en brazos del otro, fundidos en un beso interminable. Estaban tan absortos en su abrazo que no parecieron percatarse de que la calle volvía a sacudirse y temblar con otra explosión. Parecía que en el mundo solamente existieran ellos dos.

No había espacio entre sus cuerpos. La oscuridad era demasiado espesa para saber dónde terminaba uno y comenzaba el otro.

Lucinda se levantó y comenzó a aproximarse sin hacer ruido, escondiéndose detrás de los montones de escombros, solo anhelando estar más cerca de él.

—Creía que no iba a encontrarte nunca —oyó decir a su antiguo yo.

—Nosotros siempre nos encontraremos —respondió Daniel mientras la levantaba de suelo y la estrechaba entre sus brazos—. Siempre.

—¡Eh, vosotros dos! —gritó una voz desde el portal de un edificio contiguo—. ¿Entráis?

Al otro lado del solar cuadrado, un muchacho que estaba demasiado lejos para que Luce le viera la cara hacía entrar a un reducido grupo de personas en un sólido edificio de piedra. Allí era donde Daniel y Luschka se dirigían. Aquel debía de ser su plan desde el principio, refugiarse juntos de las bombas.

—¡Sí! —gritó Luschka a los otros. Miró a Daniel—. Vamos con ellos.

—No. —El tono de Daniel era seco. Nervioso. Luce lo conocía muy bien.

—Correremos menos peligro bajo techo. ¿No es por eso por lo que hemos decidido reunirnos aquí?

Daniel se volvió para mirar detrás de ellos, y sus ojos pasaron sin detenerse por el lugar donde Luce estaba escondida. Cuando el cielo se iluminó con otra serie de explosiones anaranjadas, Luschka gritó y enterró la cara en el pecho de Daniel. De modo que Luce fue la única que vio su expresión.

Algo lo preocupaba. Algo más grande y poderoso que el miedo o las bombas.

¡Oh, no!

—¡Daniil! —El muchacho próximo al edificio aún mantenía la puerta del refugio abierta—. ¡Luschka! ¡Daniil!

Todos los demás ya estaban dentro.

Fue entonces cuando Daniil volvió a Luschka en sus brazos y le acercó los labios al oído. Desde su escondrijo, Luce ardió en deseos de oír qué le susurraba. Ansió saber si se trataba de alguna de las cosas que Daniel le decía a ella cuando estaba disgustada o agobiada. Quiso correr hasta ellos, apartar a Luschka, pero no pudo. En el fondo de su alma, sabía que no debía hacerlo.

Se fijó en la expresión de Luschka como si toda su vida dependiera de ello.

A lo mejor lo hacía.

Luschka asintió mientras Daniil hablaba y su expresión aterrorizada se tornó tranquila, casi serena. Cerró los ojos. Volvió a asentir. Luego, inclinó la cabeza hacia atrás y una sonrisa asomó poco a poco a sus labios.

¿Una sonrisa?

Pero ¿por qué? ¿Cómo? Casi parecía que supiera lo que estaba a punto de ocurrir.

Daniil la echó hacia atrás sin dejar de abrazarla. Se inclinó hacia delante y volvió a besarla. Pegó sus labios a los de ella y le pasó las manos por el pelo, por los costados, hasta por el último centímetro de su cuerpo.

La escena era tan apasionada que Luce se ruborizó, tan íntima que no pudo respirar, tan hermosa que fue incapaz de apartar la vista. Ni por un instante.

Ni tan siquiera cuando Luschka gritó.

Y estalló en una blanca columna de fuego.

El rugiente ciclón de llamas era extraterreno, fluido y casi elegante en su crudeza, como un largo pañuelo de seda que se retorcía en torno a su pálido cuerpo. La engulló, fluyó de su seno y a todo su alrededor. Iluminó sus extremidades envueltas en llamas hasta que dejaron de agitarse. Daniil no la soltó, ni cuando el fuego prendió en su propia ropa, ni cuando tuvo que cargar con el peso de su cuerpo inerte ni cuando las llamas quemaron la carne de Luschka con un fétido chisporroteo y su piel comenzó a chamuscarse y a ennegrecerse.

Daniil solo bajó los brazos cuando el fuego se extinguió con la misma rapidez con que se apaga una vela y ya no hubo nada que abrazar, nada aparte de cenizas.

Por muy descabelladas que fueran sus fantasías sobre viajar al pasado y revisitar sus antiguas vidas, Luce jamás había imaginado aquello: su propia muerte. La realidad era más horrible que cualquier cosa que pudiera haber soñado en sus peores pesadillas. Se levantó y se quedó plantada en la fría nieve, petrificada por la visión, incapaz de mover un solo dedo.

Tambaleándose, Daniil se retiró del montón de cenizas en la nieve y comenzó a sollozar. Las lágrimas que le rodaban por las mejillas trazaron regueros de agua en el negro hollín, que era todo lo que quedaba de ella. La cara se le crispó. Le temblaron las manos. A Luce le parecieron desnudas, grandes y vacías, como si, aunque la idea la ponía extrañamente celosa, su lugar fuera la cintura de Luschka, su pelo, sus mejillas. ¿Qué demonios hacía uno con las manos cuando le habían arrebatado de una forma tan brusca y horrible lo único que quería abrazar? Una muchacha completa, toda una vida: ya no estaban.

El sufrimiento que percibió en su cara le encogió el corazón y la dejó desolada. Además de todo el dolor y confusión que ya sentía, ser testigo de su sufrimiento fue todavía peor.

Así se sentía él en cada vida.

En cada muerte.

Una y otra vez.

Luce se había equivocado al suponer que Daniel era egoísta. No era que no la quisiera. Sino que la quería tanto que eso lo destrozaba. Aún lo odiaba, pero, de pronto, comprendió su amargura, sus reservas con respecto a todo. Miles podía quererla, pero su amor no era comparable al de Daniel.

Jamás lo sería.

—¡Daniel! —gritó. Abandonó las sombras y corrió a su lado.

Quería devolverle todos los besos y abrazos que acababa de verle dar a su antiguo yo. Sabía que estaba mal, que nada de aquello estaba bien.

Daniil abrió los ojos de par en par. Una expresión de puro horror le mudó las facciones.

—¿Qué es esto? —dijo, despacio. Con tono acusador. Como si no acabara de dejar morir a su Luschka. Como si la presencia de Luce fuera peor que ver morir a Luschka. Alzó la mano, negra de ceniza, y la señaló—. ¿Qué pasa?

Era una tortura que la mirara así. Luce se paró en seco y parpadeó para enjugarse una lágrima.

—Respóndele —dijo alguien, una voz entre las sombras—. ¿Cómo has venido?

Luce habría reconocido aquella voz altiva en cualquier parte. No le hizo falta ver a Cam saliendo del refugio antiaéreo.

Con un suave chasquido semejante al de una enorme bandera cuando se despliega, Cam abrió sus grandes alas. Extendidas por detrás de él, lo hacían incluso más formidable e intimidante de lo que ya era. Luce fue incapaz de no mirarlas. Bañaban la calle oscura de un resplandor dorado.

Entrecerró los ojos e intentó dar sentido a la escena que tenía ante sí. Cam no estaba solo; había más figuras acechando en las sombras. En aquel momento, todas dieron un paso adelante.

Gabbe. Roland. Molly. Arriane

Estaban todos. Con las alas arqueadas y echadas hacia delante. Un reluciente mar dorado y plateado de un brillo cegador en la oscuridad de la calle. Parecían tensos. Les temblaban las puntas de las alas, como si estuvieran listos para lanzarse a la batalla.

Por una vez, Luce no se sintió intimidada por el esplendor de sus alas ni por el peso de sus miradas. Se sintió indignada.

—¿Lo presenciáis todas las veces? —preguntó.

—Luschka —dijo Gabbe sin alterarse—, dinos qué pasa.

De pronto, Daniil la agarró por los hombros y comenzó a zarandearla.

—¡Luschka!

—¡No soy Luschka! —gritó Luce, apartándose de él y retrocediendo varios pasos.

Estaba horrorizada. ¿Cómo podían soportarlo? ¿Cómo podían quedarse mirando mientras ella moría?

La situación la superaba. No estaba preparada para ver aquello.

—¿Por qué me miráis así? —preguntó Daniil.

—Ella no es quien crees, Daniil —dijo Gabbe—. Luschka está muerta. Esta es… esta es…

—¿Qué es? —la interrumpió Daniil—. ¿Por qué está aquí? ¿Cuándo…?

—Mirad su ropa. Es evidente que…

—Cállate, Cam. A lo mejor no lo es —dijo Arriane, pero también parecía temer que Luce fuera lo que Cam había estado a punto de revelar.

Otro silbido surcó el aire y una lluvia de proyectiles alcanzó los edificios del otro lado de la calle, dejando sorda a Luce e incendiando un almacén de madera. Los ángeles no tenían ningún interés en la guerra que se libraba a su alrededor, sino solo en Luce. Se habían quedado a seis metros de ella y parecían igual de recelosos. No se acercaron más.

A la luz del edificio en llamas, Daniil proyectaba una larga sombra por delante de él. Luce se concentró en invocarla. ¿Daría resultado? Entrecerró los ojos y tensó todos los músculos del cuerpo. Aún era muy torpe convocando sombras; nunca sabía qué hacía falta para conseguir separarlas del suelo.

Cuando las líneas oscuras comenzaron a temblar, se abalanzó sobre la sombra. La cogió con ambas manos y empezó a formar una bola con la masa oscura, como había visto hacer a sus profesores, Steven y Francesca, en uno de sus primeros días en la Escuela de la Costa. Las Anunciadoras recién invocadas siempre eran caóticas y amorfas. Primero, había que hacerlas girar en las manos para conferirles una silueta definida. Solo entonces podían alargarse y ensancharse para formar una superficie plana más extensa. En ese momento, la Anunciadora se transformaba: en una pantalla donde era posible ver el pasado o en una puerta que cruzar.

Aquella Anunciadora era pegajosa, pero Luce no tardó en darle forma. Metió la mano dentro y abrió la puerta.

No podía quedarse allí ni un minuto más. Tenía una misión: encontrarse a sí misma viva en otra época, averiguar a qué precio se referían los Proscritos y, finalmente, llegar al origen de la maldición que pesaba sobre Daniel y ella.

Y luego romperla.

Los otros la miraron boquiabiertos mientras iba manipulando la Anunciadora.

—¿Cuándo has aprendido a hacer eso? —susurró Daniil.

Luce negó con la cabeza. Su explicación solo lo desconcertaría.

—¡Lucinda! —Lo último que oyó fue su voz gritando su verdadero nombre.

Qué extraño. Pese a estar mirándole la cara entristecida, no le había visto mover los labios. Su mente le estaba jugando malas pasadas.

—¡Lucinda! —volvió a gritar él, más fuerte, asustado, justo antes de que Luce se lanzara de cabeza a la envolvente oscuridad.

2
Caído del cielo

Moscú
15 de octubre de 1941

—¡Lucinda! —volvió a gritar Daniel, pero ya fue demasiado tarde: ella se marchó en ese instante. Él acababa de llegar a aquel inhóspito paisaje nevado. Pese a percibir un destello de luz a sus espaldas y el calor de un fuego cercano, solo había tenido ojos para Luce. Había corrido a su encuentro. En la esquina de la oscura calle, parecía diminuta con un abrigo raído que no era suyo. Parecía asustada. La había visto abrir una sombra y luego…—. ¡No!

Detrás de él, un misil alcanzó un edificio. El suelo tembló, la calle se sacudió y se agrietó, y una masa de cristales, acero y hormigón se acumuló en el aire antes de caer como una lluvia.

Después de aquello, un silencio sepulcral se cernió sobre la calle. Pero Daniel apenas se percató. Se quedó entre los escombros, sin terminar de creérselo.

—Continúa retrocediendo en el tiempo —masculló mientras se sacudía el polvo de los hombros.

—Continúa retrocediendo en el tiempo —dijo alguien.

Esa voz. Su voz. ¿Había eco?

No, se hallaba demasiado cerca para deberse al eco. Era demasiado clara para estar únicamente en su cabeza.

—¿Quién ha dicho eso? —Daniel echó a correr, pasó junto a un montón de andamios caídos, y se detuvo en la esquina donde había estado Luce.

Dos gritos de sorpresa.

Daniel estaba frente a sí mismo. Solo que no era exactamente él, sino una versión anterior de sí mismo, una versión un poco menos cínica de sí mismo. Pero ¿de cuándo? ¿Dónde estaba?

—¡No os toquéis! —gritó Cam. Iba vestido de oficial, con unas botas militares y un voluminoso abrigo negro. Al ver a Daniel, los ojos le centellearon.

De forma inconsciente, los dos Daniel se habían acercado y habían empezado a andar uno alrededor del otro. En ese momento, se apartaron.

—Mantente alejado de mí —advirtió el más antiguo al más nuevo—. Es peligroso.

—Lo sé —rugió Daniel—. ¿Crees que no lo sé? —El mero hecho de hallarse tan cerca le revolvía el estómago—. Ya he estado aquí. Yo soy tú.

—¿Qué quieres?

—Yo… —Daniel miró a su alrededor, intentando orientarse. Después de vivir miles de años, de amar a Luce y perderla en todos ellos, el tejido de sus recuerdos estaba hecho jirones. Debido a la repetición, cada vez le costaba más recordar el pasado. No obstante, aquel lugar no estaba tan alejado en el tiempo, aquel lugar lo recordaba…

Una ciudad asolada. Nieve en las calles. Fuego en el cielo.

Podría ser una de un centenar de guerras.

Pero...

El lugar de la calle donde la nieve se había derretido. El oscuro socavón en aquel mar blanco. Daniel se arrodilló y tocó el círculo de ceniza negra que había manchado el suelo. Cerró los ojos. Y entonces recordó la forma precisa en la que ella había muerto en sus brazos.

Moscú. 1941.

Así que era eso lo que Luce estaba haciendo: viajar a sus antiguas vidas. Con la esperanza de comprender.

Pero sus muertes no seguían una pauta. Él lo sabía mejor que nadie.

No obstante, había determinadas vidas en las que él había tratado de advertirle esperando que eso cambiara las cosas. En ocasiones había abrigado la esperanza de mantenerla más tiempo con vida, aunque eso jamás le hubiera dado verdaderos resultados. Otras, como esa vez durante el asedio de Moscú, había optado por acelerar el proceso. Para ahorrarle sufrimiento. Para que su beso fuera lo último que ella sintiera en esa vida.

Y aquellas eran las vidas que proyectaban las sombras más largas a través de los eones. Aquellas eran las vidas que descollaban y atraían a Luce como un imán en su precipitado viaje al pasado. Las vidas en las que Daniel le había revelado lo que necesitaba saber, aunque era consciente de que eso la destruiría.

Como su muerte en Moscú. Daniel la recordaba vivamente y se sentía idiota. Las atrevidas palabras que le había susurrado, el apasionado beso que le había dado. La expresión de felicidad de Luce al recordarlo todo poco antes de morir. Eso no había cambiado nada. Ella había terminado igual que siempre.

Y él también se había quedado igual que siempre: desesperanzado. Deprimido. Vacío. Destrozado. Desconsolado.

Gabbe se adelantó para echar nieve con el pie sobre el círculo de ceniza donde había muerto Luschka. Sus alas livianas brillaron en la oscuridad, y un halo de luz envolvió su cuerpo cuando se encorvó. Estaba llorando.

El resto también se acercó: Cam. Roland. Molly. Arriane.

Y Daniil, el Daniel de una época anterior, completó el variopinto grupo.

—Si estás aquí para advertirnos de alguna cosa —gritó Arriane—, di lo que tengas que decir y márchate. —Se envolvió el cuerpo en sus alas iridiscentes, casi como si quisiera protegerse. Se colocó delante de Daniil, que parecía un poco perdido.

Para los ángeles, era ilegal y antinatural interactuar con sus antiguos yoes. Daniel notó un sudor frío y se sintió mareado, no sabía si por tener que revivir la muerte de Luce o por estar tan cerca de Daniil.

—¿Advertirnos? —se mofó Molly mientras caminaba alrededor de Daniel—. ¿Por qué iba Daniel Grigori a molestarse en advertirnos de algo? —Se encaró con él y lo provocó con sus alas cobrizas—. No, recuerdo lo que trama. Lleva siglos viajando por el pasado. Buscándola. Y siempre se le escapa.

—No... —susurró Daniel. Eso era imposible. Había salido en busca de Luce e iba a encontrarla.

—Lo que Molly quiere preguntarte —intervino Roland— es ¿qué te ha traído aquí? ¿De qué época vienes?

—Casi lo había olvidado —dijo Cam mientras se masajeaba las sienes—. Sigue a Lucinda en su viaje a su pasado. —Miró a Daniel y enarcó una ceja—. Quizá ahora te tragues tu orgullo y nos pidas ayuda.

—No necesito ayuda.

—No da esa impresión —se burló Cam.

—No te inmiscuyas —espetó Daniel—. Ya nos das suficientes problemas en el futuro.

—Oh, qué divertido. —Cam aplaudió—. Me has alegrado el día.

—Este juego es peligroso, Daniel —dijo Roland.

—Lo sé.

Cam soltó una risa siniestra.

—Bien. Por fin hemos llegado a la jugada final, ¿no?

Gabbe tragó saliva.

—Entonces… ¿algo ha cambiado?

—¡Luce lo está resolviendo! —exclamó Arriane—. Está abriendo Anunciadoras y viajando por ellas. ¡Y sigue viva!

A Daniel le centellearon los ojos violeta. Se volvió para contemplar las ruinas de la iglesia, el lugar donde había visto a Luschka por primera vez.

—No puedo quedarme. Tengo que alcanzarla.

—Si no recuerdo mal —dijo Cam en voz baja—, no lo harás nunca. El pasado ya está escrito, hermano.

—Tu pasado, quizá. Pero no mi futuro. —Daniel no podía pensar con claridad. Las alas le ardían dentro del cuerpo, desesperadas por salir. Luce se había ido. La calle estaba vacía. Nada lo retenía allí.

Echó los hombros hacia atrás y desplegó las alas, levantando aire a su alrededor. Sí. Aquella liviandad. Aquella hondísima libertad. Ya era capaz de pensar con más claridad. Lo que necesitaba era estar un momento a solas. Consigo mismo. Lanzó una mirada al otro Daniel y remontó el vuelo.

Momentos después, oyó de nuevo el sonido: el mismo ruido de aire levantado, el batir de otro par de alas, unas alas más jóvenes, alzando el vuelo.

El antiguo yo de Daniel lo alcanzó.

—¿Adónde vamos?

Sin hablar, se posaron en la cornisa de un edificio de tres pisos próximo al estanque del Patriarca cuyo tejado quedaba justo enfrente de la ventana de Luce. Desde allí, solían mirarla mientras dormía. Aquello estaría más fresco en la memoria de Daniil, pero el vago recuerdo de Luce soñando bajo las mantas aún le inundaba las alas de un grato calor.

Los dos estaban taciturnos. En la ciudad bombardeada, era triste e irónico que el edificio de Luce hubiera sobrevivido cuando ella no lo había hecho. Permanecieron callados en la fría noche, con las alas bien recogidas para no tocarse sin querer.

—¿Cómo le va en el futuro?

Daniel suspiró.

—La buena noticia es que algo es distinto en esta vida. De algún modo, la maldición se ha... modificado.

—¿En qué sentido? —Daniil lo miró, y la esperanza que le había iluminado los ojos se disipó—. ¿Te refieres a que, en su vida actual, todavía no ha tomado partido?

—Creemos que no. Eso es una parte. Parece que se ha introducido una laguna en la maldición que le ha permitido vivir más de lo habitual...

—Pero eso es muy peligroso. —Daniil habló deprisa, de forma atropellada, soltando el mismo discurso que Daniel se había repetido mentalmente desde la última noche en Espada & Cruz, cuando se había dado cuenta de que esa vez era distinto—: Ella podría morir y no volver. Podría ser el fin. Ahora todo pende de un hilo.

—Lo sé.

Daniil se quedó un momento callado y recobró la calma.

—Lo siento. Por supuesto que lo sabes. Pero… la pregunta es: ¿entiende ella por qué es distinta esta vida?

Daniel se miró las manos vacías.

—Una de las ancianas de Zhsmaelin consiguió interrogarla antes de que ella supiera nada de su pasado. Lucinda sabe que todos están centrados en el hecho de que no ha sido bautizada… pero desconoce muchas cosas.

Daniil se colocó en la cornisa y contempló la ventana sin luz de Luce.

—Entonces, ¿cuál es la mala noticia?

—Me temo que yo también desconozco muchas cosas. No puedo predecir las consecuencias de su huida al pasado si no la encuentro y la detengo, antes de que sea demasiado tarde.

En la calle sonó una sirena. El ataque aéreo había concluido. Pronto los rusos saldrían a peinar la ciudad en busca de supervivientes.

Daniel rebuscó entre los jirones de su memoria. Ella había viajado a una vida anterior, pero ¿a cuál? Se volvió y miró a su antiguo yo de hito en hito.

—Tú también lo recuerdas, ¿verdad?

—¿Que… ha viajado a su pasado?

—Sí. Pero ¿a qué vida? —Hablaron a la vez, sin despegar los ojos de la calle.

—¿Y cuándo se detendrá? —preguntó Daniel con brusquedad, retirándose de la cornisa. Cerró los ojos y respiró hondo—. Luce es distinta ahora. Es… —Casi la olía. Pura luz, como el sol—. Algo fundamental ha cambiado. Por fin tenemos una oportunidad real. Y… y nunca he estado más contento… ni más aterrado. —Al abrir los ojos, le sorprendió ver que Daniil asentía.

—Daniel…

—¿Sí?

—¿A qué esperas? —le preguntó, con una sonrisa—. Ve a buscarla.

Sin decir nada más, Daniel abrió una sombra proyectada en la cornisa, una Anunciadora, y entró en ella.

3
La ignorancia es osada

Milán, Italia
25 de mayo de 1918

Luce salió de la Anunciadora tambaleándose y oyó explosiones. Se agachó y se tapó los oídos.

Violentos estallidos sacudieron el suelo. Un fuerte estruendo tras otro, cada uno más espectacular y paralizante que el anterior, hasta que el ruido y los temblores reverberaron de tal modo que pareció que el ataque no tenía pausa ni final. Que no había forma de eludir el fragor.

Luce avanzó a tientas en la atronadora oscuridad, encorvada, tratando de protegerse el cuerpo. Las explosiones le repercutían en el pecho, le llenaban los ojos y la boca de tierra.

Todo aquello antes de que hubiera siquiera tenido ocasión de ver dónde estaba. Con cada explosión cegadora, vislumbraba campos ondulados atravesados por acequias y vallas desvencijadas. Pero los destellos eran breves, y ella no tardaba en quedarse de nuevo ciega.

Bombas. Seguían cayendo.

Algo iba mal. Su intención era retroceder en el tiempo, alejarse de Moscú y de la guerra. Pero debía de haber terminado justo donde había empezado. Roland le había advertido sobre aquello, sobre los peligros de viajar por las Anunciadoras. Pero ella había sido demasiado obstinada para hacerle caso.

En aquella completa oscuridad, tropezó con algo y cayó de bruces.

Alguien gruñó. La persona sobre la que había caído.

Sofocó un grito y se apartó mientras notaba una fuerte punzada en la cadera que se había golpeado. Pero, cuando vio al hombre tendido en el suelo, se olvidó de su dolor.

Era joven, más o menos de su edad. Menudo, con unas facciones delicadas y unos huidizos ojos castaños. Estaba pálido. Respiraba de forma entrecortada y superficial. Tenía la mano con la que se agarraba el vientre recubierto de mugre negra. Y debajo de esa mano, su uniforme estaba empapado de sangre oscura.

Luce no podía apartar los ojos de la herida.

—Se supone que no debería estar aquí —susurró entre dientes.

El muchacho entreabrió los labios. La mano ensangrentada le tembló cuando se santiguó.

—Oh, he muerto —dijo, mirándola con los ojos muy abiertos—. Eres un ángel. He muerto y he ido a... ¿Estoy en el Cielo?

Alargó sus manos temblorosas hacia ella. Luce tuvo ganas de gritar o vomitar, pero, de forma instintiva, se las cogió y volvió a colocárselas sobre la herida abierta en su abdomen. Otra explosión sacudió el suelo y al muchacho postrado en él. La herida sangró entre los dedos de Luce.

—Soy Giovanni —susurró el muchacho, cerrando los ojos—. Por favor. Ayúdame. Por favor.

Fue entonces cuando Luce se dio cuenta de que ya no se encontraba en Moscú. Bajo sus pies, el suelo no estaba tan frío. No era una superficie nevada, sino una llanura herbosa con zonas arrasadas donde se veía el fértil suelo negro. El aire era seco y estaba impregnado de polvo. Aquel muchacho le había hablado en italiano y, al igual que en Moscú, ella lo había entendido.

Sus ojos se habían habituado a la oscuridad. A lo lejos, vio reflectores que alumbraban colinas de tonalidades moradas. Y, más allá, el cielo estaba salpicado de brillantes estrellas blancas. Apartó la vista. No podía ver estrellas sin pensar en Daniel, y en ese momento no podía pensar en Daniel. No mientras presionaba el abdomen de aquel muchacho, no con él al borde la muerte.

Al menos no había muerto todavía.

Solo creía que lo había lo hecho.

Era lógico. Después de que lo hirieran, probablemente había sufrido una conmoción. Y quizá la había visto salir de la Anunciadora, un negro túnel surgido de la nada. Debía de estar aterrado.

—Vas a ponerte bien —dijo Luce, en el italiano perfecto que siempre había querido aprender. Se asombró de lo natural que se hacía hablarlo. Además, su voz tenía una dulzura y una serenidad que no esperaba; eso la indujo a preguntarse cómo debió de ser en aquella vida.

Una ensordecedora ráfaga de disparos la sobresaltó. Tiros. Interminables, en rápida sucesión, balas trazadoras que dibujaban arcos en el cielo, candentes líneas blancas ante sus ojos, seguidas de muchos gritos en italiano. Luego oyó pisadas. Acercándose.

—Nos batimos en retirada —masculló el muchacho—. Mala señal.

Luce miró a los soldados que corrían en su dirección y advirtió, por primera vez, que el soldado y ella no estaban solos. Al menos otros diez hombres yacían heridos a su alrededor, gimiendo, temblando y manchando la tierra negra de sangre. La mina terrestre que debía de haberlos cogido por sorpresa les había dejado la ropa chamuscada y hecha jirones. Un penetrante hedor a podredumbre, sudor y sangre lo impregnaba todo. La escena era tan espantosa que Luce tuvo que morderse el labio para no chillar.

Un hombre con uniforme de oficial pasó por su lado y se detuvo.

—¿Qué hace ella aquí? Esto es el frente. No es sitio para una enfermera. No nos servirás de nada muerta, muchacha. Al menos sé útil. Tenemos que llevarnos a las víctimas.

El oficial se alejó corriendo antes de que Luce pudiera reaccionar. Por debajo de ella, el muchacho tenía los ojos casi cerrados y temblaba de la cabeza a los pies. Luce miró a su alrededor con desesperación, buscando ayuda.

A unos ochocientos metros de distancia, había una estrecha carretera sin asfaltar con dos camiones antiquísimos y dos ambulancias achaparradas en un lado.

—Vuelvo enseguida —dijo al muchacho mientras le presionaba el abdomen con más fuerza para controlar la hemorragia. El soldado gimió cuando apartó las manos.

Luce corrió hacia los camiones y dio un traspié cuando otro proyectil cayó detrás de ella e hizo temblar el suelo.

Había varias mujeres con uniformes blancos congregadas detrás de uno de los camiones. Enfermeras. Ellas sabrían qué hacer, sabrían cómo ayudarle. Pero, cuando estuvo lo bastante cerca para verles la cara, se le cayó el alma a los pies. Solo eran niñas. Algunas no debían de tener más de catorce años. Sus uniformes parecían disfraces.

Escrutó sus caras, buscando la suya. Debía de haber un motivo para que hubiera emergido en aquel infierno. Pero ninguna le resultó familiar. Costaba interpretar sus expresiones límpidas y serenas. Ninguna manifestaba el terror que ella sabía que reflejaba su cara. A lo mejor ya habían visto suficiente guerra para estar habituadas a sus estragos.

—Agua —dijo una voz de mujer desde el interior del camión—. Vendas. Gasas.

Repartía material de curas a las muchachas, que lo cogían y lo llevaban a un dispensario improvisado junto a la carretera. Ya había una hilera de hombres heridos detrás del camión a la espera de ser atendidos. Y había más en camino. Luce se sumó a las muchachas que hacían cola para recoger el material. Estaba oscuro, y nadie le dijo una palabra. Entonces la percibió. La tensión de las jóvenes enfermeras. Debían de haberles enseñado a aparentar calma y serenidad delante de los soldados, pero, cuando la muchacha que iba delante de Luce cogió su material de curas, le temblaron las manos.

Alrededor de ellas, los soldados se movían rápidamente en parejas, llevando a los heridos por las axilas y los pies. Algunos de aquellos hombres mascullaban preguntas sobre el combate y la gravedad de sus lesiones. Además, estaban los heridos más graves, cuyos labios no podían formular ninguna pregunta porque estaban demasiado ocupados en contener sus gritos, y otros a los que había que llevar por la cintura porque una mina les había arrancado una o ambas piernas.

—Agua. —Pusieron una jarra en los brazos de Luce—. Vendas. Gasas. —La jefa de enfermeras le entregó su material de curas de forma mecánica, lista para pasar a la siguiente muchacha, pero no lo hizo. Se quedó mirándola. Bajó los ojos y Luce cayó en la cuenta de que aún llevaba el recio abrigo de lana de la abuela rusa de Luschka. Lo cual era una suerte, porque debajo estaban los vaqueros y la camisa de su vida actual.

—Uniforme —dijo por fin la mujer sin variar el tono mientras le arrojaba un vestido blanco y una cofia como los que llevaban las otras muchachas.

Luce asintió agradecida y se escondió detrás de un camión para ponérselo. Era un vestido blanco muy holgado que le llegaba a los pies y olía mucho a lejía. Intentó limpiarse la sangre de las manos con el abrigo de lana antes de arrojarlo detrás de un árbol. Pero, cuando terminó de abotonarse, subirse las mangas y abrocharse el cinturón, tenía el uniforme de enfermera completamente cubierto de rayas herrumbrosas.

Cogió el material de curas y volvió a cruzar la carretera. El panorama que tenía ante ella era espantoso. El oficial no había dicho ninguna mentira. Había al menos un centenar de hombres que necesitaban ayuda. Miró las vendas que llevaba en los brazos y se preguntó qué debía hacer.

—¡Enfermera! —gritó un soldado. Estaba metiendo una camilla en una ambulancia—. ¡Enfermera! Este necesita una enfermera.

Luce advirtió que se dirigía a ella.

—Oh —dijo con un hilillo de voz—. ¿Yo? —Miró dentro de la ambulancia. Estaba oscuro. Un espacio que parecía concebido para dos personas albergaba a seis. Los soldados heridos estaban tendidos en tres pisos de camillas colgadas de correas, seis en total. Solo quedaba espacio para Luce en el suelo.

Alguien la apartó hacia un lado, un hombre que dejó otra camilla en el reducido espacio vacío del suelo. El soldado que yacía en
ella estaba inconsciente y tenía el pelo negro pegado a la cara.

—Vamos —dijo el hombre a Luce—. Va a salir.

Cuando ella no se movió, le señaló un taburete de madera sujeto
con una cuerda a la parte interior de la puerta trasera de la ambulancia. Se agachó y entrelazó las manos para que Luce pusiera el pie y se
subiera al taburete. Cayó otro proyectil, y a Luce se le escapó un
grito.

Miró al hombre con actitud de disculpa, respiró hondo y se encaramó al minúsculo taburete.

Cuando estuvo sentada en él, el hombre le dio la jarra de agua y
la caja con vendas y gasas.

—Espere —susurró Luce—. ¿Qué hago?

El hombre no le respondió de inmediato.

—Ya sabes lo lejos que está Milán. Véndales las heridas e intenta
que estén cómodos. Haz lo que puedas.

La puerta se cerró con Luce encaramada a ella. Tuvo que aferrarse al taburete para no caerse encima del soldado tendido a sus
pies. Hacía un calor sofocante dentro de la ambulancia. El olor era
nauseabundo. La única luz provenía de un farol colgado de un clavo
en un rincón. La única ventanilla estaba en la puerta, justo detrás de
su cabeza. No sabía qué había sido de Giovanni, el muchacho con la
bala en el vientre. No sabía si volvería a verlo. Si él pasaría de aquella noche.

El motor arrancó. La ambulancia se puso en movimiento con
una sacudida. El soldado que ocupaba una de las camillas superiores
comenzó a gemir.

Cuando hubieron alcanzado una velocidad constante, Luce oyó un tamborileo. Algo goteaba. Se inclinó hacia delante en el taburete y entrecerró los ojos a la débil luz del farol.

Era la sangre del soldado que ocupaba la camilla superior. Traspasaba la correa de lona y caía sobre el soldado de la camilla intermedia. El muchacho tenía los ojos abiertos. Miraba la sangre que le goteaba en el pecho, pero estaba demasiado grave para apartarse. No hizo ningún ruido. Hasta que el hilillo de sangre se convirtió en un río.

Luce gimió con él. Fue a bajarse del taburete, pero no había espacio para ella a menos que se pusiera a horcajadas sobre el soldado que estaba en el suelo. Con cuidado, colocó un pie a cada lado de su torso. Mientras la ambulancia rodaba por la carretera sin asfaltar, metió un puñado de gasas entre la correa y la camilla superior. La sangre las empapó en cuestión de segundos y le manchó los dedos.

—¡Socorro! —gritó al conductor de la ambulancia. Ni tan siquiera sabía si la oiría.

—¿Qué pasa? —El soldado tenía un marcado acento regional.

—Este hombre se está desangrando. Creo que se muere.

—Todos nos morimos, preciosa —dijo el conductor. ¿Era posible que estuviera coqueteando con ella? Un segundo después, volvió la cabeza y la miró por la abertura que había detrás de su asiento—. Oye, lo siento. Pero no hay nada que hacer. Tengo que llevar al resto al hospital.

Tenía razón. Ya era demasiado tarde. Cuando Luce retiró la mano de debajo de la camilla, la sangre volvió chorrear. Con tal profusión que parecía imposible.

Luce no sabía cómo consolar al muchacho de la camilla intermedia, que tenía la mirada petrificada y susurraba un fervoroso Ave María. La sangre del otro soldado corría por los lados de su camilla y se
le encharcaba alrededor de las caderas, en el espacio que quedaba
entre su cuerpo y la correa.

Luce quiso cerrar los ojos y desvanecerse. Quiso rebuscar entre
las sombras que proyectaba el farol, encontrar una Anunciadora que
la llevara a otro lugar. A cualquier otro lugar.

Como la playa rocosa que había debajo del campus de la Escuela de la Costa. A la que Daniel la había llevado a bailar sobre el mar,
bajo las estrellas. O el límpido estanque que los había visto zambullirse a los dos, cuando ella llevaba un biquini amarillo. Habría preferido Espada & Cruz a aquella ambulancia, incluso en los peores
momentos, como la noche en la que había acudido a su cita con Cam
en aquel bar. Como cuando lo había besado. Hasta habría preferido
Moscú. Aquello era peor. Jamás se había enfrentado a nada igual.

Salvo...

Por supuesto que lo había hecho. Ya debía de haber vivido algo
casi idéntico a aquello. Por eso había terminado allí. En algún lugar
de aquel mundo desgarrado por la guerra, estaba la muchacha que
murió, resucitó y, con el tiempo, se convirtió en ella. No le cabía ninguna duda. Debía de haber vendado heridas, transportado agua y
reprimido sus ganas de vomitar. Pensar en la muchacha que ya había
pasado por aquello le dio fuerzas.

El río de sangre comenzó a menguar hasta quedar reducido a un
lento goteo. El muchacho de la camilla intermedia se había desmayado, de modo que Luce se quedó observándolo durante mucho rato
en silencio. Hasta que el goteo cesó por completo.

Entonces cogió una toalla y la jarra de agua y comenzó a lavarlo. Hacía tiempo que el soldado no se daba un baño. Lo lavó con delicadeza y le cambió el vendaje de la cabeza. Cuando recobró el conocimiento, le dio sorbos de agua. El muchacho comenzó a respirar con normalidad y dejó de mirar la camilla superior con cara de terror. Parecía más cómodo.

Todos los soldados parecieron sentirse más a gusto cuando ella los atendió, incluso el que estaba tendido en el suelo, que no abrió los ojos en ningún momento. Luce limpió la cara al muchacho de la camilla superior que acababa de morir. No supo explicar por qué. Quería que también él descansara en paz.

Era imposible saber cuánto tiempo había transcurrido. Lo único que sabía era que ya era de noche y la ambulancia apestaba, que le dolía la espalda, tenía la garganta seca y se sentía agotada. Y ella estaba mucho mejor que cualquiera de aquellos hombres.

Había dejado al soldado de la camilla inferior izquierda para el final. Tenía una herida grave en el cuello y le preocupaba que perdiera todavía más sangre si trataba de cambiarle el vendaje. Lo hizo lo mejor que supo. Se sentó en un lado de su camilla, le pasó una esponja por la sucia cara y le quitó parte de la sangre del pelo rubio. Era guapo bajo toda aquella mugre. Muy guapo. Pero la distrajo su cuello, que seguía empapando la gasa de sangre. Cada vez que hacía ademán de tocarlo, él gritaba de dolor.

—No te preocupes —susurró—. Vas a salir de esta.

—Lo sé. —Su susurro fue tan quedo y dejó traslucir una tristeza tan honda que Luce no estuvo segura de haberlo oído bien. Hasta ese momento, creía que el soldado estaba inconsciente, pero parecía que su voz lo había ayudado a volver en sí.

Los párpados le temblaron y, poco a poco, abrió los ojos.

Los tenía de color violeta.

A Luce se le cayó la jarra de las manos.

¡Daniel!

Su primera reacción fue acercarse para cubrirle los labios de besos, fingir que no estaba herido de tanta gravedad.

Al verla, Daniel abrió los ojos de par en par y trató de incorporarse. Pero el cuello volvió a sangrarle profusamente y la cara se le quedó blanca como el papel. Luce no tuvo más remedio que impedírselo.

—Chist. —Le bajó los hombros para que volviera a echarse en la camilla y pudiera relajarse.

Él se resistió bajo sus manos. Cada vez que se retorcía, el vendaje se le empapaba aún más de sangre.

—Daniel, tienes que dejar de resistirte —suplicó Luce—. Por favor, deja de resistirte. Hazlo por mí.

Se miraron con intensidad. En ese momento, la ambulancia frenó bruscamente. La puerta trasera se abrió, y por ella se coló una inesperada corriente de aire fresco. Fuera, las calles estaban vacías, pero se notaba que aquello era una gran ciudad, incluso en plena noche.

Milán. Allí era donde el soldado le había dicho que iban cuando le había asignado aquella ambulancia. Debían de estar en un hospital de Milán.

Dos hombres vestidos de militares aparecieron en la puerta y comenzaron a bajar las camillas con precisión y rapidez. En pocos minutos, habían colocado a los heridos en carros y se los habían llevado. Apartaron a Luce para sacar la camilla de Daniel. Él intentó abrir los ojos, y a Luce le pareció que hacía ademán de cogerle la mano. Lo miró desde el fondo de la ambulancia hasta que dejó de verlo. Entonces se puso a temblar.

—¿Te encuentras bien? —Una muchacha se asomó al interior de la ambulancia. Era bonita y parecía descansada. Tenía la boca pequeña, muy roja, y el pelo largo y oscuro, recogido en un moño suelto. Su uniforme de enfermera era más entallado que el suyo y estaba tan limpio que Luce se dio cuenta de lo ensangrentada y embarrada que iba.

Se puso en pie de un salto. Se sentía como si la hubiera pillado haciendo algo vergonzoso.

—Estoy bien —se apresuró a decir—. Solo...

—No hace falta que digas nada —la interrumpió la muchacha. El rostro se le ensombreció cuando miró el interior de la ambulancia—. Lo sé, ha sido un viaje duro.

Luce observó a la muchacha cuando esta dejó un cubo de agua en el suelo de la ambulancia y subió. Se puso manos a la obra de inmediato. Restregó las correas ensangrentadas y fregó el suelo con abundante agua que no tardó en teñirse de rojo. Cambió las sábanas manchadas por otras limpias y añadió más gas al farol. No aparentaba más de trece años.

Luce se levantó para ayudarla, pero la chica la disuadió con un gesto de la mano.

—Siéntate. Descansa. Acaban de trasladarte, ¿no?

Con vacilación, Luce asintió.

—¿Has estado sola durante todo el trayecto desde el frente? —La muchacha dejó un momento de limpiar y, cuando miró a Luce, sus ojos avellana rebosaron compasión.

Luce fue a responder, pero tenía la boca tan seca que no pudo articular palabra. ¿Cómo había tardado tanto en darse cuenta de que estaba mirándose a sí misma?

—Sí —consiguió decir—. He estado sola.

La chica sonrió.

—Pues ya no lo estás. Somos un buen grupo en el hospital. Aquí tenemos a las enfermeras más simpáticas. Y a los pacientes más guapos. Ya verás como te gusta. —Fue a darle la mano, pero se la miró y advirtió lo sucia que estaba. Se rió y volvió a coger la fregona—. Soy Lucia.

Luce consiguió contenerse para no decir «Lo sé».

—Yo soy…

Se le quedó la mente en blanco. Intentó pensar en un nombre, cualquier nombre que pudiera servir.

—Soy Doree… Doria —dijo por fin. Casi el nombre de su madre—. ¿Sabes… adónde llevan a los soldados a los que hemos traído?

—Ay, ay. No te habrás enamorado ya de uno, ¿no? —bromeó Lucia—. Los nuevos pacientes se llevan al ala este para comprobar sus signos vitales.

—El ala este —repitió Luce para sus adentros.

—Pero tendrías que ir a ver a la señorita Fiero al puesto de enfermeras. Se ocupa de inscribir a las nuevas y organizar los horarios. —Lucia volvió a reírse, bajó la voz y se acercó más a Luce—. ¡Y de darle un repaso al médico los martes por la tarde!

Luce solo fue capaz de mirarla fijamente. A esa distancia, su antiguo yo era tan real, estaba tan vivo, se parecía tanto a la clase de muchacha con la que ella habría trabado amistad de inmediato si las circunstancias hubieran tenido algún viso de normalidad, que le entraron ganas de abrazarla, pero un temor indescriptible la invadió. Había limpiado las heridas de siete soldados medio muertos, entre ellos, el amor de su vida, pero no estaba segura de cómo actuar con Lucia. La muchacha parecía demasiado joven para conocer alguno de los secretos que ella buscaba, acerca de la maldición, acerca de los Proscritos. Luce temía que solo fuera a asustarla si empezaba a hablarle de la reencarnación y el Cielo. Había algo especial en sus ojos, en su inocencia: se percató de que Lucia sabía incluso menos que ella.

Bajó de la ambulancia y retrocedió

—¡Me alegro de conocerte, Doria! —gritó Lucia.

Pero Luce ya se había marchado.

Luce entró en seis habitaciones equivocadas, asustó a tres soldados y volcó un botiquín antes de encontrarlo.

Daniel compartía una habitación del ala este con otros dos soldados. Uno era un hombre callado que llevaba la cara vendada. El otro roncaba ruidosamente. Tenía una botella de whisky no muy bien escondida bajo la almohada y las dos piernas rotas, colgadas de una polea.

La habitación era aséptica y apenas tenía muebles, pero había una ventana con vistas a una amplia avenida bordeada de naranjos.

De pie junto a su cama, observándolo mientras dormía, Luce la vio. La forma en la que su amor habría florecido allí. Vio a Lucia entrando con las comidas de Daniel. Lo vio a él abriéndose poco a poco a ella. Ambos ya inseparables cuando Daniel estuviera recuperado. Y eso hizo que se sintiera celosa, culpable y desconcertada, porque, en aquel preciso momento, era incapaz de saber si su amor era algo hermoso o si aquel solo era otro ejemplo de su inconveniencia.

Si ella era tan joven cuando se conocieron, debieron de tener una relación larga en aquella vida. Lucia llevaría años con él antes de que sucediera. Antes de que muriera y se reencarnara en una vida completamente distinta. Debió de creer que siempre estarían juntos. Y ni siquiera debía de saber cuánto tiempo significaba «siempre».

Pero Daniel lo sabía. Siempre lo sabía.

Luce se sentó en su cama, procurando no despertarlo. Tal vez no había sido siempre tan cerrado y retraído. Acababa de verlo en su vida en Moscú, susurrándole algo en el momento crítico previo a su muerte. Si pudiera hablar con él en esa vida, aquel Daniel quizá la trataría de un modo distinto al que ella conocía. Quizá no se escondería tanto de ella. Tal vez la ayudaría a entender. Tal vez le diría la verdad, para variar.

De ese modo, Luce podría regresar al presente y ya no habría más secretos. En realidad, eso era lo único que deseaba: que los dos pudieran amarse abiertamente. Y que ella no tuviera que morir.

Alargó la mano y le tocó la mejilla. Adoraba sus mejillas. Daniel estaba magullado y herido, y probablemente sufría una conmoción cerebral, pero su mejilla era cálida y suave, y, sobre todo, era suya. Estaba más guapo que nunca. Dormido, tenía una expresión tan serena que Luce podría haberse pasado horas mirándolo desde todos los ángulos sin aburrirse. Para ella, era perfecto. Sus labios perfectos estaban igual que siempre. Cuando los tocó con el dedo, los notó tan suaves que no pudo evitar besarlos. Él no se movió.

Le pasó los labios por el contorno de la mandíbula, le besó el lado del cuello que no tenía herido y siguió por la clavícula. En la parte superior del hombro derecho, sus labios se detuvieron en una pequeña cicatriz blanca.

Habría sido casi indiscernible para cualquier otra persona, pero Luce sabía que de allí surgían las alas de Daniel. Besó el tejido cicatricial. Era durísimo verlo postrado en aquella cama de hospital cuando ella sabía de qué era capaz. Cuando la envolvía en sus alas, Luce siempre perdía de vista todo lo demás. ¡Qué no daría por verlas desplegarse en aquel momento, por ver aquel vasto esplendor blanco que parecía llevarse toda la luz de una habitación! Apoyó la cabeza en su hombro y notó el calor de la cicatriz en su piel.

Luce alzó la cabeza con brusquedad. No supo que se había quedado dormida hasta que los chirridos de las ruedas de una camilla en el desigual suelo de madera del pasillo la despertaron de golpe.

¿Qué hora era? El sol que entraba a raudales por la ventana bañaba las blancas sábanas de las camas. Rotó el hombro para aliviar una contractura. Daniel seguía dormido.

La cicatriz de su hombro parecía más blanca a la luz de la mañana. Luce quiso ver el otro lado, la otra cicatriz idéntica, pero estaba oculta bajo las gasas. Al menos, parecía que la herida ya no sangraba.

La puerta se abrió, y Luce se levantó de un salto.

Lucia estaba en la puerta, sosteniendo tres bandejas tapadas en los brazos.

—¡Oh! Estás aquí. —Parecía sorprendida—. Entonces, ¿ya han desayunado?

Luce se ruborizó y negó con la cabeza.

—Yo… hum…

—Ah. —A Lucia se le iluminaron los ojos—. Conozco esa mirada. Estás coladísima por alguien. —Dejó las bandejas del desayuno en un carrito y se acercó a ella—. No te preocupes. No se lo diré a nadie, siempre que lo apruebe. —Ladeó la cabeza para mirar a Daniel y lo escrutó durante mucho rato. No se movió ni respiró.

Cuando se dio cuenta de cómo se le agrandaban los ojos al ver a Daniel por primera vez, Luce no supo qué sentir. Empatía. Envidia. Dolor. Todo aquello estaba presente.

—¡Es divino! —Parecía que Lucia fuera a ponerse a llorar—. ¿Cómo se llama?

—Se llama Daniel.

—Daniel —repitió la muchacha y, dicha por ella, la palabra pareció sagrada—. Algún día, conoceré a un hombre como este. Algún día los volveré locos a todos. Como tú, Doria.

—¿Qué quieres decir? —preguntó Luce.

—Está ese otro soldado, dos puertas más abajo. —Lucia le habló sin apartar los ojos de Daniel ni un solo instante—. ¿Sabes, Giovanni?

Luce negó con la cabeza. No lo sabía.

—El que están a punto de operar. No hace más que preguntar por ti.

—Giovanni. —El muchacho al que habían disparado en el abdomen—. ¿Está bien?

—Pues claro. —Lucia sonrió—. No le diré que tienes novio. —Le guiñó un ojo y señaló las bandejas—. Te dejo repartir los desayunos —dijo mientras salía—. ¿Vendrás a verme luego? Quiero saberlo todo sobre ti y Daniel. Toda la historia, ¿vale?

—Claro —mintió Luce, un poco apenada.

Cuando volvió a quedarse a solas con Daniel, Luce se puso nerviosa. En el patio de sus padres, después de la batalla con los Proscritos, Daniel había parecido horrorizado cuando la había visto entrar en la Anunciadora. En Moscú también. ¿Quién sabía qué haría aquel Daniel cuando abriera los ojos y averiguara de dónde venía?

Si es que los abría.

Volvió a inclinarse sobre su cama. Tenía que abrir los ojos, ¿no? Los ángeles no morían. Por lógica, Luce pensaba que era imposible, pero ¿y si... y si ella había fastidiado algo viajando al pasado? Había visto las películas de *Regreso al futuro* y una vez había aprobado un examen sobre física cuántica en clase de ciencias. Probablemente, estaba alterando el continuo espacio-tiempo. Y Steven Filmore, el demonio que enseñaba humanidades en la Escuela de la Costa, ya les había hablado de eso.

No sabía qué significaba nada de aquello, pero sí sabía que podía ser nefasto. Tan nefasto como borrar toda su existencia. O matar a su novio ángel.

Fue entonces cuando el pánico se apoderó de ella. Cogió a Daniel por los hombros y comenzó a moverlo. Con suavidad y delicadeza: después de todo, había pasado por una guerra. Pero con el vigor suficiente para transmitirle que necesitaba una señal. Ya.

—Daniel —susurró—. ¿Daniel?

Por fin. Los párpados comenzaron a temblarle. Luce respiró. Daniel abrió poco a poco los ojos, como había hecho la noche anterior. Y, al igual que entonces, cuando vio a la muchacha que tenía ante él, casi se le salieron de las órbitas. Separó los labios.

—Eres... vieja.

Luce se ruborizó.

—No lo soy —dijo, riéndose. Era la primera vez que la llamaban vieja.

—Sí que lo eres. Eres viejísima. —Casi parecía decepcionado. Se frotó la frente—. Es decir… ¿cuánto tiempo llevo…?

En ese momento, Luce se acordó: Lucia era varios años menor que ella. Pero Daniel no la conocía todavía. ¿Cómo podía saber qué edad tenía?

—No te preocupes por eso —dijo Luce—. Tengo que explicarte una cosa, Daniel. Yo… yo no soy quien tú crees. Es decir, lo soy, supongo, siempre lo soy, pero esta vez he venido de… hum…

A Daniel se le crisparon las facciones.

—Claro. Has venido del futuro.

Luce asintió.

—He tenido que hacerlo.

—Lo había olvidado —susurró Daniel, confundiendo aún más a Luce—. ¿De qué época eres? No. No me lo digas. —Con un gesto de la mano, le indicó que se alejara y se apartó como si estuviera apestada—. ¿Cómo es posible? No había lagunas en la maldición. No deberías poder estar aquí.

—¿«Lagunas»? —preguntó Luce—. ¿Qué clase de lagunas? Tengo que saberlo…

—No puedo ayudarte —dijo él, tosiendo—. Tienes que averiguarlo tú sola. Son las reglas.

—Doria. —Había una mujer en la puerta a la que Luce no conocía. Era mayor que ella, rubia y seria. Llevaba una gorra almidonada de la Cruz Roja prendida del pelo con alfileres para que le quedara ladeada. Al principio, Luce no se dio cuenta de que había dirigido a ella—. Tú eres Doria, ¿no? La que acaban de trasladar.

—Sí —respondió ella.

—Vamos a tener que hacer el papeleo esta mañana —dijo seca-
mente la mujer—. No tengo ningún dato tuyo. Pero, antes, me harás
un favor.

Luce asintió. Sabía que estaba en un aprieto, pero tenía cosas
más importantes de que preocuparse que aquella mujer y su papeleo.

—Van a operar al soldado Bruno —dijo la enfermera.

—De acuerdo. —Luce intentó concentrarse en ella, pero lo único que deseaba era retomar su conversación con Daniel. Por fin había dado con algo. ¡Por fin había dado con otra pieza del rompeca-
bezas de sus vidas!

—El soldado Giovanni Bruno. Ha pedido que retiren a la enfermera de turno de su intervención. Dice que está colado por la enfermera que le salvó la vida. ¿Su ángel? —La mujer la miró con dureza—. Las chicas dicen que eres tú.

—No —dijo Luce—. Yo no…

—Da igual. Eso es lo que él cree. —La mujer señaló la puerta—.
Vamos.

Luce se levantó de la cama de Daniel. Él tenía la cabeza vuelta
hacia la ventana. Ella suspiró.

—Tengo que hablar contigo —susurró, aunque él no la mirara—.
Vuelvo enseguida.

La intervención no fue tan espantosa como podría haber sido. Lo
único que Luce tuvo que hacer fue sostener la mano menuda y suave de Giovanni y susurrarle cosas, pasar unos cuantos instrumentos
al médico y tratar de no mirar cuando este introdujo las manos en la

masa roja de los intestinos de Giovanni y extrajo los trozos de metralla ensangrentada. Si el médico se extrañó de su evidente inexperiencia, no dijo nada. Luce no estuvo ausente más de una hora.

El tiempo suficiente para encontrar vacía la cama de Daniel a su regreso.

Lucia estaba cambiando las sábanas. Corrió a su encuentro y Luce creyó que iba a abrazarla. Pero se derrumbó a sus pies.

—¿Qué ha pasado? —preguntó Luce—. ¿Adónde ha ido?

—No lo sé. —La muchacha empezó a sollozar—. Se ha ido. Sin más. No sé adónde. —Miró a Luce, con sus ojos avellana inundados de lágrimas—. Me ha pedido que te diga adiós.

—No puede haberse marchado —dijo Luce entre dientes. Ni siquiera habían tenido ocasión de hablar…

Por supuesto que no la habían tenido. Daniel sabía perfectamente lo que hacía cuando se había marchado. No quería contarle toda la verdad. Le ocultaba algo. ¿A qué reglas se había referido? ¿Y a qué laguna?

Lucia tenía la cara congestionada e hipaba mientras hablaba.

—Sé que no debería estar llorando, pero no sé explicarlo… Me siento como si se hubiera muerto alguien.

Luce reconoció la sensación. Tenían eso en común. Cuando Daniel se marchaba, las dos se quedaban desconsoladas. Apretó los puños y se sintió enfadada y abatida.

—No seas infantil.

Luce parpadeó, creyendo, al principio, que Lucia se dirigía a ella, pero luego se dio cuenta de que se estaba reprendiendo a sí misma. Luce puso la espalda recta y enderezó los hombros, como si tratara recuperar la actitud serena que habían mostrado las enfermeras.

—Lucia. —Fue a abrazarla.

Pero la muchacha se apartó y le dio la espalda.

—Estoy bien. —Y continuó deshaciendo la cama vacía de Daniel—. Lo único que podemos controlar es el trabajo que hacemos. La enfermera Fiero lo dice siempre. El resto no está en nuestras manos.

No. Lucia estaba equivocada, pero Luce no sabía cómo sacarla de su error. No entendía muchas cosas, pero aquello sí lo entendía: su vida no tenía que escapar forzosamente a su control. Ella podía labrarse su propio destino. De algún modo. Aún no sabía del todo cómo, pero presentía que la solución se hallaba más cerca. En primer lugar, ¿cómo si no habría ido a parar allí? ¿Cómo si no habría sabido que era hora de partir?

A la luz de mediodía, un botiquín proyectaba una sombra en un rincón. Le pareció que podría utilizarla, pero todavía no confiaba del todo en su capacidad para invocar sombras. Se concentró en ella un momento y esperó a ver por dónde empezaba a temblar.

Ahí. La vio retorcerse. Luchando contra la indignación que aún sentía, la cogió.

En el otro extremo de la habitación, Lucia estaba concentrada en remeter las sábanas, en disimular que seguía llorando.

Luce actúo con rapidez. Convirtió la Anunciadora en una bola y la moldeó con los dedos más deprisa que nunca.

Contuvo el aliento, pidió un deseo y desapareció.

4
El tiempo no cura las heridas

Milán, Italia
25 de mayo de 1918

Daniel estaba receloso y crispado cuando salió de la Anunciadora.

No tenía práctica en situarse en una nueva época y lugar con rapidez y, a su llegada, nunca sabía dónde estaba exactamente ni qué debía hacer. Solo sabía que una versión de Luce andaba cerca, que lo necesitaba.

La habitación era blanca. Sábanas blancas en la cama que tenía delante y, en la esquina, una ventana con el marco blanco por la que entraba una brillante luz blanca. Por un momento, todo estuvo en silencio. Luego, una algarabía de recuerdos lo invadió.

Milán.

Había regresado al hospital donde ella trabajó como enfermera durante la primera de las dos mortíferas guerras mundiales. Allí, en la cama del rincón, estaba Traverti, su compañero de habitación oriundo de Salerno, quien había pisado una mina terrestre cuando se dirigía al comedor. Tenía las dos piernas quemadas y rotas, pero era tan encantador que todas las enfermeras le llevaban botellas de whisky a hurtadillas. Siempre tuvo un chiste para Daniel. Y allí, en el otro lado de la habitación, estaba Max Porter, el británico con la cara quemada, quien nunca dijo ni pío hasta gritar y desmoronarse cuando le quitaron el vendaje.

En aquel momento, sus dos antiguos compañeros de habitación se encontraban muy lejos de allí, durmiendo unas siestas inducidas por la morfina.

En el centro de la habitación estaba la cama que él ocupó después de que una bala lo alcanzara en el cuello cerca del frente del río Piave. Fue un ataque absurdo; se precipitaron. Pero Daniel solo se había alistado en el ejército porque Lucia era enfermera, de modo que no le importó. Se frotó el lugar donde lo habían herido. Sentía el dolor casi como si hubiera sucedido el día anterior.

Si Daniel se hubiera quedado el tiempo suficiente para permitir que su herida sanara, los médicos se habrían quedado asombrados al ver que no le había quedado cicatriz. Su cuello volvía a estar liso e inmaculado, como si nunca le hubieran disparado.

A lo largo de los años, lo habían golpeado, apaleado y arrojado por balcones, le habían disparado en el cuello, el abdomen y la pierna, lo habían torturado con ascuas encendidas y arrastrado por múltiples calles. Pero un examen detallado de todos los centímetros de su piel solo revelaría dos pequeñas cicatrices: las dos finas líneas blancas sobre sus omóplatos de las que surgían sus alas.

Todos los ángeles caídos adquirieron aquellas cicatrices cuando se encarnaron en humanos. En cierto sentido, las cicatrices eran la única huella de su verdadera naturaleza.

A casi todos los demás les complacía ser inmunes a las cicatrices. Arriane era la excepción, pero la cicatriz que tenía en el cuello era otra historia. No obstante, Cam e incluso Roland se peleaban casi con el primer mortal que se les ponía por delante. Por supuesto, jamás perdían, pero parecía que les gustara terminar un poco magullados. Sabían que, en un día o dos, volverían a estar como nuevos.

Para Daniel, una existencia sin cicatrices solo era otro indicio de que no era dueño de su destino. Nada de lo que hacía dejaba nunca huella. El peso de su propia futilidad era aplastante, sobre todo en lo referente a Luce.

Y, de pronto, recordó que la había visto allí, en 1918. A Luce. Y recordó que había huido del hospital.

Aquello era lo único que podía dejarle una cicatriz: en su alma.

Se había sentido confuso al verla entonces, igual que se sentía ahora. En esa época, creía que era imposible que la Lucinda mortal pudiera retroceder en el tiempo para visitar a sus antiguos yoes. Que era imposible que estuviera viva. Ahora, por supuesto, sabía que algo había cambiado en la vida de Lucinda Price, pero ¿qué era? No estar bautizada había sido el principio, pero había más…

¿Por qué no podía desvelar el misterio? Conocía las reglas y los parámetros de la maldición mejor que nadie. ¿Cómo era posible que no diera con la respuesta?

Luce. Ella misma debía de haber obrado el cambio en su pasado. El corazón le palpitó al pensarlo. Debía de haber sucedido precisamente durante su huida a través de las Anunciadoras. Por supuesto: Luce debía de haber cambiado alguna cosa para hacer todo aquello posible. Pero ¿cuándo? ¿Dónde? ¿Cómo? Él no debía interferir.

Tenía que encontrarla, como siempre había prometido que haría. Pero también debía asegurarse de que ella conseguía hacer lo que fuera que tuviera que hacer, de que obraba el cambio que necesitaba efectuar en su pasado para que Lucinda Price, su Luce, pudiera existir.

Si la alcanzaba, quizá podría ayudarla. Podría guiarla hacia el momento en el que cambiaba las reglas del juego para todos ellos. Se le había escapado por los pelos en Moscú, pero en aquella vida la encontraría. Solo tenía de averiguar por qué había ido allí. Siempre había una razón, oculta en los recuerdos más recónditos de Luce…

¡Oh!

Le ardieron las alas y sintió vergüenza. Su muerte había sido truculenta y desagradable en aquella vida en Italia. Una de las peores. Jamás dejaría de culparse por la forma horrible en la que había muerto.

Pero eso ocurriría años después del momento en el que había llegado Daniel. Aquel era el hospital donde se habían conocido, cuando Lucia era tan joven y tan encantadora, inocente y descarada al mismo tiempo. Allí, Lucia lo había amado de una forma instantánea y absoluta. Aunque era demasiado joven para que Daniel le demostrara que también la amaba, él jamás la había desalentado. Lucia solía deslizar su mano en la suya cuando paseaban bajo los naranjos de la Piazza della Repubblica, pero, cuando él se la apretaba, se ruborizaba. Siempre le hacía reír que pudiera ser tan atrevida y, de golpe, se volviera vergonzosa. Solía decirle que quería casarse con él algún día.

—¡Has vuelto!

Daniel giró sobre sus talones. No había oído que abrían la puerta detrás de él. Lucia dio un brinco al verlo. Le sonrió, enseñándole una hilera perfecta de dientes blancos. Su belleza lo dejó sin aliento.

¿A qué se refería con que había vuelto? Ah, eso era cuando se había escondido de Luce por temor a matarla sin querer. No le estaba permitido revelarle nada; ella tenía que descubrir los detalles por sí sola. Si él le hacía la menor insinuación, ella ardería en llamas. De haberse quedado, Luce podría haberlo interrogado y tal vez le habría sacado la verdad… Prefería no arriesgarse.

Así pues, su antiguo yo había huido. Ya debía de estar en Bolonia.

—¿Te encuentras bien? —preguntó Lucia mientras se acercaba a él—. Deberías estar acostado. Tu cuello… —Alargó la mano para tocarle el lugar donde le habían disparado hacía más de noventa años. Abrió los ojos de par en par y retiró la mano. Negó con la cabeza—. Creía… habría jurado…

Empezó a abanicarse la cara con los historiales que llevaba. Daniel le cogió la mano, la condujo hasta la cama y la sentó en el borde.

—Por favor —dijo—, ¿puedes decirme si había una chica aquí…? «Una chica idéntica a ti.»

—¿Doria? —preguntó Lucia—. ¿Tu… amiga? ¿Con el pelo corto muy bonito y unos zapatos muy raros?

—Sí. —Daniel respiró—. ¿Puedes decirme dónde está? Es muy urgente.

Lucia negó con la cabeza. No podía despegar los ojos del cuello de Daniel.

—¿Cuánto tiempo llevo aquí? —preguntó Daniel.

—Llegaste anoche —respondió ella—. ¿No te acuerdas?

—Lo tengo todo borroso —mintió Daniel—. Debí de darme un golpe en la cabeza.

—Estabas muy grave —respondió Lucia—. La enfermera Fiero creía que no lograrías pasar la noche, pero cuando han venido los médicos…

—Sí. —Daniel se acordó—. Es cierto.

—Pero lo has hecho, y todos nos hemos alegrado muchísimo. Creo que Doria se ha quedado toda la noche contigo. ¿Te acuerdas de eso?

—¿Por qué lo habrá hecho? —preguntó Daniel con brusquedad, asustando a Lucia.

Pero por supuesto que Luce se había quedado con él. Daniel habría hecho lo mismo.

A su lado, Lucia sorbió por la nariz. La había disgustado, cuando era consigo mismo con quien tenía que estar enfadado. Le pasó un brazo por los hombros y casi sintió vértigo. ¡Qué fácil era enamorarse de todos los momentos de su existencia! Se obligó a apartarse para concentrarse.

—¿Sabes dónde está?

—Se ha ido. —Lucia se mordió el labio con nerviosismo—. Después de que te fueras, se ha disgustado y se ha ido. Pero no sé adónde.

De modo que Luce ya había vuelto a huir. Qué necio era, viajando en el tiempo a paso de tortuga cuando ella casi volaba. Pero tenía que alcanzarla. Tal vez podía ayudarla para guiarla hacia ese momento en el que ella podría cambiarlo todo. Entonces jamás se apartaría de su lado, jamás permitiría que le sucediera nada, solo estaría con ella y la querría siempre.

Se levantó de un salto. Estaba en la puerta cuando la mano de Lucia tiró de él.

—¿Adónde vas?

—Tengo que irme.

—¿Tras ella?

—Sí.

—Pero deberías quedarte un poco más. —Daniel notó su palma húmeda en la mano—. Los médicos, todos, han dicho que necesitas reposo —dijo Lucia en voz baja—. No sé qué me pasa. No podré soportarlo si te vas.

Daniel se sintió fatal. Se llevó su mano menuda al corazón.

—Volveremos a vernos.

—No. —Ella negó con la cabeza—. Mi padre dijo eso, y mi hermano. Después se fueron a la guerra y murieron. No me queda nadie. No te vayas, por favor.

Daniel no quería hacerlo. Pero, si quería volver a encontrarla, su única posibilidad era marcharse en aquel momento.

—Cuando la guerra termine, tú y yo volveremos a vernos. Tú irás a Florencia un verano y, cuando estés preparada, me encontrarás en los jardines Boboli…

—¿Cómo?

—Justo detrás del palacio Pitti, al final del bosquete bordeado de hortensias. Búscame.

—Debes de estar delirando. ¡Esto es una locura!

Daniel asintió. Sabía que era una locura. Detestaba que no hubiera más alternativa que llevar a aquella muchacha dulce y hermosa por un camino tan desagradable. Ella tenía que ir a los jardines entonces, de igual forma que él tenía que seguir a Lucinda ahora.

—Estaré allí, esperándote. Confía en eso.

Cuando la besó en la frente, ella se puso a sollozar muy quedo y le temblaron los hombros. En contra de todos sus instintos, Daniel se apartó y salió a toda prisa en busca de una Anunciadora que lo transportara a una época anterior.

5
Alto en el camino

Helston, Inglaterra
18 de junio de 1854

Luce se lanzó al interior de la Anunciadora como un coche fuera de control.

Chocó y rebotó contra sus oscuros lados y tuvo la sensación de que la habían arrojado por una rampa de basura. No sabía adónde iba ni qué encontraría a su llegada, solo que aquella Anunciadora parecía más estrecha y menos flexible que la anterior, y que por ella soplaba un fuerte viento húmedo que la arrastraba cada vez más adentro.

Tenía la garganta seca y el cuerpo cansado de no haber dormido en el hospital. Con cada giro que daba, se sentía más perdida e insegura.

¿Qué hacía en aquella Anunciadora?

Cerró los ojos e intentó ocupar el pensamiento con Daniel. La fuerza de sus manos, la ardiente intensidad de sus ojos, el modo en que le cambiaba la cara cuando ella entraba en una habitación. El dulce bienestar de estar envuelta en sus alas, en el Cielo, lejos del mundo y de sus preocupaciones.

¡Qué tonta había sido al huir! Esa noche, en su patio, entrar en la Anunciadora le había parecido lo correcto, lo único que podía hacer. Pero ¿por qué? ¿Por qué lo había hecho? ¿Qué idea absurda la había inducido a creer que era una jugada inteligente? Y ahora estaba lejos de Daniel, de todos sus seres queridos, de todos. Y la culpa era suya.

—¡Eres imbécil! —gritó a la oscuridad.

—¡Eh, oye! —chilló una voz. Era áspera y brusca, y parecía que estuviera justo a su lado—. ¡No hace falta insultar!

Luce se puso rígida. No podía haber nadie dentro de la completa oscuridad de su Anunciadora. ¿Verdad? Debían de ser figuraciones suyas. Siguió avanzando, más aprisa.

—Frena, ¿quieres?

Luce contuvo el aliento. La voz no sonaba distorsionada ni distante, como si quienquiera que fuera su dueño hubiera hablado a través de la sombra. No, había alguien allí. Con ella.

—¿Hola? —gritó después de tragar saliva.

Ninguna respuesta.

El fuerte viento que soplaba en la Anunciadora aulló con más fuerza en sus oídos. Siguió avanzando a tientas, cada vez más asustada, hasta que, por fin, el aullido del viento cesó y fue sustituido por otro sonido, un rumor crepitante. Algo similar a olas rompiendo a lo lejos.

No, el sonido era demasiado constante para que fueran olas, pensó Luce. Una cascada.

—He dicho que frenes.

Luce se estremeció. La voz había regresado. Estaba a pocos centímetros de su oído y avanzaba a su misma velocidad. Aquella vez, parecía enfadada.

—No vas a averiguar nada si vas por ahí como un bólido.

—¿Quién eres? ¿Qué quieres? —gritó Luce—. ¡Ay!

Su mejilla chocó contra algo frío y duro. El rumor de una cascada le inundó los oídos. Estaba tan cerca que el agua fresca le salpicaba la piel.

—¿Dónde estoy?

—Estás aquí. Estás… en Pausa. ¿Nunca has oído eso de pararse a oler las peonías?

—Las rosas, querrás decir. —Luce tanteó en la oscuridad y notó un penetrante olor mineral que no le resultó desagradable ni desconocido, sino solo desconcertante. Entonces se dio cuenta de que aún no había emergido en ninguna de sus otras vidas, lo cual solo podía significar que…

Seguía dentro de la Anunciadora.

La oscuridad era casi completa, pero sus ojos comenzaron a habituarse a ella. La Anunciadora había adoptado la forma de una especie de pequeña gruta. Detrás de Luce, había una pared hecha de la misma piedra que el suelo, con un orificio del que brotaba un manantial. La cascada que oía estaba más arriba.

¿Y por debajo de ella? Tres metros de pared rocosa y nada más. A partir de ahí se extendía la negrura.

—No sabía que pudiera hacerse esto —susurró para sus adentros.

—¿El qué? —preguntó la voz ronca.

—Pararse dentro de una Anunciadora —respondió Luce. No se había dirigido a él y continuaba sin verlo. Y el hecho de haber terminado encallada dondequiera que estuviera con quienquiera que fuera era un claro motivo de alarma. Pero, pese a ello, no pudo evitar maravillarse de lo que la rodeaba—. No sabía que existiera un lugar como este. Un lugar de paso.

Un bufido flemoso.

—Se podría escribir un libro con todas las cosas que no se saben, guapa. De hecho, creo que es posible que ya lo haya escrito alguien. Pero eso no viene al caso. —Una tos sibilante—. Ah, y quería decir peonías.

—¿Quién eres? —Luce se incorporó y se apoyó en la pared. Esperaba que, quienquiera que fuera el dueño de la voz, no viera cómo le temblaban las piernas.

—¿Quién? ¿Yo? —preguntó él—. Yo soy… yo. Vengo mucho por aquí.

—Vale… ¿A hacer qué?

—Oh, ya sabes, a pasar el rato. —Se aclaró la garganta y pareció como si alguien hiciera gárgaras con piedras—. Me gusta esto. Es bonito y tranquilo. Algunas de estas Anunciadoras pueden ser un auténtico caos. Pero la tuya no, Luce. No aún, al menos.

—Estoy confundida. —Más que confundida, Luce estaba asustada. ¿Debía siquiera hablar con aquel desconocido? ¿Cómo sabía él su nombre?

—Casi siempre, solo soy un mero observador, pero a veces sigo vuestros movimientos. —Su voz se acercó, y Luce se estremeció—. Como en tu caso. Llevo bastante tiempo por aquí y, a veces, los viajeros necesitáis que os aconsejen un poquito. ¿Has subido ya a la cascada? Muy pintoresca. Un diez en lo que a cascadas se refiere.

Luce negó con la cabeza.

—Pero has dicho que esta es mi Anunciadora. Un mensaje de mi pasado. Entonces, ¿qué haces tú…?

—¡Vale! ¡Perrrdón! —La voz subió de volumen, indignada—. Pero permite que te haga una pregunta: si los canales que te llevan a tu pasado son tan valiosos, ¿por qué has dejado tus Anunciadoras completamente abiertas para que cualquiera pueda entrar? ¿Eh? ¿Por qué no las has cerrado?

—No las he… hum… —Luce no tenía la menor idea de que se había dejado algo abierto. Ni siquiera sabía que las Anunciadoras pudieran cerrarse.

Oyó un golpe amortiguado, como si hubieran arrojado ropa o unos zapatos al interior de una maleta, pero seguía sin ver nada.

—Ya veo que aquí sobro. No te haré perder más tiempo. —De pronto, la voz pareció ahogada. Luego, con un tono más bajo, desde más lejos, añadió —: Adiós.

La voz se perdió en la oscuridad. En el interior de la Anunciadora volvió a reinar un silencio casi absoluto. Solo se oía el suave rumor de la cascada que había más arriba. Y los frenéticos latidos del corazón de Luce.

Por un momento, no había estado sola. Con aquella voz allí, se había sentido nerviosa, alarmada, crispada… pero no sola.

—¡Espera! —gritó mientras se ponía de pie.

—¿Sí? —La voz volvía a estar justo a su lado.

—No era mi intención echarte —dijo. Por algún motivo, no estaba preparada para que la voz desapareciera sin más. Él tenía algo especial. La conocía. La había llamado por su nombre—. Solo quería saber quién eras.

—Oh, vaya —dijo él, algo frívolo—. Puedes llamarme… Bill.

—Bill —repitió ella mientras entrecerraba los ojos para ver algo que no fueran las paredes de la gruta—. ¿Eres invisible?

—A veces. No siempre. No forzosamente, desde luego. ¿Por qué? ¿Preferirías verme?

—La situación podría ser un poco menos rara.

—¿No depende eso del aspecto que tenga?

—Pues… —comenzó a decir Luce.

—A ver —Por su voz, parecía estar sonriendo—, ¿qué aspecto quieres que tenga?

—No sé. —Luce cambió el peso a la otra pierna. Tenía el lado izquierdo húmedo por el agua que salpicaba de la cascada—. ¿De veras depende de mí? ¿Qué aspecto tienes cuando eres tú mismo?

—Puedo elegir entre varios. Seguramente, preferirás que empiece por algo mono. ¿Tengo razón?

—Supongo…

—Está bien —masculló la voz, y añadió—: Juminaj juminaj juminj jummm.

—¿Qué haces? —preguntó Luce.

—Ponerme la cara.

Se produjo un destello. Una explosión que habría arrojado a Luce al suelo de no haber tenido la pared justo detrás. El destello fue perdiendo intensidad hasta convertirse en una bolita de fría luz blanca que le permitió vislumbrar el suelo de piedra gris y desigual bajo sus pies. Una pared de roca se erigía a sus espaldas, con un hilillo de agua que brotaba de ella. Y había algo más.

En el suelo, delante de Luce, había una gárgola.

—¡Tachán! —dijo.

Medía unos dos palmos. Estaba en cuclillas, con los brazos cruzados y los codos apoyados en las rodillas. Tenía la piel del mismo color que la piedra, pero, cuando la saludó con la mano, Luce vio que era lo bastante ágil para estar hecha de carne y músculo. Se parecía a las típicas estatuas que adornan los tejados de las iglesias católicas, por ejemplo, en las uñas de las manos y los pies, que eran largas y afiladas, como garras. También tenía las orejas puntiagudas, y llevaba un aro de piedra en cada una. En la parte superior de su frente, abombada y arrugada, había dos protuberancias semejantes a cuernos. Con los carnosos labios fruncidos en una mueca, parecía un bebé viejísimo.

—Así que tú eres Bill

—Exacto —dijo él—. Soy Bill.

Bill tenía una pinta muy extraña, pero desde luego no daba miedo. Luce caminó a su alrededor y se fijó en las vértebras crestadas de su columna. Y en las alitas grises que tenía plegadas en la espalda con las puntas entrelazadas.

—¿Qué opinas? —preguntó.

—Genial —respondió Luce sin ninguna emoción en la voz. Ver otro par de alas, aunque fueran las de Bill, le recordó tanto la ausencia de Daniel que le dolió la barriga.

Bill se levantó; era extraño ver cómo unos brazos y piernas que parecían hechos de piedra se movían como músculos.

—No te gusta mi aspecto, pero puedo hacerlo mejor —dijo la gárgola mientras volvía a convertirse en una bola de luz—. Espera un momento.

¡Plaf!

Daniel estaba delante de Luce, envuelto en un brillante halo de luz violeta. Sus alas desplegadas eran magníficas e inmensas y la invitaban a refugiarse en ellas. Le tendió una mano, y Luce respiró hondo. Sabía que había algo raro en su aparición, que ella había estado haciendo otra cosa, solo que no recordaba qué ni con quién. Tenía la cabeza embotada, los recuerdos confusos. Pero nada de aquello importaba. Daniel estaba allí. Le entraron ganas de gritar de felicidad. Se acercó a él y le cogió la mano.

—Bien —dijo Daniel en voz baja—. Esa es la reacción que quería.

—¿Qué? —susurró Luce, perpleja. Un pensamiento comenzó a dominar sobre el resto y le ordenó que se apartara. Pero los ojos de Daniel disiparon sus dudas, y permitió que la atrajera hacia él, lo olvidó todo salvo el sabor de sus labios.

—Bésame. —Su voz fue un áspero graznido. La voz de Bill.

Luce gritó y se apartó con brusquedad. Se notaba sobresaltada, como si acabara de despertar de un sueño profundo. ¿Qué había sucedido? ¿Cómo había podido ver a Daniel en...?

Bill. La había engañado. Le soltó la mano, o quizá se la soltó él durante el destello de luz del que emergió transformado en un gran sapo verrugoso. Croó dos veces y brincó hasta el manantial que brotaba de la pared de la gruta. Sacó la lengua para ponerla bajo el agua.

A Luce le costó respirar mientras trataba de disimular su desolación.

—Basta —espetó—. Vuelve a ser una gárgola. ¡Por favor!

—Como quieras.

¡Plaf!

Bill había regresado. Estaba acuclillado, con los brazos cruzados sobre las rodillas. Quieto como una estatua.

—Pensaba que te darías cuenta —dijo.

Luce volvió la cabeza, avergonzada de que Bill le hubiera tomado el pelo, enfadada porque parecía haber disfrutado con ello.

—Ahora que ya está todo resuelto —dijo la gárgola mientras daba la vuelta para colocarse donde ella pudiera verla—, ¿qué es lo primero que quieres saber?

—¿De tu boca? Nada. No sé ni por qué estás aquí.

—Te he disgustado —dijo Bill después de chasquear los dedos de piedra—. Lo siento. Solo intentaba conocer tus gustos. Ya sabes. Intereses: Daniel Grigori y las gárgolas monas como yo. —Contó con los dedos—. Manías: las ranas. Ahora ya lo sé. Ya no haré más cosas raras. —Desplegó las alas, echó a volar y se posó en su hombro. Pesaba mucho—. Trucos del oficio —susurró.

—Yo no necesito ningún truco.

—Anda ya. Ni siquiera sabes cerrar una Anunciadora para impedir la entrada a los malos. ¿No quieres saber al menos eso?

Luce enarcó una ceja.

—¿Qué razón puedes tener para ayudarme?

—No eres la primera que viaja al pasado, ¿sabes?, y todo el mundo necesita un guía. Tú has tenido la suerte de tropezarte conmigo. Podrías haberte topado con Virgilio…

—¿«Virgilio»? —preguntó Luce, recordando sus clases de literatura—. ¿Como el tipo que acompañó a Dante cuando descendió a los nueve círculos del Infierno?

—Ese mismo. Lo hace todo a tan rajatabla… Es un verdadero pelmazo. En fin, tú y yo no estamos viajando por el Infierno en este momento —explicó Bill mientras se encogía de hombros—. Allí es temporada alta.

Luce recordó el momento en el que había visto a Luschka arder en llamas en Moscú, el dolor lacerante que había sentido cuando Lucia le había dicho que Daniel se había marchado del hospital en Milán.

—Pues a veces lo parece —dijo.

—Eso solo es porque todavía no nos habíamos presentado. —Bill le ofreció su manita de piedra.

Luce vaciló.

—¿En qué… hum… bando estás?

Bill silbó.

—¿No te ha dicho nadie que es más complicado que eso? ¿Que los milenios de libre albedrío han desdibujado los límites entre el «bien» y el «mal»?

—Sé todo eso, pero…

—Oye, si eso te ayuda, ¿has oído hablar alguna vez de la Balanza?

Luce negó con la cabeza.

—Son una especie de vigilantes que se aseguran de que los viajeros lleguen a su destino. Los miembros de la Balanza son imparciales y, por tanto, no toman partido ni por el Cielo ni por el Infierno. ¿Vale?

—Vale. —Luce asintió—. ¿Tú perteneces a la Balanza?

Bill le guiñó un ojo.

—Ya casi hemos llegado, así que…

—¿Adónde?

—A la siguiente vida a la que viajas, la que ha proyectado esta sombra en la que estamos.

Luce pasó la mano por el agua que manaba de la pared.

—Esta sombra, esta Anunciadora, es distinta.

—Solo porque tú lo quieres así. Si quieres una especie de gruta para hacer una parada dentro de una Anunciadora, se aparece para ti.

—Yo no quería hacer ninguna parada.

—No, pero la necesitabas. Las Anunciadoras saben captar eso. Además, yo estaba aquí, echándote una mano, descándola por ti. —La pequeña gárgola se encogió de hombros, y Luce oyó un sonido similar a dos pedruscos entrechocando—. El interior de una Anunciadora no es ningún sitio concreto. Es otra dimensión, un eco de algún hecho pasado. Cada una es distinta y se adapta a las necesidades de sus viajeros, mientras estén dentro.

Había algo descabellado en la idea de que aquel eco de su pasado supiera qué quería o necesitaba mejor que ella misma.

—¿Y cuánto tiempo suele quedarse dentro la gente? ¿Días? ¿Semanas?

—Ningún tiempo. No como tú lo concibes. Dentro de las Anunciadoras, el tiempo real no pasa. Pero, aun así, no es bueno quedarse demasiado. Puedes olvidarte de adónde vas, perderte para siempre. Convertirte en un merodeador. Y no te lo aconsejo. Recuerda que esto son puertas, no destinos.

Luce apoyó la cabeza en la húmeda pared de piedra. Aún no tenía calado a Bill.

—Este es tu trabajo. ¿Hacer de guía a… viajeros como yo?

—Sí, exacto. —Bill chasqueó los dedos, y la fricción hizo saltar una chispa—. Lo has clavado.

—¿Cómo termina metida aquí una gárgola como tú?

—Perdona, pero estoy orgulloso de mi trabajo.

—Es decir, ¿quién te ha contratado?

Bill se quedó pensativo, al tiempo que giraba los ojos de mármol en las cuencas.

—Considéralo un puesto voluntario. Se me da bien viajar por las Anunciadoras, eso es todo. No hay motivo para que no difunda mis conocimientos. —Se volvió hacia ella, con una mano en el mentón—. ¿A cuándo vamos, por cierto?

—¿A «cuándo» vamos…? —Luce lo miró desconcertada.

—No tienes ni idea, ¿verdad? —Bill se dio una palmada en la frente—. ¿Me estás diciendo que dejaste el presente sin ninguna noción básica de cómo viajar en el tiempo? ¿Que, para ti, es un misterio cómo acabas «cuando» acabas?

—¿Cómo se supone que iba a aprender? —dijo Luce—. ¡Nadie me ha explicado nada!

Bill bajó al suelo y echó a andar de acá para allá.

—Tienes razón, tienes razón. Vamos a empezar por el principio. —Se detuvo delante de Luce y se puso las manitas en las recias caderas—. Bien. Allá vamos. ¿Qué es lo que deseas?

—Quiero… estar con Daniel —respondió Luce despacio. Había más, pero no estaba segura de cómo explicarlo.

—¿Eh? —Bill pareció incluso más sospechoso de lo que ya resultaba de forma natural con su frente abombada, sus labios de piedra y su nariz aguileña—. El fallo de su argumento, abogada, es que Daniel ya estaba justo a su lado cuando usted dejó el presente. ¿No es así?

Luce se dejó caer al suelo resbalando por la pared y se quedó sentada en él, atenazada de nuevo por el arrepentimiento.

—Tenía que irme. Él se negaba a contarme nada de nuestro pasado, así que tuve que irme para descubrirlo.

Esperaba que Bill discutiera más con ella, pero solo observó:

—Entonces, me estás diciendo que tienes una misión.

Una débil sonrisa asomó a los labios de Luce. Tener una misión. Le gustaba cómo sonaba.

—¿Ves como deseas algo? —Bill aplaudió—. Vale. Lo primero que deberías saber es que las Anunciadoras que invocas están basadas en lo que ocurre aquí dentro. —Se golpeó el pecho con un dedo de piedra—. Son como tiburoncitos, atraídos por tus deseos más profundos.

—Ya veo. —Luce recordó las sombras de la Escuela de la Costa, la impresión de que las Anunciadoras la habían elegido a ella y no al revés.

—Por tanto, cuando viajas en el tiempo, las Anunciadoras que se ponen a vibrar y parece que te supliquen que las elijas a ellas son las que te llevan al sitio donde tu alma ansía estar.

—Entonces, la chica a la que vi en Moscú, y en Milán, y todas las otras vidas que he vislumbrado antes de saber viajar en el tiempo, ¿quería visitarlas?

—Exacto —respondió Bill—. Solo que tú no lo sabías. Pero las Anunciadoras sí. También mejorarás en eso. Pronto deberías empezar a sentir que sabes tanto como ellas. Por extraño que parezca, son parte de ti.

¿Todas aquellas sombras frías y oscuras eran una parte de ella? De pronto, aquello le pareció sorprendentemente lógico. Explicaba cómo, incluso desde el principio, incluso cuando le daba miedo, no había podido resistirse a entrar en ellas. Ni siquiera cuando Roland le advirtió que eran peligrosas. Ni siquiera cuando Daniel la miró boquiabierto como si hubiera cometido un crimen horrible. Siempre tenía la sensación de que las Anunciadoras eran una puerta que se abría. ¿Era posible que de verdad lo fueran?

Su pasado, antes tan inaccesible, estaba ahí, ¿y lo único que tenía que hacer era cruzar las puertas correctas? Podría ver quién había sido, qué había atraído a Daniel de ella, por qué su amor estaba maldito, cómo había crecido y cambiado con el paso del tiempo. Y, lo más importante, qué podían ser Daniel y ella en el futuro.

—Ahora ya vamos de camino a algún sitio —dijo Bill—, pero dado que ya sabes de lo que sois capaces tú y tus Anunciadoras, la próxima vez que viajes, tienes que pensar en lo que deseas. Y no pienses en un lugar o una época, sino en un sentimiento.

—De acuerdo. —Luce se estaba esforzando por plasmar la confusión de emociones que sentía en palabras que tuvieran algún sentido al decirlas en voz alta.

—¿Por qué no lo pruebas ahora? —le sugirió Bill—. Solo para practicar. A lo mejor nos da una pista sobre el sitio al que vamos. Piensa en qué es lo que deseas.

—Comprender —respondió ella, despacio.

—Bien —dijo Bill—. ¿Qué más?

Luce notó una corriente de energía corriéndole por las venas, como si estuviera al borde de algo importante.

—Quiero averiguar por qué nos maldijeron a Daniel y a mí. Y quiero romper esa maldición. Quiero que el amor deje de matarme para que por fin podamos estar juntos, para siempre.

—Caramba, caramba, caramba. —Bill comenzó a mover los brazos como un conductor que se ha quedado tirado en el arcén de una carretera oscura—. No nos volvamos locos. La maldición a la que te enfrentas es muy antigua. Tú y Daniel… no sé, no puedes librarte de ella con solo chasquear esos preciosos deditos. Tienes que ir paso a paso.

—Muy bien —dijo Luce—. De acuerdo. Entonces, debería empezar por conocer bien a uno de mis antiguos yoes. Estar cerca de ella y ver cómo se desarrolla su relación con Daniel. Ver si siente las mismas cosas que yo.

Bill asintió, y una estrafalaria sonrisa asomó a sus labios carnosos. La condujo hasta el borde de la pared rocosa.

—Creo que ya estás lista. Vamos.

¿«Vamos»? ¿La gárgola iba con ella? ¿Al pasado al que conducía aquella Anunciadora? Sí, le vendría bien un poco de compañía, pero apenas la conocía.

—Te preguntas por qué deberías fiarte de mí, ¿verdad? —inquirió Bill.

—No, yo…

—Lo entiendo —dijo él, cerniéndose delante de ella—. Cuesta un poco cogerme cariño. Sobre todo, comparado con la gente a la que estás acostumbrada. Desde luego, no soy ningún ángel. —Resopló—. Pero puedo contribuir a que este viaje merezca la pena. Podemos hacer un trato, si quieres. Si te hartas de mí, me lo dices y punto. Me esfumaré. —Le ofreció su garra.

Luce se estremeció. La mano de Bill estaba cubierta de quistes y costras de liquen, como una estatua en mal estado. Lo último que quería era estrecharla. Pero, si no lo hacía, si le decía adiós en ese momento…

Seguramente, le iría mejor con él que sin él.

Se miró los pies. Por debajo de ella, la pared rocosa se perdía en el vacío. Entre sus zapatillas, algo le llamó la atención, un resplandor en la roca que la indujo a parpadear. El suelo se movía… se ablandaba… oscilaba bajo sus pies.

Miró detrás de ella. Toda la estructura rocosa se estaba desmoronando, incluida la pared de la gruta. Dio un traspié y se bamboleó al borde del precipicio. El suelo osciló bajo sus pies, con más brusquedad conforme las partículas que mantenían unida la roca comenzaban a separarse. La estructura rocosa se desvaneció a su alrededor, cada vez más aprisa, hasta que el aire fresco le acarició los talones y ella saltó...

Y hundió su mano derecha en la garra abierta de Bill. Se sacudieron en el aire.

—¿Cómo salimos de aquí? —gritó Luce, aferrándose bien a él por temor a caer en el abismo que no veía.

—Haz caso a tu corazón. —La gárgola estaba tranquila, sonriéndole de oreja a oreja—. No te engañará.

Luce cerró los ojos y pensó en Daniel. La invadió una sensación de ingravidez, y contuvo la respiración. Cuando volvió a abrirlos, surcaba una oscuridad que parecía electrizada. La gruta se replegó sobre sí misma y se transformó en una pequeña esfera de luz dorada que fue menguando hasta desaparecer.

Luce se volvió, y Bill estaba justo a su lado.

—¿Cuál ha sido la primera cosa que te he dicho? —le preguntó.

Luce recordó cómo su voz parecía haberle llegado al alma.

—Has dicho que frenara. Que no averiguaría nada si iba por ahí como un bólido.

—¿Qué más?

—Que eso era justo lo que quería hacer yo. Solo que no me daba cuenta.

—¡Quizá por eso me has encontrado cuando lo has hecho! —gritó Bill para que el viento no se llevara sus palabras, con las alas grises erizadas mientras avanzaban a toda velocidad—. Y quizá por eso hemos terminado... justo... aquí.

El viento cesó. El rumor de agua dio paso al silencio.

Los pies de Luce golpearon el suelo, como si acabara de saltar a la hierba desde un columpio. Estaba fuera de la Anunciadora, en otro lugar. El aire era cálido y un poco húmedo. La luz que rodeaba sus pies le indicó que estaba anocheciendo.

Se encontraban en un tupido campo de hierba, hundidos hasta casi las rodillas. La hierba, suave y lustrosa, estaba salpicada por doquier de diminutos frutos rojos: fresas silvestres. Más adelante, una estrecha hilera de abedules señalaba el límite del impecable césped de una propiedad. Un poco más allá, se erigía una casa enorme.

Desde aquella distancia, Luce divisó las escaleras de piedra blanca de la entrada trasera de la gran mansión de estilo tudor. Media hectárea de rosales amarillos podados bordeaba el césped por el lado norte y un laberinto de setos ocupaba la zona próxima a la verja de hierro situada al este. En el centro había un fértil huerto con plantas de judía encaramadas a sus guías. Un camino de gravilla dividía el jardín en dos y conducía a una pérgola encalada.

A Luce se le erizó el vello de los brazos. Aquel era el sitio. Sentía en sus entrañas que ya había estado allí. No era un *déjà vu* normal y corriente. Tenía ante sí un lugar que había significado algo para ella y Daniel. Casi esperó verlos a los dos allí en ese momento, uno en brazos del otro.

Pero la pérgola estaba vacía, bañada únicamente por la luz anaranjada del sol poniente.

Alguien silbó y Luce se sobresaltó.

Bill.

Había olvidado que estaba con ella. Bill se cernió para tener la cabeza a la misma altura que la de Luce. Fuera de la Anunciadora, era un poco más repugnante de lo que le había parecido al principio. A la luz del día, su carne estaba reseca y escamosa, y olía bastante a moho. Tenía moscas zumbando alrededor de la cabeza. Luce se alejó un poco de él, casi deseando que volviera a hacerse invisible.

—Desde luego, esto es mejor que una guerra —dijo Bill mientras miraba a su alrededor.

—¿Cómo sabes de dónde vengo?

—Soy... Bill. —La gárgola se encogió de hombros—. Sé cosas.

—Vale. Entonces, ¿dónde estamos ahora?

—Helston, Inglaterra —Bill se señaló la cabeza con una garra afilada y cerró los ojos—, en 1854, para ser exactos. —Luego, entrelazó sus garras de piedra en el pecho como un gnomo que recita una lección de historia—. Una tranquila ciudad situada en el sur del condado de Cornualles, a la cual otorgó fueros el mismísimo rey Juan I. El maíz tiene unos cuantos palmos de altura, así que yo diría que probablemente es agosto. Es una lástima que nos hayamos perdido el mes de mayo: aquí celebran una fiesta de las flores que te parecería increíble. ¡O quizá no! Tu antiguo yo ha sido la reina del baile durante dos años seguidos. Su padre es muy rico, ¿sabes? Empezó desde abajo en el negocio del cobre...

—Me parece estupendo. —Luce lo interrumpió y echó a andar por la hierba—. Voy a entrar. Quiero hablar con ella.

—Espera. —Bill pasó volando por su lado y se dio la vuelta. Se quedó aleteando a unos centímetros de su cara—. ¿Así? Imposible.

Trazó un círculo con un dedo, y Luce se dio cuenta de que se refería a su ropa. Aún vestía el uniforme de enfermera italiana que había llevado durante la Primera Guerra Mundial.

Bill cogió el dobladillo de su larga falda blanca y se la levantó.

—¿Qué llevas debajo? ¿Son Converse? Tiene que ser una broma. —Chasqueó la lengua—. ¿Cómo has podido sobrevivir en esas otras vidas sin mí…?

—Me las he apañado, gracias.

—Vas a tener que hacer algo más que «apañártelas» si quieres pasar un tiempo aquí. —Bill volvió a ponerse a la altura de sus ojos y trazó tres rápidas vueltas a su alrededor. Cuando Luce se volvió, la gárgola no estaba.

Pero, un segundo después, oyó su voz, aunque parecía venir de muy lejos.

—¡Sí! ¡Eres un genio, Bill!

Un punto apareció en el aire cerca de la mansión. Fue aumentando de tamaño hasta que Luce distinguió con claridad las pétreas arrugas de Bill. La gárgola volaba hacia ella con un fardo oscuro en los brazos.

Cuando llegó, se limitó a tirar de un lado de su holgado uniforme, y este se abrió por la costura y resbaló al suelo. Luce se abrazó pudorosamente el cuerpo desnudo, pero le pareció que no pasaba ni un segundo antes de que Bill le pusiera por la cabeza una serie de enaguas y un largo vestido negro.

La gárgola revoloteó a su alrededor como una costurera exaltada, aprisionándole la cintura en un corsé, apretando tanto que las afiladas varillas se le clavaron en una infinidad de sitios. Las enaguas tenían tanto tafetán que la mera caricia del poco viento que soplaba hacía que crujieran aunque ella no se moviera.

Luce se sintió bastante favorecida para la época, hasta reconocer el delantal blanco atado a su cintura. Se llevó la mano al pelo y se arrancó una cofia blanca de criada.

—¿Soy una criada? —preguntó.

—Sí, Einstein, eres una criada.

Luce sabía que era una bobada, pero estaba un poco decepcionada. La mansión era espléndida, y los jardines, preciosos. Ya sabía que tenía una misión y todo eso, pero ¿no podía haberse paseado por allí como una auténtica dama victoriana?

—Creía que habías dicho que mi familia era rica.

—La familia de tu antiguo yo era rica. Asquerosamente rica. Ya verás cuando la conozcas. Se llama Lucinda, y opina que tu mote es una «verdadera abominación», por cierto. —Bill se pellizcó la nariz y la levantó, imitando con bastante gracia a un esnob—. Ella es rica, sí, pero, tú, querida, eres una intrusa que viaja en el tiempo y desconoce los usos de esta buena sociedad. Así que, a menos que quieras cantar como una almeja y verte obligada a salir por esa puerta antes de poder hablar con Lucinda, tienes que ir disfrazada. Eres una fregona. Una criada. Una chacha. Tú decides. No te preocupes, no voy a estorbarte. Puedo esfumarme en un pispás.

Luce refunfuñó.

—¿Y entro tal cual y finjo que trabajo allí?

—No. —Bill puso sus pétreos ojos en blanco—. Ve y preséntate a la señora de la casa, la señora Constance. Dile que la familia para la que trabajabas se ha ido al continente y buscas empleo. Es una bruja y una obsesa de las referencias. Tienes suerte de que me haya adelantado. Encontrarás las tuyas en el bolsillo de tu delantal.

Luce metió la mano en el bolsillo de su delantal blanco de lino y sacó un sobre abultado. Estaba cerrado con lacre; cuando lo volvió, leyó «Sra. Melville Constance» escrito en tinta negra.

—Eres un sabihondo, ¿no?

—Gracias. —Bill se inclinó cortésmente; luego, cuando se dio cuenta de que Luce ya había echado a andar en dirección a la casa, la adelantó, batiendo las alas tan deprisa que se convirtieron en dos manchas grisáceas a cada lado de su cuerpo.

Ya habían dejado atrás los abedules y estaban cruzando el césped. Luce iba a enfilar el camino de gravilla que conducía a la casa, pero se detuvo al ver dos figuras en la pérgola. Un hombre y una mujer que se dirigían hacia la casa. Hacia ella.

—Agáchate—susurró. No estaba lista para que nadie la viera en Helston, sobre todo con Bill revoloteando a su alrededor como un insecto gigantesco.

—Agáchate tú —protestó él—. Que contigo haya hecho la excepción de no ser invisible no significa que cualquier mortal pueda verme. Estoy discretísimo donde estoy. De hecho, los únicos ojos a los que tengo que estar atento son… Caramba, oye. —De pronto, enarcó sus cejas de piedra con un fuerte chirrido—. Me las piro —dijo mientras se escondía detrás de las tomateras.

Ángeles, dedujo Luce. Debían de ser las únicas otras almas que podían ver a Bill. Lo supuso porque por fin distinguía al hombre y a la mujer de los que Bill se había escondido. Boquiabierta detrás de las tupidas y espinosas tomateras, no podía despegar los ojos de ellos.

De Daniel, en realidad.

El resto del jardín se quedó en silencio. Los cantos vespertinos de los pájaros cesaron, y lo único que Luce oyó fueron las pisadas de dos pares de pies en el camino de gravilla. Los últimos rayos de sol parecían concentrarse todos en Daniel y envolverlo en un halo dorado. Tenía la cabeza vuelta hacia la mujer y asentía mientras andaba. La mujer que no era Luce.

Era demasiado mayor para ser Lucinda. Aparentaba unos veinte años y era muy hermosa, con unos rizos oscuros y sedosos que asomaban por debajo de su ancho sombrero de paja. Su largo vestido de muselina tenía el color de un diente de león y parecía muy caro.

—¿Se ha habituado ya a nuestra pequeña ciudad, señor Grigori? —preguntó. Tenía una voz aguda y alegre que rebosaba confianza.

—Quizá demasiado, Margaret. —Cuando Luce lo vio sonreír a la mujer, los celos le hicieron un nudo en el estómago—. Cuesta creer que llegué a Helston hace solo una semana. Podría quedarme incluso más tiempo del previsto. —Guardó silencio—. Todo el mundo ha sido muy amable.

Margaret se ruborizó, y Luce se puso furiosa. Hasta su rubor era adorable.

—Solo esperamos que eso se refleje en su obra —dijo—. Por supuesto, madre está entusiasmada con que un artista se aloje con nosotros. Todos lo estamos.

Luce los siguió a gatas. Pasado el huerto, se agazapó detrás de los enmarañados rosales. Apoyó las manos en el suelo y se inclinó hacia delante para oír lo que decían.

Sofocó un grito. Se había pinchado con una espina en el pulgar. Le sangraba.

Se chupó el dedo, negó con la cabeza y trató de no mancharse el delantal de sangre, pero, cuando la herida dejó de sangrar, advirtió que se había perdido parte de la conversación. Margaret estaba mirando a Daniel con expectación.

—Le he preguntado si va a venir a la fiesta del solsticio que celebramos esta semana. —Su tono era suplicante—. Madre siempre la organiza por todo lo alto.

Daniel masculló algo parecido a que no se la iba a perder, pero era evidente que estaba distraído. No dejaba de apartar la mirada de la mujer. Sus ojos iban y venían por el césped, como si presintiera a Luce detrás de los rosales.

Cuando su mirada pasó por los rosales donde ella estaba agazapada, los ojos le brillaron con una tonalidad violeta intensísima.

6
La mujer de blanco

Helston, Inglaterra
18 de junio de 1854

Cuando Daniel llegó a Helston, estaba enfadado.

Reconoció el lugar de inmediato, en cuanto la Anunciadora lo expulsó en la pedregosa orilla del Loe. El lago estaba en calma y reflejaba los grandes jirones de nubes rosadas que salpicaban el cielo vespertino. Alarmados por su inesperada aparición, dos martines pescadores alzaron el vuelo, sobrevolaron un campo de tréboles y se posaron en un árbol torcido que crecía junto a la carretera. Daniel sabía que aquella carretera conducía a la ciudad de provincias donde había pasado un verano con Lucinda.

Volver a pisar aquel fértil suelo verde despertó sus sentimientos más íntimos. Por mucho que se esforzara en cerrar todas las puertas de su pasado con Lucinda, por mucho que tratara de superar todas sus desgarradoras muertes, algunas importaban más que otras. Le sorprendió la claridad con la que aún recordaba el tiempo que habían pasado juntos en el sur de Inglaterra.

Pero no estaba allí de vacaciones. No estaba allí para enamorarse de la hermosa hija del comerciante de cobre. Estaba allí para impedir que una muchacha temeraria se sumergiera tanto en los peores momentos de su pasado que eso la matara. Estaba allí para ayudarla a romper la maldición que pesaba sobre ellos, de una vez por todas.

Comenzó a recorrer el largo trayecto a la ciudad.

Era una tarde de verano cálida y tranquila en Helston. En las calles, damas con sombreros victorianos y vestidos orlados de encaje conversaban educadamente con los hombres con trajes lino que las llevaban del brazo. Las parejas se detenían delante de los escaparates. Se rezagaban para hablar con sus vecinos. Se detenían en las esquinas de las calles y tardaban diez minutos en despedirse.

Todo en aquellas personas, desde su atuendo hasta el ritmo al que paseaban, era exasperantemente tedioso. Daniel no podría haberse sentido más en discordancia con el resto de los transeúntes.

Las alas, ocultas bajo su abrigo, le ardían de impaciencia mientras caminaba entre ellos. Había un lugar donde sabía sin duda que encontraría a Lucinda: ella visitaba la pérgola del jardín trasero de su mecenas casi todos los días justo después de que anocheciera. Pero no tenía forma de saber dónde encontrar a Luce, la que entraba y salía de las Anunciadoras, la que él necesitaba encontrar.

Para Daniel, tenía una cierta lógica que Luce hubiera terminado en las otras dos vidas. Desde una perspectiva global, eran… anomalías. Momentos del pasado en los que ella había estado cerca de descubrir la verdad de la maldición que pesaba sobre ellos justo antes de morir. Pero no entendía por qué la había llevado a Helston su Anunciadora.

En su mayor parte, Helston había sido una época tranquila para ellos. En aquella vida, su amor había crecido despacio, de forma natural. Incluso la muerte de Lucinda había sido íntima, solo entre ellos dos. En una ocasión, Gabbe había utilizado la palabra «respetable» para describir el final de Lucinda en Helston. Esa muerte, al menos, solo habían tenido que sufrirla ellos dos.

No, no tenía ninguna lógica que Luce estuviera revisitando aquella vida, lo cual significaba que podía estar en cualquier parte de la ciudad.

—Caramba, señor Grigori —trinó una voz en la calle—. Qué maravillosa sorpresa tropezarme con usted aquí.

La mujer rubia con un vestido largo estampado en azul que estaba parada delante de él lo había cogido totalmente por sorpresa. De su mano iba un niño de ocho años regordete y pecoso que tenía la solapa de la chaqueta crema manchada y parecía abatido.

Daniel cayó por fin en la cuenta: la señora Holcombe y su mediocre hijo Edward, al que dio clases de dibujo durante unas cuantas penosas semanas mientras estuvo en Helston.

—Hola, Edward. —Se agachó para estrechar la mano al niño y se inclinó delante de su madre—. Señora Holcombe.

Hasta ese momento, apenas se había preocupado por su vestuario cuando viajaba en el tiempo. No le importaba qué pudieran opinar los transeúntes de sus modernos pantalones grises ni si su camisa blanca tenía un corte distinto a la de cualquier otro lugareño. No obstante, si se tropezaba con personas a las que había conocido hacía casi cien años con la ropa que llevaba hacía dos días en la cena de Acción de Gracias organizada por los padres de Luce, podía empezar a correrse la voz.

Quería pasar desapercibido. Nada debía ser un obstáculo para encontrar a Luce. Tendría que buscar alguna otra cosa que ponerse. De todas formas, los Holcombe no advirtieron nada. Por suerte, Daniel había regresado a una época en la que tuvo fama de artista «excéntrico».

—Edward, enseña al señor Grigori lo que te ha comprado mamá —dijo la señora Holcombe mientras alisaba el rebelde pelo de su hijo.

A regañadientes, el niño sacó una cajita de pinturas de su cartera. Cinco botes de pintura al óleo y un pincel con un largo mango rojo de madera.

Daniel hizo los cumplidos de rigor, sobre lo afortunado que era Edward, cuyo talento tenía ahora los instrumentos adecuados, mientras miraba a su alrededor con disimulo, tratando de encontrar una excusa para zanjar la conversación.

—Edward es un niño con mucho talento —insistió la señora Holcombe mientras cogía a Daniel del brazo—. El problema es que encuentra sus clases un poquito menos apasionantes de que lo espera un niño de su edad. Por eso he pensado que tener una caja de pinturas como es debido quizá le ayude a realizarse. Como artista. ¿Lo comprende, señor Grigori?

—Sí, sí, por supuesto. —Daniel la interrumpió—. Regálele todo que lo que lo impulse a querer pintar. Es una idea brillante…

Un frío lo invadió y le dejó las palabras congeladas en la garganta.

Cam acababa de salir del pub que había en la otra acera.

Por un momento, Daniel se enfureció. Había dejado suficientemente claro que no quería ninguna ayuda de los demás. Cerró los puños y dio un paso hacia Cam, pero entonces…

Por supuesto. Aquel era el Cam de la época de Helston. Y, al parecer, estaba en su salsa con sus elegantes pantalones de rayas y su gorra victoriana. Llevaba el cabello negro bastante largo, justo por debajo de los hombros. Se apoyó en la pared del pub y bromeó con otros tres hombres.

Sacó un puro con la vitola dorada de una pitillera metálica. Aún no había visto a Daniel. En cuanto lo hiciera, dejaría de reírse. Desde el principio, Cam había viajado por las Anunciadoras más que ninguno de los ángeles caídos. Era un experto en aspectos que Daniel jamás podría serlo. Aquella era una habilidad de los que se habían aliado con Lucifer: tenían un don para viajar por las sombras del pasado.

Con solo mirar a Daniel, aquel Cam victoriano sabría que su rival era un anacronismo.

Un hombre de otra época.

Cam se daría cuenta de que ocurría algo importante. Y Daniel ya no podría quitárselo de encima.

—Es muy generoso, señor Grigori. —La señora Holcombe seguía parloteando y aún lo tenía sujeto por la manga de la camisa.

Cam comenzó a volver la cabeza en su dirección.

—No es nada. —Daniel habló de forma apresurada—. Ahora, si me disculpa —se libró de sus dedos—, tengo que… comprarme ropa nueva.

Inclinó rápidamente la cabeza y entró a toda prisa en la tienda más cercana.

—Señor Grigori… —La señora Holcombe casi gritó su nombre.

Daniel la maldijo en su fuero interno y fingió no haberla oído, lo cual solo la indujo a alzar más la voz.

—¡Pero ahí solo hay ropa de mujer, señor Grigori! —gritó ella con las manos ahuecadas en la boca.

Daniel ya estaba dentro. La puerta acristalada se cerró y la campanilla atada a la bisagra tintineó. Podía esconderse allí, al menos durante unos minutos, suponiendo que Cam no lo hubiera visto o no hubiera oído la estridente voz de la señora Holcombe.

La tienda estaba vacía y olía a lavanda. Los zapatos de los ricachones habían desgastado sus suelos de madera, y los estantes que ocupaban todas las paredes estaban repletos de coloridos rollos de tela. Daniel corrió la cortina de encaje de la ventana para ser menos visible desde la calle. Cuando se dio la vuelta, vio a otra persona reflejada en el espejo.

Sorprendido, sofocó un gemido de alivio.

La había encontrado.

Luce se estaba probando un vestido blanco de muselina. El cuello se abrochaba con una cinta amarilla que resaltaba el increíble color avellana de sus ojos. Llevaba el cabello recogido en un lado y sujeto con un pasador floral de cuentas. No paraba de toquetearse los hombros del vestido mientras examinaba su reflejo desde todos los ángulos posibles. Daniel los adoró todos.

Quería quedarse allí parado, admirándola eternamente, pero entonces recordó por qué estaba allí. Se acercó a ella con paso decidido y la cogió por el brazo.

—Esto ya ha durado bastante. —Por un momento, el delicioso tacto de su piel en su mano borró todo lo demás. La última vez que la había tocado había sido la noche que creyó que los Proscritos la habían matado—. ¿Tienes idea del susto que me has dado? Corres peligro aquí sola —dijo.

Luce no se puso a discutir con él, como Daniel esperaba. Gritó y le propinó una sonora bofetada.

Porque no era Luce. Sino Lucinda.

Y, lo que era peor, ellos ni siquiera se conocían en aquella vida. Lucinda acababa de llegar de Londres con su familia. Ella y Daniel estaban a punto de conocerse en la fiesta del solsticio de verano organizada por los Constance.

Daniel lo comprendió todo cuando Lucinda lo miró con cara de sorpresa.

—¿Qué día es hoy? —preguntó, desesperado.

Iba a tomarlo por loco. En el otro extremo de la tienda, había estado demasiado ciego de amor para advertir la diferencia entre la muchacha a la que ya había perdido y la muchacha a la que tenía que salvar.

—Lo siento —susurró.

Por eso precisamente se le daba tan mal ser un anacronismo. Hasta el menor detalle lo distraía. Sentir el roce de su piel. Ver sus ojos avellana. Oler los fragantes polvos del nacimiento de su pelo. Respirar el mismo aire que ella en aquella tienda minúscula.

Lucinda hizo una mueca al mirar su mejilla en el espejo. Estaba muy roja donde ella le había propinado la bofetada. Cuando sus ojos se encontraron, Daniel tuvo la sensación de que le estallaba el corazón. Lucinda separó sus labios rosados y ladeó un poco la cabeza hacia la derecha. Lo miraba como una mujer profundamente enamorada.

¡No!

Había una forma en la que aquello debía suceder. En la que tenía que suceder. No debían conocerse hasta la fiesta. Por mucho que

Daniel maldijera su destino, jamás modificaría las vidas que Luce había vivido. Eran lo que hacía que ella siempre regresara.

Intentó aparentar el mayor desinterés y desprecio posible. Se cruzó de brazos, cambió el peso a la otra pierna para aumentar el espacio entre ellos, posó la mirada en todas partes salvo donde quería: ella.

—Lo siento —dijo Lucinda mientras se llevaba las manos al corazón—. No sé lo que me ha pasado… Nunca había hecho nada igual…

Daniel no iba a discutir con ella en ese momento, pese al hecho de que ella le hubiera propinado tantas bofetadas a lo largo de los años que Arriane llevaba la cuenta en una libretita titulada «Eres un fresco».

—Ha sido culpa mía —se apresuró a decir—. La… la he tomado por otra persona. —Ya había intervenido demasiado en el pasado, primero con Lucia en Milán y ahora allí. Comenzó a retirarse.

—Espere. —Ella alargó la mano hacia él. Sus ojos eran dos hermosas esferas de luz color avellana que lo atraían como un imán—. Casi tengo la sensación de que nos conocemos, aunque no recuerdo exactamente…

—Lo siento, pero no creo.

Daniel ya estaba en la puerta, descorriendo la cortina para ver si Cam seguía en la calle. Así era.

Estaba de espaldas a la tienda, gesticulando animadamente, explicando alguna historia inventada en la que seguro que era el héroe. Podía volverse a la menor provocación. Y Daniel estaría perdido.

—Por favor, señor… aguarde. —Lucinda se apresuró a alcanzarlo—. ¿Quién es usted? Creo que le conozco. Espere, por favor.

Daniel iba a tener que arriesgarse a salir. No podía quedarse allí con Lucinda. No cuando ella actuaba así. No cuando se estaba enamorando del Daniel que no era. Él ya había vivido aquella vida, y no era así como había ocurrido. Así pues, debía huir.

Lo destrozaba tener que ignorarla, tener que alejarse de ella cuando todo en su alma lo empujaba a darse la vuelta para regresar volando al sonido de su voz, el refugio de sus brazos y la calidez de sus labios, al hechizante poder de su amor.

Abrió bruscamente la puerta y huyó calle abajo. Corrió hacia el ocaso, corrió como si lo llevara el diablo. Le daba igual lo que los demás pudieran pensar. Corría para apagar el fuego de sus alas.

7
Solsticio

Helston, Inglaterra
21 de junio de 1854

Luce tenía las manos escaldadas, enrojecidas y doloridas.

Desde su llegada a la mansión de los Constance en Helston hacía tres días, apenas había hecho nada aparte de fregar una interminable montaña de platos. Trabajaba de sol a sol, restregando bandejas, cuencos, salseras y ejércitos de cubiertos de plata hasta que, al final del día, su jefa, la señorita McGovern, llevaba la cena a los criados de las cocinas: una triste bandeja de embutidos, pedazos de queso reseco y unos cuantos mendrugos de pan. Todas las noches después de cenar, Luce se quedaba profundamente dormida en el catre de la buhardilla que compartía con Henrietta, la otra ayudante de cocina, una muchacha pechugona con dientes de conejo y el pelo pajizo que era de Penzance.

El volumen de trabajo era asombroso.

¿Cómo podía una familia ensuciar platos suficientes para que dos muchachas tuvieran que trabajar doce horas sin parar? Pero los carros de platos embadurnados de comida no paraban de llegar, y la señorita McGovern no despegaba sus ojos redondos de la pila de Luce. Cuando llegó el miércoles, todos estaban entusiasmados con la fiesta del solsticio de esa tarde, pero, para Luce, solo significaba más platos. Miró con odio el fregadero lleno de agua sucia.

—Esto no es lo que tenía en mente —musitó a Bill, que estaba, como siempre, sentado en el borde del armario contiguo a su pila. Luce todavía no se había habituado a ser la única persona de la cocina que podía verlo. Se ponía nerviosa siempre que él revoloteaba por encima de los otros criados, haciendo chistes verdes que solo ella oía y de los que nadie se reía salvo él.

—Los hijos del milenio carecéis por completo de una ética de trabajo —dijo la gárgola—. Baja la voz, por cierto.

Luce relajó la mandíbula.

—Si restregar esta sopera asquerosa tuviera algo que ver con entender mi pasado, mi ética de trabajo te dejaría alucinado. Pero esto es absurdo. —Agitó una sartén de hierro colado delante de la cara de Bill. Su mango estaba embadurnado de sebo de cerdo—. Por no decir vomitivo.

Luce sabía que su frustración no guardaba ninguna relación con los platos. Probablemente, parecía una niña malcriada. Pero apenas había salido de aquel sótano en tres días. No había vuelto a ver al Daniel de Helston después de aquella primera vez en el jardín y no tenía la menor idea de dónde estaba su antiguo yo. No se sentía tan sola, apática y deprimida desde aquellos horribles primeros días en Espada & Cruz antes de tener a Daniel, antes de tener a alguien con quien pudiera contar de verdad.

Había dejado a Daniel, Miles y Shelby, a Arriane y Gabby, a Callie y sus padres, todo, ¿para qué? ¿Para ser una fregona? No, para romper la maldición, algo que ni tan siquiera sabía si era capaz de hacer. Bill pensaba que era una quejica. Pues ella no podía evitarlo. Le faltaba muy poco para derrumbarse.

—Odio este trabajo. Odio este sitio. Odio esta dichosa fiesta del solsticio y este dichoso *soufflé* de faisán…

—Lucinda estará en la fiesta esta noche —dijo de pronto Bill. La calma de su voz era exasperante—. Resulta que adora el *soufflé* de faisán de los Constance. —Voló hasta la encimera, se sentó en ella con las piernas cruzadas y dio un espeluznante giro de trescientos sesenta grados con la cabeza para asegurarse de que estaban solos.

—¿Lucinda estará? —Luce arrojó la sartén y el estropajo al agua jabonosa—. Voy a hablar con ella. Voy a salir de esta cocina y voy a hablar con ella.

Bill asintió, como si ese hubiera sido siempre el plan.

—No te olvides de tu posición. Si una versión futura de ti se hubiera presentado en alguna fiesta de tu internado y te hubiera dicho…

—Yo habría querido saberlo —dijo Luce—. Fuera lo que fuera, yo habría insistido en saberlo todo. Habría dado un brazo por saberlo.

—Hum. Vale. —Bill se encogió de hombros—. Pues Lucinda, no. Te lo puedo garantizar.

—Eso es imposible. —Luce negó con la cabeza—. Ella es… yo.

—No. Ella es una versión de ti que ha sido educada por unos padres completamente distintos en un mundo muy distinto. Compartís un alma, pero ella no se parece nada a ti. Ya lo verás. —Bill le sonrió de forma enigmática—. Limítate a actuar con precaución. —Desvió la mirada hacia la puerta de la espaciosa cocina, que se abrió de golpe—. ¡Espabila, Luce!

Bill metió los pies en el fregadero y emitió un ronco suspiro de satisfacción justo cuando entraba la señorita McGovern, agarrando a Henrietta por un codo. La jefa de las cocinas enumeraba los platos de la cena.

—Después de las ciruelas guisadas… —recitaba.

En el otro extremo de la cocina, Luce susurró a Bill.

—Esta conversación no ha terminado todavía.

La gárgola le salpicó el delantal de jabón con sus pies de piedra.

—¿Me permites un consejo? Deja de hablar con tus amigos invisibles mientras trabajas. La gente va a pensar que estás chiflada.

—Yo también me lo estoy empezando a plantear. —Luce suspiró y se enderezó, sabiendo que aquella era toda la información que Bill iba a darle, al menos hasta que se quedaran de nuevo solos.

—Cuento con que tú y Myrtle estaréis en perfecta forma esta noche —dijo la señorita McGovern a Henrietta en voz muy alta, fulminando a Luce con la mirada.

Myrtle. El nombre que Bill se había inventado en sus cartas de recomendación.

—Sí, señorita —dijo Luce sin ninguna emoción en la voz.

—¡Sí, señorita! —No había ningún sarcasmo en la respuesta de Henrietta. Ella siempre rebosaba entusiasmo y amabilidad. Luce le tenía simpatía, si pasaba por alto cuánta falta le hacía un baño.

En cuanto la señorita McGovern hubo salido de la cocina y estuvieron solas, Henrietta se sentó en la mesa al lado de Luce y empezó a balancear sus botas negras. No tenía la menor idea de que Bill estaba sentado justo a su lado, imitando sus movimientos.

—¿Te apetece una ciruela? —le preguntó mientras sacaba dos bolas rojas del bolsillo de su delantal y le ofrecía una.

Lo que más le gustaba a Luce de su compañera era que nunca daba golpe si la jefa no estaba. Mordisquearon su ciruela y se rieron cuando el dulce jugo les corrió por las comisuras de la boca.

—Antes me ha parecido que hablabas con alguien —dijo Henrietta. Enarcó una ceja—. ¿Te has buscado un hombre, Myrtle? ¡Oh, por favor, no me digas que es Harry el de las cuadras! Es un caradura.

En ese momento, la puerta de la cocina volvió a abrirse, y ellas se sobresaltaron, soltaron las ciruelas y fingieron que lavaban el plato más cercano.

Luce esperaba que fuera la señorita McGovern, pero se quedó petrificada cuando vio a dos muchachas con bonitos vestidos blancos de seda idénticos, muertas de risa mientras corrían por la sucia cocina.

Una de ellas era Arriane.

La otra (Luce tardó un momento en reconocerla) era Annabelle. La chica alta con el pelo fucsia a la que Luce había conocido brevemente el Día de los Padres en Espada & Cruz. Se había presentado como la hermana de Arriane.

¡Vaya hermana!

Henrietta mantuvo la mirada baja, como si jugar a perseguirse por la cocina fuera algo normal, como si pudiera meterse en un lío si no se hacía la distraída con las dos muchachas, quienes, desde luego, no vieron ni a Luce ni a Henrietta. Era como si las criadas se hubieran fundido con las ollas y cacerolas sucias.

O quizá Arriane y Annabelle solo estaban demasiado concentradas en sus juegos. Cuando pasaron por delante de la mesa donde se amasaba el pan, Arriane cogió un puñado de harina del mármol y se lo arrojó a Annabelle a la cara.

Durante medio segundo, Annabelle pareció furiosa; luego, comenzó a reírse incluso más. Cogió otro puñado de harina y se lo lanzó a Arriane.

Las dos resollaban cuando salieron por la puerta trasera al jardín pequeño, el cual conducía al jardín grande, donde brillaba el sol, donde podía estar Daniel y donde Luce ardía en deseos de estar. No habría sabido describir lo que sentía de haberlo intentado: ¿sorpresa o vergüenza? ¿Asombro o frustración?

Su cara debió de reflejar todo aquello, porque Henrietta la miró con complicidad y se acercó más para susurrarle:

—Esas llegaron anoche. Las primas londinenses de alguien. Han venido para la fiesta. —Fue a la mesa del pan—. Casi han destrozado la tarta de fresas con sus payasadas. Oh, debe de ser estupendo ser rica. A lo mejor en otra vida, ¿eh, Myrtle?

—Ja —fue lo único que consiguió decir Luce.

—Salgo a poner la mesa, por desgracia —dijo Henrietta con una pila de platos de porcelana bajo su carnoso brazo rosa—. ¿Por qué no tienes un puñado de harina listo, por si vuelven esas chicas? —Le guiñó el ojo, abrió la puerta con sus anchas posaderas y salió al pasillo.

Apareció otra persona en su lugar: un muchacho, vestido también de criado, con la cara tapada por una gigantesca caja de comestibles. La dejó en la mesa del otro extremo de la cocina.

Luce se sobresaltó al verle la cara. Al menos, estaba un poco más preparada después de haber visto a Arriane.

—¡Roland!

Él dio un respingo al mirarla, pero enseguida se rehízo. Cuando sé acercó, lo hizo sin despegar los ojos de su ropa. Señaló el delantal.

—¿Qué hace vestida así?

Luce se desató el delantal y se lo quitó.

—No soy quien crees.

Roland se detuvo delante de ella, la miró con atención y volvió ligeramente la cabeza primero hacia la izquierda, luego hacia la derecha.

—Pues es usted idéntica a otra chica que conozco. ¿Desde cuándo se rebajan los Biscoe a visitar las cocinas?

—¿Los Biscoe?

Roland enarcó una ceja, divertido.

—Oh, entiendo. Está jugando a ser otra persona. ¿Qué nombre se has puesto?

—Myrtle —respondió Luce, abatida.

—¿Y no es usted la Lucinda Biscoe a la que serví tarta de membrillo en la terraza hace dos días?

—No. —Luce no sabía qué decir, cómo convencerlo. Se volvió para pedir ayuda a Bill, pero él había desaparecido incluso de su vista. Claro. Roland, al ser un ángel caído, lo habría visto.

—¿Qué diría el padre de la señorita Biscoe si viera a su hija aquí, hasta las cejas de grasa? —Roland sonrió—. Es una buena broma que gastarle.

—Roland, no es una…

—De cualquier modo, ¿de qué se esconde? —Roland señaló el jardín con la cabeza.

Luce oyó un débil rumor en la fresquera junto a sus pies y supo adónde había ido Bill. Parecía estar enviándole alguna clase de señal, solo que ella no tenía la menor idea de cuál era. Probablemente, quería que mantuviera la boca cerrada, pero ¿qué iba a hacer la gárgola? ¿Salir para detenerla?

Roland tenía la frente visiblemente sudada.

—¿Estamos solos, señorita Lucinda?

—Del todo.

Roland ladeó la cabeza y aguardó.

—No tengo esa sensación.

La única otra presencia en la cocina era Bill. ¿Cómo podía presentirlo Roland cuando Arriane no lo había hecho?

—Oye, no soy la chica que crees que soy —repitió Luce—. Soy una Lucinda, pero he… he venido del futuro. En realidad, es un poco difícil de explicar. —Respiró hondo—. Nací en Thunderbolt, Georgia… en 1992.

—¡Oh! —Roland tragó saliva—. Ya veo. —Cerró los ojos y empezó a hablar muy despacio—. Y las estrellas del cielo cayeron sobre la tierra, como la higuera deja caer sus higos cuando es sacudida por un fuerte viento…

Las palabras eran enigmáticas, pero Roland las recitó con mucho sentimiento, casi como si citara un verso favorito de una vieja canción de blues. La clase de canción que Luce le había oído cantar en un karaoke en Espada & Cruz.

En aquel momento, parecía el Roland al que había conocido en su época, como si, por un instante, se hubiera escabullido de su personaje victoriano.

Solo que aquellas palabras encerraban algo más. Luce las reconocía de alguna parte.

—¿Qué es eso? ¿Qué significa? —preguntó.

La fresquera volvió a hacer ruido. Más esta vez.

—Nada. —Cuando Roland abrió los ojos, volvía a ser su yo victoriano. Tenía las manos curtidas y encallecidas, y los bíceps más desarrollados de lo que Luce estaba acostumbrada a verlos. Sobre su piel oscura, tenía la ropa empapada de sudor. Parecía cansado. Una honda tristeza se apoderó de Luce.

—¿Eres un criado? —preguntó—. Los otros, Arriane, pueden corretear por ahí y… Pero tú tienes que trabajar, ¿verdad? ¿Solo porque eres…?

—¿Negro? —concluyó Roland, sosteniéndole la mirada hasta que ella apartó los ojos, incómoda—. No te preocupes por mí, Lucinda. He sufrido cosas peores que la locura de los mortales. Además, llegará mi hora.

—Las cosas mejoran —dijo Luce, con la sensación de que cualquier palabra de consuelo sería tópica e inane, preguntándose si lo que había dicho era cierto—. La gente puede ser horrible.

—Bueno. Mejor no darle demasiada importancia, ¿no? —Roland sonrió—. Por cierto, ¿qué te ha traído aquí, Lucinda? ¿Lo sabe Daniel? ¿Y Cam?

—¿Cam también está aquí? —Luce no debería sorprenderse, pero lo había hecho.

—Si no me equivoco, es probable que acabe de llegar a la ciudad.

Luce no podía preocuparse por aquello en ese momento.

—Daniel todavía no lo sabe —reconoció—. Pero tengo que encontrarlo, y también a Lucinda. Tengo que saber…

—Oye —dijo Roland, apartándose de ella con las manos levantadas, casi como si fuera radiactiva—. Tú no me has visto aquí hoy. No hemos tenido esta conversación. Pero no puedes plantarte delante de Daniel…

—Lo sé —dijo ella—. Flipará.

—¿«Flipar»? —Roland repitió aquella palabra extraña y casi hizo reír a Luce—. Si te refieres a que puede enamorarse de este yo —la señaló—, entonces sí. Es muy peligroso. Aquí, eres una turista.

—Vale, soy una turista. Pero puedo hablar con ellos, al menos.

—No, no puedes. Tú no habitas esta vida.

—Yo no quiero habitar nada. Solo quiero saber por qué…

—Tu presencia aquí es peligrosa, para ti, para ellos, para todo. ¿Lo entiendes?

Luce no lo entendía. ¿Cómo podía ser ella peligrosa?

—No quiero quedarme aquí. Solo quiero saber por qué sigue ocurriendo esto entre Daniel y yo, es decir, entre esta Lucinda y Daniel.

—A eso precisamente me refería. —Roland se pasó la mano por la cara y la miró con dureza—. Escúchame. Puedes observarlos desde lejos. Puedes, no sé, mirar por las ventanas. Siempre que sepas que nada de esto te pertenece.

—Pero ¿por qué no puedo simplemente hablar con ellos?

Roland corrió el cerrojo de la puerta. Cuando se dio la vuelta, tenía el semblante serio.

—Oye, es posible que hagas algo que cambie tu pasado, algo que se propague a través del tiempo y lo reescriba de tal modo que tú, la Lucinda futura, ya no seas la misma.

—Tendré cuidado…

—No se trata de eso. Eres un elefante enamorado en una cristalería. No tendrás modo de saber qué has roto ni cuál es su valor. Cualquier cambio que suscites no va a ser evidente. No habrá ningún indicador que diga SI TUERCES A LA DERECHA, SERÁS UNA PRINCESA frente a SI TUERCES A LA IZQUIERDA, SERÁS UNA ETERNA FREGONA.

—Vamos, Roland, ¿no crees que mi objetivo es un poco más noble que ser una princesa? —dijo Luce con aspereza.

—Deja que lo adivine. ¿Se trata de una maldición a la que quieres poner fin?

Luce parpadeó y se sintió idiota.

—Pues, entonces, ¡mucha suerte! —Roland se rió alegremente—. Pero, aunque lo consigas, no lo sabrás, querida. ¿El momento preciso en el que cambias tu pasado? Será como si ese acontecimiento hubiera sido siempre así. Y todo lo que suceda después de él será como si siempre hubiera sido así. El tiempo se ordena a sí mismo. Y tú formas parte de él, así que no verás la diferencia…

—La vería —protestó ella, deseando que decirlo en voz alta lo hiciera cierto—. Seguro que me daría cuenta…

Roland negó con la cabeza.

—No. Pero, antes de que pudieras hacer algún bien, seguro que distorsionarías el futuro haciendo que el Daniel de esta época se enamore de ti y no de esa imbécil pretenciosa de Lucinda Biscoe.

—Tengo que verla. Tengo que ver por qué se aman…

Roland volvió a negar con la cabeza.

—Relacionarte con tu antiguo yo sería incluso peor, Lucinda. Daniel, al menos, conoce los peligros y puede tener cuidado para no modificar el tiempo de una forma drástica. Pero ¿Lucinda Biscoe? Ella no sabe nada.

—Ninguno de nosotros lo sabe —dijo Luce pese al súbito nudo que notaba en la garganta.

—A esta Lucinda no le queda mucho tiempo. Deja que lo pase con Daniel. Deja que sea feliz. Si te inmiscuyes en su mundo y algo cambia para ella, también podría cambiar para ti. Y podría ser algo funesto.

Roland parecía una versión amable y menos sarcástica de Bill. Luce no quería oír nada más sobre todo lo que no podía ni debía hacer. Ojalá tuviera ocasión de hablar con su antiguo yo...

—¿Y si Lucinda pudiera disponer de más tiempo? —preguntó—. ¿Y si...?

—Es imposible. Si acaso, tú solo acelerarías su final. No vas a cambiar nada por tener una charla con ella. Solo vas a sembrar el caos en tus vidas pasadas además de en la actual.

—Mi vida actual no es un caos. Y puedo arreglar las cosas. Tengo que hacerlo.

—Supongo que eso aún está por ver. La vida de Lucinda Biscoe ha concluido, pero tu final no se ha escrito todavía. —Roland se limpió las manos en las perneras del pantalón—. Quizá puedas introducir algún cambio en tu vida, en tu grandiosa historia de amor con Daniel. Pero eso no lo harás aquí.

Mientras Luce apretaba los labios, Roland suavizó las facciones.

—Oye —dijo—. Al menos, me alegro de que estés aquí.

—Ah, ¿sí?

—Nadie más va a decirte esto, pero todos te estamos buscando. No sé qué te ha traído aquí ni cómo has llegado. Pero tengo que pensar que es una buena señal. —La escrutó hasta que ella se sintió ridícula—. Te estás conociendo, ¿no?

—No lo sé —respondió Luce—. Creo que sí; solo trato de entender.

—Bien.

Al oír voces en el pasillo, Roland se apartó bruscamente de Luce.

—Te veo esta noche —dijo mientras descorría el cerrojo de la puerta y salía sin hacer ruido.

En cuanto Roland se hubo marchado, la puerta de la fresquera se abrió y le golpeó en la pantorrilla. Apareció Bill, jadeando como si no hubiera respirado en todo aquel tiempo.

—¡Te retorcería el pescuezo ahora mismo! —dijo, con resuello.

—No sé por qué jadeas de esa forma. Ni siquiera respiras.

—¡Es para impresionar! Con lo que me ha costado camuflarte aquí, y vas tú y revelas tu identidad al primero que pasa.

Luce puso los ojos en blanco.

—Roland no va a montar ningún numerito por haberme visto aquí. Roland mola.

—Oh, Roland mola —dijo Bill—. Roland es listísimo. Si es tan increíble, ¿por qué no te ha dicho lo que yo sé sobre lo que pasa cuando no mantienes las distancias con tu pasado? ¿Cuando entras…

—Se quedó callado con gran teatralidad y puso sus ojos de piedra como platos— dentro?

Luce se agachó.

—¿A qué te refieres?

Bill se cruzó de brazos y le sacó su lengua de piedra.

—No pienso decírtelo.

—¡Bill! —suplicó Luce.

—En fin, no todavía. Primero, veamos cómo te va esta noche.

Poco antes de que anocheciera, Luce tuvo su primer descanso en Helston. Justo antes de la cena, la señorita McGovern anunció a toda la cocina que los criados del jardín necesitaban refuerzos. Luce y

Henrietta, las dos fregonas más jóvenes y las dos más desesperadas por ver la fiesta de cerca, fueron las primeras en levantar la mano para ofrecerse como voluntarias.

—Bien, bien. —La señorita McGovern anotó sus nombres y miró la grasienta pelambrera de Henrietta—. Con la condición de que os deis un baño. Las dos. Oléis a cebolla.

—Sí, señorita —trinaron las dos muchachas, pero, en cuanto la jefa se hubo ido, Henrietta miró a Luce.

—¿Darme un baño? ¿Y arriesgarme a que se me acorchen los dedos? ¡La señorita está loca!

Luce se rió, pero, en su fuero interno, estaba eufórica mientras llenaba de agua la tina redonda que había detrás de la bodega. Solo pudo cargar con suficiente agua hirviendo para darse un baño tibio, pero, aun así, disfrutó con la espuma del jabón y con la perspectiva de que aquella noche vería por fin a Lucinda. ¿Vería también a Daniel? Se puso uno de los uniformes limpios de Henrietta. A las ocho en punto, los primeros invitados comenzaron a cruzar el portillo de la entrada norte.

Asomada a la ventana del vestíbulo mientras las caravanas de carruajes alumbrados por faroles se detenían delante de la mansión, Luce se estremeció. El vestíbulo bullía de actividad. Los otros criados iban y venían a su alrededor, pero ella estaba quieta. Lo percibía: un temblor en el pecho que le indicaba que Daniel se hallaba cerca.

La mansión estaba preciosa. La señorita McGovern se la había enseñado a toda prisa la mañana que había empezado a trabajar allí, pero, con el brillo de tantas arañas de luz, Luce apenas reconocía el lugar. Parecía que estuviera en una película de época. Altas macetas de lirios violeta flanqueaban la entrada, y los muebles de terciopelo estaban retirados contra las floreadas paredes para hacer sitio a los invitados.

Estos entraban en parejas y en tríos, invitados tan mayores como la canosa señora Constance y tan jóvenes como la propia Luce. Con los ojos brillantes y envueltas en finos mantos blancos, las mujeres hacían reverencias a los hombres ataviados con elegantes trajes y chalecos. Los camareros vestidos de negro se afanaban por el espacioso vestíbulo, ofreciendo tintineantes copas de champán.

Luce encontró a Henrietta cerca de las puertas del salón de baile, el cual parecía un macizo de flores: ostentosos vestidos de llamativos colores, hechos de organdí, tul y seda, y ceñidos por fajines de otomán, llenaban el recinto. Los coloridos ramos que llevaban las damas más jóvenes hacían que la casa entera oliera como el verano.

El cometido de Henrietta era recoger los chales y los ridículos de las señoras cuando entraban. Luce tenía que repartir los carnets de baile: unos libritos de aspecto caro con el blasón de la familia Constance cosido a la tapa y el repertorio de la orquesta escrito dentro.

—¿Dónde están todos los hombres? —susurró Luce a Henrietta.

Henrietta resopló.

—¡Así me gusta! En la sala de fumadores, por supuesto. —Señaló a la izquierda con la cabeza, hacia un pasillo a oscuras—. Donde tendrán la inteligencia de quedarse hasta que se sirva la cena, si quieres mi opinión. ¿Quién quiere oírlos cacarear sobre una guerra nada menos que en Crimea? Estas damas no. Ni yo. Ni tú, Myrtle. —Henrietta enarcó las cejas y señaló las puertas acristaladas—. Uf, me he precipitado. Uno de ellos se ha escapado.

Luce se volvió. Había un solo hombre en el salón lleno de mujeres. Les daba la espalda, y solo veían su lisa melena azabache y su larga chaqueta de esmoquin. Hablaba con una mujer rubia que llevaba un vestido de noche de color rosa pálido. Sus pendientes de diamantes centellearon cuando volvió la cabeza y se cruzó con la mirada de Luce.

Gabbe.

El hermoso ángel parpadeó varias veces, como si tratara de decidir si Luce era una aparición. Luego, ladeó la cabeza de una forma casi imperceptible, como si intentara mandar una señal a su compañero. Antes de que él hubiera terminado de volver la cabeza, Luce ya había reconocido su hermoso perfil griego.

Cam.

Luce sofocó un grito, y los carnés de baile se le cayeron al suelo. Se agachó y se puso a recogerlos con torpeza. Luego, se los dio a Henrietta y salió del salón.

—¡Myrtle! —exclamó la criada.

—Vuelvo enseguida —susurró Luce, y subió corriendo por la larga escalera curva antes de que Henrietta pudiera reaccionar siquiera.

La señorita McGovern la pondría de patitas en la calle en cuanto se enterara de que había abandonado su puesto, y los caros carnets, en el salón de baile. Pero aquel era el menor de sus problemas. No estaba lista para enfrentarse a Gabbe, no cuando tenía que concentrarse en encontrar a Lucinda.

Y nunca quería a Cam cerca. Ni en su propia vida ni en ninguna otra. Hizo una mueca al recordar cómo había disparado aquella flecha estelar contra su reflejo creyendo que era ella la noche que los Proscritos habían tratado de llevársela al Cielo.

Ojalá estuviera Daniel allí…

Pero no estaba. Lo único que podía hacer era confiar en que la estuviera esperando (y no estuviera enfadado) cuando ella lo resolviera todo y regresara al presente.

Al final de la escalera, entró en la primera habitación que encontró. Cerró la puerta y se apoyó en ella para recobrar el aliento.

Estaba sola en una espaciosa biblioteca. Era una estancia maravillosa con un sofá de color marfil y un par de sillas tapizadas en cuero alrededor de un clavicordio lustroso. Cortinas escarlata tapaban los tres ventanales de la pared oeste. Un fuego crepitaba en el hogar.

Junto a Luce había una pared llena de estanterías, hileras de recios tomos encuadernados en piel hasta el techo, tan arriba que incluso había una escalera con ruedas para alcanzarlos.

Había un caballete en un rincón y, por algún motivo, Luce se sintió atraída hacia él. Jamás había puesto un pie en el segundo piso de aquella mansión, pero pisar la recia alfombra persa activó una parte de su memoria y le indicó que quizá ya había visto todo aquello antes.

¡Daniel! Luce recordó la conversación que él había tenido con Margaret en el jardín. Habían hablado de su pintura. Él se ganaba la vida como artista. El caballete del rincón: debía de ser suyo.

Se dirigió a él. Tenía que ver lo que estaba pintando.

Justo antes de llegar, un trío de voces agudas la sobresaltó.

Se oían justo al otro lado de la puerta.

Se quedó petrificada viendo cómo giraba el picaporte. No tuvo más remedio que esconderse detrás de la gruesa cortina escarlata de terciopelo.

Oyó un frufrú de tafetán, un portazo y un grito sofocado. Seguido de unas risitas. Se puso la mano en la boca y sacó un poco la cabeza, lo justo para mirar por un lado de la cortina.

La Lucinda de Helston estaba a tres metros de ella. Llevaba un fantástico vestido blanco de seda y crepé abierto por la espalda. Tenía el pelo oscuro y brillante recogido en una cola alta y sujeto en una serie de intrincados tirabuzones. Su gargantilla de diamantes relucía en su pálida piel y le daba un porte tan regio que Luce casi se quedó sin respiración.

Su antiguo yo era la criatura más elegante que había visto nunca.

—Esta noche estás resplandeciente, Lucinda —dijo una vocecilla.

—¿Te ha hecho otra visita Thomas? —bromeó otra.

Y las otras dos muchachas. Luce reconoció a una de ellas como a Margaret, la hija mayor de los Constance, la que había paseado con Daniel por el jardín. La otra, una réplica joven de Margaret, debía de ser la hermana menor. Aparentaba la misma edad que Lucinda. Bromeaba con ella como si fueran buenas amigas.

Y además tenía razón: Lucinda estaba resplandeciente. Tenía que ser por Daniel.

Lucinda se dejó caer en el sofá y suspiró como Luce no haría jamás, un suspiro melodramático que reclamaba atención. Luce supo de inmediato que Bill estaba en lo cierto: ella y su antiguo yo no se parecían en nada.

—¿Thomas? —Lucinda arrugó su naricilla—. Su padre es un maderero corriente…

—¡No es verdad! —gritó la hermana menor—. ¡Es un maderero muy poco corriente! Es rico.

—Aun así, Amelia —dijo Lucinda mientras se alisaba la falda alrededor de sus finos tobillos—, es casi un obrero.

Margaret se sentó en el borde del sofá.

—No pensabas eso de él la semana pasada cuando te trajo aquel sombrero de Londres.

—Pues las cosas cambian. Y el sombrero me encantó. —Lucinda frunció el entrecejo—. Pero, dejando los sombreros aparte, voy a decir a mi padre que no le permita volver a visitarme.

En cuanto hubo terminado de hablar, Lucinda reemplazó su expresión ceñuda por una sonrisa distraída y comenzó a canturrear. Las otras muchachas la observaron con aire de incredulidad mientras ella tarareaba entre dientes, acariciaba el encaje de su chal y miraba por la ventana, que se encontraba a apenas unos centímetros del escondrijo de Luce.

—¿Qué mosca le ha picado? —susurró Amelia a su hermana.

Margaret resopló.

—Qué hombre, más bien.

Lucinda se levantó y se acercó a la ventana, lo cual obligó a Luce a retirarse detrás de la cortina. Sintió que le ardían las mejillas y oyó el extraño canturreo de Lucinda Biscoe a solo unos centímetros de ella. Después, oyó pasos cuando su antiguo yo se apartó de la ventana y, de pronto, dejó de canturrear.

Se atrevió a mirar otra vez por el lado de la cortina. Lucinda había ido hasta el caballete, donde se había quedado petrificada.

—¿Qué es esto? —Alzó el lienzo para enseñárselo a sus amigas. Luce no lo veía con mucha claridad, pero le pareció bastante corriente. Solo alguna clase de flor.

—Lo ha pintado el señor Grigori —dijo Margaret—. Sus bocetos eran muy prometedores cuando llegó, pero me temo que le ha pasado algo. Desde hace tres días, solo pinta peonías. —Se encogió de hombros con recato—. Extraño. Los artistas son rarísimos.

—Oh, pero es guapísimo, Lucinda. —Amelia cogió a su amiga de la mano—. Debemos presentarte al señor Grigori esta noche. Tiene un pelo rubio increíble, y sus ojos… ¡Oh, sus ojos son para derretirse!

—Si Thomas Kennington y todo su dinero no son suficiente para Lucinda, dudo mucho que un simple pintor esté a su altura. —Margaret habló con tanta aspereza que Luce vio claramente que debía de sentir algo por Daniel.

—Me encantaría conocerlo —repuso Lucinda mientras volvía a canturrear en voz baja.

Luce contuvo el aliento. Entonces, ¿Lucinda no lo conocía todavía? ¿Cómo era posible cuando saltaba a la vista que ya estaba enamorada?

—Pues vamos —dijo Amelia, tirándole de la mano—. Nos estamos perdiendo media fiesta cuchicheando aquí.

Luce tenía que hacer algo. Pero, por lo que habían dicho Bill y Roland, era imposible salvar a su antiguo yo. Era demasiado peligroso incluso intentarlo. Aunque de algún modo lo consiguiera, el ciclo de las Lucinda que vivían después de aquella podía sufrir cambios. Hasta ella misma podía sufrirlos. O algo peor.

Podía ser eliminada.

Pero, al menos, quizá podía advertir a Lucinda. Para que no se sumergiera en aquella relación cegada ya por el amor. Para que no muriera como un mero un títere de un castigo inmemorial sin tener la menor noción de nada.

Las muchachas ya casi estaban en el pasillo cuando Luce se armó de valor para abandonar su escondrijo.

—¡Lucinda!

Su antiguo yo giró sobre sus talones; entrecerró los ojos al reparar en el uniforme de criada de Luce.

—¿Nos estabas espiando?

Luce no percibió en sus ojos ningún atisbo de reconocimiento. Era extraño que Roland la hubiera confundido con Lucinda en la cocina y que, en cambio, la propia Lucinda no pareciera advertir ningún parecido entre las dos. ¿Qué había visto Roland que aquella muchacha no veía? Luce respiró hondo y se obligó a llevar su endeble plan hasta el final.

—N-no, no espiaba —balbució—. Tengo que hablar contigo.

Lucinda se rió y miró a sus dos amigas.

—¿Disculpa?

—¿No eres tú la que reparte los carnets de baile? —preguntó Margaret a Luce—. Madre no estará muy contenta cuando se entere de que has faltado a tu obligación. ¿Cómo te llamas?

—Lucinda. —Luce se acercó y bajó la voz—. Es acerca del artista, el señor Grigori.

Su antiguo yo la miró a los ojos y algo vibró entre ellas. Lucinda parecía incapaz de apartar la mirada.

—Bajad sin mí —dijo a sus amigas—. Voy enseguida.

Las dos muchachas se miraron desconcertadas, pero estaba claro que Lucinda era la que mandaba. Sus amigas se marcharon sin decir nada más.

En la biblioteca, Luce cerró la puerta.

—¿Qué es tan importante? —preguntó Lucinda. Luego, se delató sonriendo—. ¿Ha preguntado por mí?

—No te líes con él —se apresuró a decir Luce—. Si lo conoces esta noche, va a parecerte guapísimo. Vas a querer enamorarte de él.

No lo hagas. —Se sentía fatal hablando de Daniel con tanta dureza, pero era la única forma de salvar la vida a su antiguo yo.

Lucinda Biscoe resopló y se volvió para salir de la biblioteca.

—Conocí a una chica de… Derbyshire —continuó Luce— que explicaba historias de todo tipo sobre su reputación. Ya ha hecho daño a muchas otras chicas. Las ha… las ha destrozado.

Lucinda no pudo contener el grito de sorpresa que escapó de sus labios rosados.

—¡Cómo te atreves a dirigirte a una dama de esa forma! ¿Quién te crees que eres? No es de tu incumbencia si ese artista me gusta o no me gusta. —La señaló con el dedo—. ¿Estás enamorada de él, criada egoísta?

—¡No! —Luce se retiró con si le hubiera dado una bofetada.

Bill le había advertido que Lucinda era muy distinta, pero debía de tener otra cara aparte de aquella tan desagradable. De lo contrario, ¿cómo era posible que Daniel la amara? De lo contrario, ¿cómo podía formar parte del alma de Luce?

Tenía que conectarlas algo más hondo.

Pero Lucinda estaba inclinada sobre el clavicordio, escribiendo una nota en un trozo de papel. Se enderezó, lo dobló por la mitad y se lo dio.

—No informaré a la señora Constance de tu imprudencia —dijo mientras la miraba con altanería— si entregas esta nota al señor Grigori. No pierdas tu oportunidad de conservar tu empleo. —Un segundo después, solo fue una etérea silueta blanca que salía al pasillo y bajaba la escalera para unirse a la fiesta.

Luce abrió la nota.

Querido señor Grigori:

Desde nuestro encuentro casual en la sastrería el otro día, no puedo quitármelo de la cabeza. ¿Querría verse conmigo en la pérgola esta noche a las nueve? Le estaré esperando.

Eternamente suya,

Lucinda Biscoe

Luce hizo la nota pedazos y los arrojó a la chimenea. Si no se la entregaba a Daniel, Lucinda estaría sola en la pérgola. Podría esperarla allí para tratar de advertirle por segunda vez.

Salió al pasillo, corrió hasta la escalera de servicio y bajó a las cocinas, donde pasó por delante de los cocineros, los pasteleros y Henrietta sin detenerse.

—¡Nos has metido en un buen lío a las dos, Myrtle! —le gritó su compañera, pero Luce ya había salido fuera.

El aire seco le refrescó la cara mientras corría. Ya eran casi las nueve, pero el sol aún se estaba poniendo por detrás de la arboleda al oeste de la propiedad. Enfiló el camino bañado de tonalidades rosadas, dejó atrás el fértil huerto, la embriagadora fragancia de las rosas, el laberinto de setos.

Sus ojos se posaron en el lugar donde había salido de la Anunciadora a su llegada a aquella vida. Oyó sus ruidosas pisadas en el camino de gravilla. Acababa de detenerse a poca distancia de la pérgola cuando alguien la cogió del brazo.

Se dio la vuelta.

Y se encontró cara a cara con Daniel.

La suave brisa le puso el pelo rubio en la frente. Con su traje negro de vestir, su faltriquera de oro y una pequeña peonía prendida en la solapa, Daniel estaba incluso más guapo de lo que Luce recordaba. Su piel clara brillaba a la luz del sol poniente. Sus labios esbozaron una sonrisa apenas perceptible. Sus ojos de color violeta se encendieron al verla.

A Luce se le escapó un débil suspiro. Ardía en deseos de inclinarse unos pocos centímetros más para pegar sus labios a los de él. Para envolverlo en sus brazos y palpar el lugar de su ancha espalda del que surgían sus alas. Quería olvidar lo que había ido a hacer allí y limitarse a estrecharlo entre sus brazos, a dejar que él la estrechara entre los suyos. No tenía palabras para expresar cuánto lo había echado de menos.

No. Aquella visita era por Lucinda.

Daniel, su Daniel, estaba muy lejos en ese momento. Le costaba imaginar qué estaría haciendo. Aún le costaba más imaginar su reunión con él cuando todo aquello terminara. Pero ¿acaso no era esa su misión? ¿Averiguar lo suficiente sobre su pasado para poder estar de verdad con Daniel en el presente?

—No deberías estar aquí —dijo al Daniel de Helston.

Él no podía saber que la Lucinda de Helston se había citado con él en la pérgola. Pero allí estaba. Parecía que nada pudiera interponerse entre ellos: se atraían el uno al otro, pasara lo que pasara.

La risa de Daniel era la misma risa a la que Luce estaba habituada, la que había oído por primera en Espada & Cruz, cuando Daniel la había besado; la risa que adoraba. Pero aquel Daniel no la conocía realmente. No sabía quién era, de dónde venía ni lo que trataba de hacer.

—Tú tampoco deberías estar aquí. —Daniel sonrió—. Se supone que primero bailamos dentro y que luego, cuando ya nos conocemos mejor, yo te llevo a pasear bajo la luna. Pero ni siquiera se ha puesto el sol. Lo cual significa que aún tenemos muchos bailes pendientes. —Le ofreció su mano—. Me llamo Daniel Grigori.

Ni tan siquiera había advertido que Luce llevaba un uniforme de criada en vez de un vestido de noche, que sus modales no eran ni por asomo los de una señorita. Solo acababa de posar los ojos en ella, pero, al igual que Lucinda, ya estaba cegado por el amor.

Ver todo aquello desde una nueva perspectiva aportaba una extraña claridad a su relación. Era maravillosa, pero su falta de visión era trágica. ¿Amaba siquiera Daniel a Lucinda y viceversa, o se trataba únicamente de un ciclo del que no se podían librar?

—No soy yo —dijo Luce, con tristeza.

Daniel le cogió las manos. Ella se ablandó un poco.

—Claro que eres tú —afirmó—. Siempre eres tú.

—No —insistió Luce—. Esto no es justo para ella. No estás siendo justo. Además, Daniel, ella es mala.

—¿De quién hablas? —Parecía que Daniel no fuera capaz de decidirse entre tomarla en serio o reírse.

Por el rabillo del ojo, Luce vio a una figura vestida de blanco que se dirigía hacia ellos desde la parte trasera de la mansión.

Lucinda.

Acudiendo a su cita con Daniel. Se había adelantado. Su nota decía a las nueve: al menos, eso había leído ella antes arrojar sus pedazos al fuego.

El corazón comenzó a palpitarle. Lucinda no podía sorprenderla allí. Pero era incapaz de dejar a Daniel tan pronto.

—¿Por qué la amas? —Habló de forma atropellada—. ¿Qué te impulsa a enamorarte de ella, Daniel?

Él le puso la mano en el hombro: la sensación fue maravillosa.

—No vayas tan deprisa —dijo—. Acabamos de conocernos, pero te prometo que no amo a nadie más salvo…

—¡Eh! ¡Criada! —Lucinda los había visto y, por su tono de voz, no estaba nada contenta. Echó a correr hacia la pérgola, maldiciendo su vestido, la hierba embarrada, a Luce—. ¿Qué has hecho con mi carta, criada?

—Esa… esa chica, la que viene hacia aquí —balbució Luce—, es yo, en cierto sentido. Yo soy ella. Tú nos amas, y necesito que entiendas…

Daniel se volvió para mirar a Lucinda, la que él había amado, la que amaría en esa época. Le vio la cara con claridad. Vio que eran dos.

Cuando miró de nuevo a Luce, la mano que tenía en su hombro comenzó a temblarle.

—Eres tú. La otra. ¿Qué has hecho? ¿Cómo lo has hecho?

—¡Eh! ¡Criada! —Lucinda había reparado en que Daniel tenía una mano en el hombro de Luce. Se le crisparon las facciones—. ¡Lo sabía! —gritó mientras apretaba aún más el paso—. ¡Apártate de él, lagarta!

Luce fue presa del pánico. No tenía más alternativa que echar a correr. Pero, antes, tocó a Daniel en la mejilla.

—¿Es amor? ¿O solo nos une la maldición?

—Es amor —respondió él de forma entrecortada—. ¿Es que no sabes eso?

Luce se soltó y huyó. Echó a correr por el césped hacia los abedules, hacia el campo al que la había conducido la Anunciadora. Los pies se le enredaron con algo, tropezó y cayó al suelo de bruces. Le dolía todo. Y estaba enfadada. Enfadadísima. Con Lucinda por ser tan desagradable. Con su propia incapacidad para hacer algo que cambiara un poco las cosas. Lucinda moriría de todas formas. No importaba que ella hubiera viajado hasta allí. Golpeó el suelo con los puños y gruñó frustrada.

—Tranquila. —Una manita de piedra le dio una palmada en la espalda.

Luce la apartó.

—Déjame en paz, Bill.

—Oye, has sido muy valiente. Te has arriesgado mucho esta vez. Pero —Bill se encogió de hombros— se acabó.

Luce se sentó y lo fulminó con la mirada. Al ver su expresión engreída, le entraron ganas de regresar para revelar a Lucinda su verdadera identidad y explicarle qué estaba a punto de sucederle.

—No. —Se levantó—. No se ha acabado.

Bill la obligó a sentarse tirando de ella. Para ser una criatura tan pequeña, tenía una fuerza sorprendente.

—Sí se ha acabado. Vamos, entra en la Anunciadora.

Luce miró hacia el lugar que Bill señalaba. Ni tan siquiera había visto la puerta negra que flotaba ante ellos. Su olor a moho le dio náuseas.

—No.

—¡Sí! —exclamó Bill.

—Tú eres quien me ha dicho que me tome las cosas con calma.

—Oye, deja que te haga un resumen: en esta vida eres una bruja, y a Daniel le da igual. ¡Sorpresa! Te corteja durante unas semanas, os regaláis unas cuantas flores. Os dais un superbeso y ¡pumba! ¿Vale? No hay mucho más que ver.

—Tú no lo entiendes.

—¿El qué? ¿No entiendo que los victorianos son más tiesos que un palo de escoba y más aburridos que chupar un clavo? Anda, si vas a zigzaguear por tu pasado, haz que valga la pena. Viajemos a algunos de los momentos interesantes.

Luce no cedió.

—¿Hay alguna forma de que te esfumes?

—¿Voy a tener que meterte en esa Anunciadora por la fuerza? ¡Andando!

—Necesito ver que me ama a mí, no a una noción de mí por culpa de una maldición que le han echado. Necesito sentir que hay algo más fuerte que nos mantiene unidos. Algo auténtico.

Bill se sentó a su lado en la hierba. Luego pareció pensárselo mejor y se encaramó a su regazo. Al principio, Luce quiso darles un manotazo a él y a las moscas que revoloteaban alrededor de su cabeza, pero, cuando Bill la miró, sus ojos parecían sinceros.

—Cariño, que Daniel te ama de verdad es lo último que debería preocuparte. Sois «almas gemelas», ¡maldita sea! Vosotros acuñasteis la frase. No hace falta que te quedes aquí para ver eso. Está en todas las vidas.

—¿El qué?

—¿Quieres ver amor verdadero?

Luce asintió.

—Vamos. —Bill tiró de ella para que se levantara.

La Anunciadora que flotaba ante ellos comenzó a transformarse hasta adoptar una forma muy parecida a la puerta de una tienda de campaña. Bill remontó el vuelo, metió el dedo y corrió un cerrojo invisible. La Anunciadora volvió a cambiar de forma y descendió como un puente levadizo hasta que Luce solo vio un oscuro túnel.

Giró la cabeza para mirar a Daniel y a Lucinda, pero solo vio sus siluetas, dos manchas de color entremezcladas.

Bill hizo un amplio movimiento con la mano libre en la entrada de la Anunciadora.

—Entra.

Y eso hizo Luce.

8
Espectador invisible

Helston, Inglaterra
26 de julio de 1854

Daniel tenía la ropa decolorada por el sol y la mejilla embadurnada de arena cuando despertó en la desolada costa de Cornualles. Podía llevar un día, una semana, un mes vagando por ella. Fuera cual fuera el tiempo transcurrido, lo había pasado todo castigándose por su error.

Tropezarse con Lucinda de aquel modo en la sastrería había sido un error tan grave que el alma le ardía cada vez que pensaba en ello.

Y no podía dejar de pensar en ello.

En los carnosos labios rosados de Lucinda al decir las palabras: «Creo que le conozco. Espere, por favor».

Tan bellos y tan peligrosos.

¿Por qué no podía haber sido algo trivial? ¿Algún breve diálogo en una etapa más avanzada de su relación? En ese caso, quizá no habría tenido tanta importancia. ¡Pero la primera vez que se veían! Lucinda Biscoe lo había visto primero a él, al Daniel que no era. Él podía haberlo puesto todo en peligro. Podía haber distorsionado tanto el futuro que su Luce podría acabar muerta, cambiada hasta tal punto que fuera irreconocible...

Pero no: de ser así, no conservaría a su Luce en su recuerdo. El tiempo se habría reorganizado y él no tendría ningún remordimiento, porque su Luce sería distinta.

Su antiguo yo debió de reaccionar con Lucinda Biscoe de un modo que disimuló su error. No recordaba bien cómo empezó su relación, sino solo cómo había terminado. Pero daba igual: no tenía ninguna intención de acercarse a su antiguo yo para avisarlo, por temor a tropezarse de nuevo con Lucinda y causar incluso más daño. Lo único que podía hacer era retirarse y esperar a que sucediera.

Estaba acostumbrado a la eternidad, pero aquello había sido un infierno.

Había perdido la noción del tiempo, abstraído por el sonido de las olas al romper en la orilla. Durante un momento, al menos.

Podría haber reanudado fácilmente su búsqueda entrando en otra Anunciadora y persiguiendo a Luce a la siguiente vida que visitara. Pero, por algún motivo, se había quedado en Helston, esperando a que la vida de Lucinda Biscoe concluyera.

Al despertar aquella tarde, con el cielo surcado de nubes moradas, Daniel la presintió. La noche de mediados de verano en la que ella moriría. Se sacudió la arena de la piel y notó una sensibilidad extraña en sus alas ocultas. El corazón le palpitó con cada latido.

Había llegado la hora.

La muerte de Lucinda no sucedería hasta después de que anocheciera.

El antiguo yo de Daniel se encontraría solo en la biblioteca de los Constance, dibujando a Lucinda Biscoe por última vez. Sus maletas estarían junto a la puerta, vacías como de costumbre, salvo por un plumier de piel, unos cuantos cuadernos de bocetos, su libro sobre los Vigilantes, otro par de zapatos. Su intención era partir a la mañana siguiente. Vaya mentira.

En los momentos previos a las muertes de Lucinda, Daniel raramente era sincero consigo mismo. Su amor siempre lo cegaba. Todas las veces, se engañaba, se embriagaba con su presencia y perdía la noción de la realidad.

Recordaba con especial claridad cómo había terminado en aquella vida en Helston: él negó que Lucinda tenía que morir hasta el momento en que la apoyó contra las cortinas rojas de terciopelo y la besó hasta perder el mundo de vista.

Maldijo su suerte en ese momento; su reacción fue patética. Aún sentía el dolor, tan reciente como una marca de fuego en la piel. Y recordaba el velatorio.

Mientras esperaba a que se pusiera el sol, solo en la orilla, dejó que el agua besara sus pies descalzos. Cerró los ojos, puso los brazos en cruz y dejó que sus alas surgieran de las cicatrices de sus hombros. Se ahuecaron detrás de él, oscilaron al viento y le confirieron una ingravidez que le procuró una cierta paz momentánea. Vio cuánto brillaban en su reflejo en el agua, lo grande y feroz que parecía con ellas.

A veces, en sus momentos de mayor desconsuelo, Daniel se negaba a sacar las alas. Era un castigo que podía administrarse él mismo. El hondo alivio, la sensación de libertad, palpable e increíble, que desplegar las alas procuraba a su alma solo le parecía una falsedad, una especie de droga. Aquella noche, se permitió experimentar aquella intensidad.

Flexionó las rodillas y remontó el vuelo.

A unos palmos por encima del agua, se dio rápidamente la vuelta para ponerse de espaldas al mar y tener las alas extendidas debajo de él como una magnífica balsa luminosa.

Voló a ras de mar, estirando la musculatura con cada largo aleteo, deslizándose sobre las olas hasta que el agua turquesa adquirió una gélida tonalidad azul. Entonces se sumergió. Al entrar en contacto con el agua, el calor de sus alas dejó una estela violeta que lo envolvió.

Adoraba nadar. La frescura del agua, la imprevisibilidad de la corriente, la sincronía del mar y la luna. Era uno de los pocos placeres terrenales que realmente comprendía. Sobre todo, adoraba nadar con Lucinda.

Con cada aleteo, Daniel la imaginó allí con él, deslizándose por el agua con elegancia como ya había hecho muchas otras veces, bañada por el trémulo resplandor de sus alas.

Cuando la luna brillaba en el cielo y él se encontraba en algún lugar próximo a la costa de Reykjavik, Daniel salió del agua como una flecha. Voló hacia arriba en línea recta, batiendo las alas con una impetuosidad que le quitó el frío.

El viento lo azotó y lo secó en pocos segundos mientras seguía cobrando altura. Atravesó espesos bancos de nubes grises antes de dar media vuelta y emprender el viaje de regreso bajo la estrellada bóveda del cielo.

Sus alas se movían sin freno ni trabas, impulsadas por el amor, el horror y el recuerdo de Lucinda, y rizaban la superficie del mar de tal forma que relucía como diamantes. Cobró una velocidad formidable cuando sobrevoló las islas Feroe y el mar de Irlanda. Continuó por el canal de San Jorge y finalmente llegó a Helston.

¡Qué contrario a su naturaleza era aparecer solo para ver morir a la muchacha que amaba!

Pero tenía que ver más allá de aquel momento y aquel dolor. Tenía que dirigir la vista hacia todas las Lucinda que vendrían después de aquel sacrificio, y hacia la que él perseguía, la última Luce, la que pondría fin a aquel ciclo maldito.

La muerte de Lucinda aquella noche era el único modo de que los dos pudieran salir ganando, el único modo de que tuvieran una oportunidad.

Cuando llegó a las tierras de los Constance, la mansión estaba a oscuras, hacía calor y no corría ni una gota de aire.

Pegó las alas al cuerpo y demoró su descenso por el lado sur de la propiedad. Allí estaba el tejado blanco de la pérgola, una vista área de los jardines. Allí estaba el camino de gravilla bañado por la luna que ella debía de haber recorrido hacía solo unos momentos, después de salir de la casa de su padre a hurtadillas mientras todos dormían. Su camisón cubierto por una larga capa negra, su recato olvidado en su premura por encontrarlo.

Y allí estaba la luz de la biblioteca, el candelabro que la había conducido hasta él. Quedaba un ligero espacio entre las cortinas. El suficiente para que Daniel mirara dentro sin arriesgarse a que lo vieran.

Cuando alcanzó la ventana de la biblioteca situada en el segundo piso de la gran mansión, se quedó suspendido fuera como un espía, batiendo ligeramente las alas.

¿Había llegado Lucinda? Inhaló despacio, dejó que las alas se le llenaran de aire y pegó la cara al cristal.

Solo vio a Daniel en el rincón, dibujando con vehemencia en su cuaderno. Su antiguo yo parecía agotado y desolado. Recordaba perfectamente la sensación: no había quitado ojo a las manecillas negras del reloj de pared mientras esperaba a que ella irrumpiera en la biblioteca de un momento a otro. Cuán aturdido se había quedado cuando Lucinda se había acercado a él sin hacer ruido, en silencio, casi como si hubiera estado detrás de las cortinas.

Volvió a quedarse aturdido cuando lo hizo en ese momento.

Su belleza rebasaba sus expectativas más irreales esa noche. Todas las noches. Las mejillas encendidas por el amor que sentía pero no comprendía. El brillante cabello negro saliéndosele de la trenza larga y lustrosa. La maravillosa transparencia de su camisón, como gasa que flotaba sobre aquella piel perfecta.

En ese preciso momento, su antiguo yo se levantó y giró sobre sus talones. Cuando vio la hermosura que tenía ante él, el dolor fue evidente en su cara.

De haber podido hacer algo para ayudar a su antiguo yo a atravesar aquello, Daniel lo habría hecho. Pero lo único que podía hacer era leerle los labios.

«¿Qué haces aquí?»

Lucinda se acercó, y el rubor tiñó sus mejillas. Juntos, los dos se movían como imanes, tan pronto atraídos por una fuerza más grande que ellos como repelidos casi con el mismo vigor.

Daniel siguió suspendido fuera, sufriendo.

No podía mirar. Tenía que mirar.

Ambos se mostraron vacilantes hasta el momento en el que sus pieles se rozaron. En ese instante, una pasión irrefrenable estalló entre ellos. Y ni siquiera estaban besándose, sino solo hablando. Cuando sus labios, sus almas, casi se tocaron, los rodeó un candente halo blanco del que ninguno fue consciente.

Era algo que Daniel jamás había presenciado desde fuera.

¿Era eso lo que buscaba su Luce? ¿Una prueba visual de cuán verdadero era su amor? Para Daniel, su amor era una parte tan intrínseca de él como sus alas. Pero, para Luce, debía de ser distinto. Ella no tenía acceso al esplendor de su amor. Solo a su llameante final.

Cada momento sería una completa revelación.

Pegó la mejilla al cristal y suspiró. Dentro, su antiguo yo estaba cediendo, perdiendo la determinación que, de cualquier modo, había sido una farsa desde el principio. Su equipaje estaba hecho, pero era Lucinda quien debía partir.

Su antiguo yo la estrechó entre sus brazos; incluso a través de la ventana, Daniel olió la embriagadora fragancia de su piel. Se envidió a sí mismo mientras la besaba en el cuello y le pasaba las manos por la espalda. Su deseo era tan fuerte que habría hecho añicos aquella ventana si no se hubiera obligado a refrenarlo.

«Oh, por favor, alárgalo un poco —ordenó a su antiguo yo—. Haz que dure un poco más. Un beso más. Una dulce caricia más antes de que la biblioteca tiemble y las Anunciadoras empiecen a vibrar en sus sombras.»

El cristal se calentó contra su mejilla. Estaba ocurriendo.

Quiso cerrar los ojos, pero fue incapaz. Lucinda se retorció en los brazos de su antiguo yo. El dolor le crispó las facciones. Miró arriba y abrió los ojos de par en par cuando vio las sombras que danzaban en el techo. El mero hecho de intuir que algo ocurría fue demasiado para ella.

Gritó.

Y se convirtió en una cegadora columna de fuego.

Dentro de la biblioteca, su antiguo yo fue catapultado contra la pared. Cayó al suelo y se acurrucó allí, apenas la sombra de un hombre. Enterró el rostro en la alfombra y tembló.

Fuera, Daniel observó con un pavor que jamás había conseguido dominar mientras las llamas lamían el aire y las paredes. Borbotearon como una salsa que arde a fuego lento en una cazuela y se desvanecieron, sin dejar rastro de Lucinda.

Milagroso. Daniel notó un hormigueo en todos los poros de su piel. Si no hubiera sido tan demoledor para su antiguo yo, el espectáculo de la muerte de Lucinda casi podría haberle parecido hermoso.

Su antiguo yo se levantó despacio. Se le desencajó la mandíbula, sus alas reventaron el frac negro y llenaron casi toda la biblioteca. Alzó los puños al cielo y rugió.

En el exterior, Daniel fue incapaz de seguir soportándolo. Embistió la ventana con el ala, y una lluvia de cristales rotos cayó a la noche. Entró como una bala por el agujero desigual.

—¿Qué haces aquí? —gritó su antiguo yo, con lágrimas rodándole por las mejillas.

Apenas cabían en la espaciosa biblioteca con las alas desplegadas. Echaron los hombros hacia atrás todo lo posible para apartarse uno del otro. Ambos conocían el peligro de tocarse.

—Estaba mirando —respondió Daniel.

—¿Qué? ¿Has vuelto para mirar? —Su antiguo yo agitó los brazos y las alas—. ¿Es esto lo que querías ver? —La intensidad de su sufrimiento era desgarradoramente palpable.

—Esto tenía que pasar, Daniel.

—No me vengas con esas mentiras. No te atrevas. ¿Has vuelto a dejarte aconsejar por Cam?

—¡No! —Daniel casi gritó a su antiguo yo—. Oye: hay un momento, no muy lejano, en el que tendremos la oportunidad de cambiar las reglas de juego. Se ha producido un cambio, y las cosas son distintas. Tendremos una oportunidad para dejar de repetir esto. Lucinda podrá por fin…

—¿Romper el ciclo? —susurró su antiguo yo.

—Sí. —Daniel empezó a sentirse mareado. Uno de los dos sobraba en la biblioteca. Era hora de que se marchara—. Aún falta —añadió. Se dio la vuelta cuando llegó a la ventana—. Pero conserva la esperanza.

Salió por la ventana rota. Sus palabras, «conserva la esperanza», resonaron en su cabeza cuando surcó el cielo y se adentró en las profundidades de la noche.

9

Naufragio

Tahití, Polinesia francesa
11 de diciembre de 1775

Luce descubrió que estaba subida a una astillada viga de madera.

La viga crujió al ladearse ligeramente hacia la izquierda y volvió a crujir cuando osciló muy despacio en el sentido contrario. El balanceo era constante, como si la viga estuviera acoplada a un péndulo muy corto.

Un viento caliente le puso el pelo en la cara y le arrancó la cofia que aún llevaba. La viga volvió a balancearse, y Luce perdió el equilibrio. A duras penas consiguió abrazarse a ella antes de que oscilara violentamente…

¿Dónde estaba? Delante de ella solo se extendía el azul interminable de un cielo despejado. Un azul más oscuro en lo que debía de ser el horizonte. Miró abajo.

Se hallaba a una altura increíble.

Por debajo de ella, había un poste de unos treinta metros de longitud que terminaba en una cubierta de madera. ¡Oh! Era un mástil. Estaba agarrada a la verga más alta de un barco de vela muy grande.

Un barco de vela muy grande que había naufragado, cerca del negro litoral de una isla.

La proa se había estrellado contra unas rocas de lava afiladísimas que la habían pulverizado. La vela mayor estaba destrozada: jirones de lona ocre que ondeaban fláccidamente al viento. El aire olía como la mañana que sigue a una fuerte tempestad, pero aquel barco estaba tan envejecido que parecía que llevara años allí.

Cada vez que las olas rompían en la costa de arena negra, el agua alcanzaba varios metros de altura al resurgir por las oquedades de las rocas. Debido a las olas, el barco naufragado y la verga a la que Luce se aferraba oscilaban de una forma tan violenta que pensó que iba a vomitar.

¿Cómo iba a bajar? ¿Cómo iba a llegar a tierra?

—¡Ajá! Mira quién se han posado como un pájaro en una rama. —La voz de Bill atravesó el rumor de las olas. La gárgola apareció en el otro extremo de la verga podrida y echó a andar por ella con los brazos en cruz como si fuera una barra de equilibrios.

—¿Dónde estamos? —Luce tenía demasiado miedo para hacer cualquier movimiento brusco.

Bill se llenó los pulmones de aire.

—¿No notas el sabor? ¡La costa norte de Tahití! —Se sentó al lado de Luce, estiró sus piernas regordetas, alzó sus bracitos grises y entrelazó las manos en la nuca—. ¿A que es el paraíso?

—Creo que voy a vomitar.

—Tonterías. Solo tienes que acostumbrarte al vaivén del mar.

—¿Cómo hemos…? —Luce miró otra vez a su alrededor en busca de una Anunciadora. No vio ni una sola sombra, solo el azul interminable de un cielo vacío.

—Me he ocupado de la logística por ti. Considérame tu agente de viajes. ¡Y considérate de vacaciones!

—Esto no son unas vacaciones, Bill.

—Ah, ¿no? Yo pensaba que estábamos haciendo el Gran Recorrido del Amor. —Se rascó la frente, y unos pétreos pellejos grises se le desprendieron del cuero cabelludo—. ¿Lo he entendido mal?

—¿Dónde están Lucinda y Daniel?

—Espera. —Bill se elevó delante de ella—. ¿No quieres que te ponga en antecedentes?

Luce lo ignoró y se acercó al mástil. Con inseguridad, puso un pie en la primera de las maderas que sobresalían de los lados del mástil.

—¿No quieres al menos que te que eche una mano?

Luce había estado conteniendo la respiración y tratando de no mirar abajo cuando el pie le resbaló de la madera por tercera vez. Finalmente, tragó saliva y alargó la mano para coger la garra fría y áspera que Bill le tendía.

Nada más hacerlo, Bill tiró de ella y la arrancó del mástil. Luce chilló cuando el viento húmedo le azotó la cara y le levantó la falda por encima de la cintura. Cerró los ojos y esperó a estrellarse contra los tablones podridos de la cubierta.

Solo que no lo hizo.

Oyó un «zum» y sintió que su cuerpo dejaba de caer. Abrió los ojos. Las alas rechonchas de Bill se habían hinchado como globos y atrapaban el viento. La gárgola la cargaba con una sola mano y la conducía lentamente a tierra. Su agilidad, su ligereza, eran milagrosas. Luce se sorprendió al descubrir que se estaba relajando: de algún modo, la sensación de volar ya era natural para ella.

Daniel.

Rodeada de aire, tuvo un deseo incontenible de estar con él. De oír su voz y probar el sabor de sus labios: era incapaz de pensar en nada más. ¡Qué no habría dado por estar en sus brazos en aquel preciso momento!

El Daniel con el que se había encontrado en Helston, por mucho que se hubiera alegrado de verla, no la conocía de verdad. No como su Daniel. ¿Dónde estaba él en ese instante?

—¿Te encuentras mejor? —preguntó Bill.

—¿Qué hacemos aquí? —preguntó Luce mientras sobrevolaban el mar. Estaba tan transparente que vio sombras negras moviéndose bajo el agua: gigantescos bancos de peces que nadaban sin prisa a lo largo de la costa.

—¿Ves esa palmera? —Bill señaló con su garra libre—. ¿La más alta, la tercera que hay a partir del sitio donde se interrumpe el banco de arena?

Luce asintió y entrecerró los ojos.

—Ahí es donde tu padre de esta vida ha construido su choza. ¡La choza más bonita de toda la playa! —Bill tosió—. De hecho, es la única choza de la playa. Los británicos ni tan siquiera han descubierto esta parte de la isla todavía. Así que, cuando tu papi sale de pesca, tú y Daniel tenéis este sitio para los dos solos.

—¿Daniel y yo... vivimos aquí... juntos?

Cogidos de la mano, Luce y Bill se posaron en la orilla con la grácil elegancia de dos bailarines en un *pas de deux*. Luce estaba agradecida, y un poco asombrada, por cómo la había bajado del mástil del barco, pero, en cuanto pisó tierra firme, soltó su sucia garra y se limpió la mano en el delantal.

Aquel lugar tenía una belleza austera. Las aguas cristalinas lamían las extrañas y hermosas playas de arena negra. Grupos de cidros y palmeras se inclinaban sobre la costa, cargados de frutos anaranjados. Más allá de los árboles, montañas de poca altura asomaban entre la bruma de la selva tropical. Cascadas recorrían sus laderas. En tierra, el viento no era tan violento; mejor aún, estaba impregnado de la fragancia de los hibiscos. Era difícil imaginar poder pasar unas vacaciones allí, y no digamos toda una vida.

—Tú viviste aquí. —Bill echó a andar por la orilla curva y dejó las huellas de sus garritas en la arena oscura—. Tu padre y los otros diez nativos que vivían a un tiro de canoa de aquí te llamaban… bueno, algo parecido a «Lulu».

Luce iba a buen paso para no rezagarse, con la voluminosa falda de su uniforme de criada de Helston hecha una bola para no arrastrarla por la arena. Se detuvo e hizo una mueca.

—¿Qué? —preguntó Bill—. A mí me parece bonito, Lulu. ¡Lulululululu!

—Para.

—En fin, Daniel era una especie de aventurero. ¿Ves ese barco de ahí? El hacha de tu novio lo robó de la grada particular de Jorge III. —Bill miró el barco naufragado—. Pero el capitán Bligh y su tripulación amotinada tardarán otros dos años en localizar a Daniel aquí, y para entonces… ya sabes.

Luce tragó saliva. Probablemente, para entonces, ya haría tiempo que Daniel se habría ido, porque ya haría tiempo que Lucinda habría muerto.

Habían llegado a un claro en la hilera de palmeras. Un río salobre fluía entre el mar y el pequeño lago interior de agua dulce. Luce lo cruzó con cuidado por unas piedras planas. Las enaguas le daban calor y pensó en quitarse el agobiante vestido y zambullirse en el mar.

—¿Cuánto tiempo tengo con Lulu? —preguntó—. Antes de que pase.

Bill alzó las manos.

—Creía que lo único que querías era ver una prueba de que vuestro amor es verdadero.

—Así es.

—Para eso, no vas a necesitar más de diez minutos.

Llegaron a un corto camino bordeado de orquídeas que conducía a otra playa virgen. Al borde del agua azul celeste había una pequeña choza con el techo de paja construida sobre pilotes. Detrás de la choza, una palmera tembló.

Bill se cernió sobre el hombro de Luce.

—Ahí la tienes. —Señaló la palmera con su garra de piedra.

Asombrada, Luce vio asomar dos pies entre las hojas de la temblorosa palmera. Luego, una muchacha que solo llevaba una falda de tela y una enorme guirnalda de flores arrojó a la playa cuatro peludos cocos marrones antes de bajar ágilmente al suelo por su tronco nudoso.

Llevaba el pelo largo y suelto, y los rayos de sol se reflejaban en él como diamantes de luz. Luce conocía la sensación de llevarlo así, el modo en que le hacía cosquillas en los brazos mientras oscilaba en su cintura. Lulu tenía la piel increíblemente tostada por el sol. Luce jamás había estado tan bronceada, ni tan siquiera cuando pasó un verano entero en la casa que su abuela tenía en la playa de Biloxi. Lulu llevaba oscuros tatuajes geométricos en la cara y los brazos. Era muy distinta de Luce, pero también era «muy Luce».

—Caramba… —susurró mientras Bill la arrastraba detrás de un arbusto de flores moradas—. Eh, ¡ay! ¿Qué haces?

—Llevarte a un mirador más seguro. —La gárgola volvió a levantarla en el aire y comenzó a ganar altura. Cuando alcanzaron las copas de los árboles, se dirigió a una rama robusta y la depositó en ella. Desde allí, Luce veía toda la playa.

—¡Lulu!

La voz le atravesó la piel y le llegó directamente al corazón. La voz de Daniel. La llamaba. La deseaba. La necesitaba. Luce se movió en la dirección del sonido. Hasta que Bill la agarró por el hombro, ni siquiera se había dado cuenta de que había empezado a levantarse, como si solo tuviera que bajarse de la rama para volar hasta Daniel.

—Hete aquí por qué he tenido que subir tu culo europeo hasta aquí. No habla contigo. Habla con ella.

—Oh. —Luce se dejó caer en la rama—. Ya veo.

La muchacha de los cocos, Lulu, corría por la arena negra. Y en el otro extremo de la playa, corriendo hacia ella, estaba Daniel.

Iba sin camisa, tenía un bronceado magnífico y solo llevaba unos pantalones de color azul marino con los bordes raídos. El agua de mar le brillaba en la piel después de haberse dado un chapuzón. Sus pies descalzos levantaban arena. Luce envidió el agua, envidió la arena. Envidió todo lo que tocaba a Daniel mientras que ella estaba atrapada en la copa de aquel árbol. Envidió, sobre todo, a su antiguo yo.

Mientras corría hacia Lulu, Daniel parecía más feliz y natural de lo que Luce recordaba haberlo visto jamás. Verlo así la emocionó.

Se encontraron. Lulu se echó en sus brazos, y Daniel la levantó del suelo y la hizo girar en el aire. Volvió a depositarla en la arena y la colmó de besos. Le besó las yemas de los dedos y los antebrazos, y continuó hacia los hombros, el cuello, la boca.

Bill se apoyó en el hombro de Luce.

—Despiértame cuando la cosa se ponga interesante —dijo, bostezando.

—¡Cochino! —Luce tenía ganas de darle una bofetada, pero no quería tocarlo.

—Me refiero a los tatuajes, boba. Me molan los tatuajes, ¿vale?

Cuando Luce volvió a mirar a la pareja, Lulu estaba conduciendo a Daniel a una estera extendida en la arena no lejos de la choza. Daniel sacó un machete corto del cinto de sus pantalones y comenzó a abrir uno de los cocos. Después de unos cuantos machetazos, cercenó la parte de arriba y dio el resto a Lulu. Ella bebió con avidez y la leche se le escurrió por las comisuras de la boca. Daniel se la limpió a besos.

—No se tatúan, solo… —Luce se interrumpió cuando su antiguo yo entró en la choza. Lulu reapareció al cabo de un momento con un paquetito envuelto en hojas de palmera. Dentro había un utensilio que parecía un peine de madera. Las cerdas brillaban al sol, como si fueran agujas. Daniel se tendió en la estera y observó a Lulu cuando ella metió el peine en una concha grande y poco profunda llena de un polvo negro.

Lulu le dio un rápido beso antes de empezar.

Le clavó el peine en la piel del esternón. Procedió deprisa, apretando con fuerza y firmeza, y, cada vez que movía el peine, le dejaba una mancha de pigmento negro tatuada en la piel. Luce comenzó a distinguir un dibujo: un peto de cuadros. Iba a cubrirle todo el pecho. La única vez que Luce había estado en un salón de tatuajes había sido en New Hampshire con Callie, que quería tatuarse un diminuto corazón rosa en la cadera. Aquello duró menos de un minuto, y Callie no paró de gritar. Daniel, en cambio, yacía en silencio, sin hacer ningún ruido ni quitar ojo a Lulu. Transcurrió mucho rato, y Luce notó el sudor corriéndole por la rabadilla mientras miraba.

—¿Eh? ¿Qué me dices? —Bill le dio un codazo—. ¿Te había prometido que te enseñaría el amor o no?

—Desde luego, parece que están enamorados. —Luce se encogió de hombros—. Pero...

—Pero ¿qué? ¿Tienes idea de cuánto duele eso? Mira a ese tío. Viéndolo, parece que tatuarse sea como ser acariciado por una suave brisa.

Luce se removió en la rama.

—¿Esa es la lección? ¿Que dolor equivale a amor?

—Dímelo tú —respondió Bill—. Quizá te sorprenda oír esto, pero no es que las mujeres hagan cola para salir conmigo.

—Es decir, si me tatuara el nombre de Daniel en el cuerpo, ¿significaría eso que lo amo aún más de lo que ya lo amo?

—Es un símbolo, Luce. —Bill soltó un ronco suspiro—. No seas tan literal. Míralo así: Daniel es el primer chico guapo al que Lulu ha visto en su vida. Hasta que el mar lo depositó en la orilla hace unos meses, su mundo se reducía a su padre y unos cuantos nativos gordos.

—Ella es Miranda —dijo Luce, recordando la historia de amor de *La tempestad,* que había leído en el seminario de Shakespeare de ese curso.

—¡Qué culta! —Bill frunció los labios en señal de aprobación—. Son como Ferdinando y Miranda: el guapo desconocido naufraga donde ella...

—Así que, naturalmente, para Lulu fue amor a primera vista —murmuró Luce.

Aquello era lo que se temía: el mismo amor irreflexivo y automático que la había contrariado en Helston.

—Exacto —dijo Bill—. Ella no tenía más alternativa que enamorarse de él. Pero lo que es interesante aquí es Daniel. ¿Sabes?, no le habría hecho falta enseñarle a confeccionar una vela, ni ganarse la confianza de su padre llevándole una tonelada de pescado para salar, ni, tercera prueba —Bill señaló a los amantes de la playa—, dejarse tatuar todo el cuerpo según es costumbre aquí. Solo le habría hecho falta aparecer. Lulu lo habría amado igualmente.

—Él lo hace porque… —Luce pensó en voz alta—. Porque quiere merecer su amor. Porque, de lo contrario, solo estaría aprovechándose de la maldición. Porque, sea cual sea el ciclo que los ata, su amor por ella es… verdadero.

Entonces, ¿por qué no estaba convencida?

En la playa, Daniel se incorporó. Cogió a Lulu por los hombros y comenzó a besarla con ternura. El pecho le sangraba debido al tatuaje, pero ninguno de los dos pareció darse cuenta. Sus labios apenas se separaron, sus ojos jamás se despegaron.

—Quiero irme —dijo Luce a Bill, de golpe.

—¿En serio? —Bill parpadeó y se levantó como si ella lo hubiera asustado.

—Sí, en serio. Ya tengo lo que he venido a buscar y estoy lista para irme. Ahora mismo. —Trató de levantarse, pero la rama se balanceó bajo su peso.

—Hum, de acuerdo. —Bill la cogió del brazo para equilibrarla—. ¿Adónde?

—No lo sé, pero démonos prisa. —El sol se estaba poniendo detrás de ellos, alargando las sombras de los amantes en la arena—. Por favor. Quiero tener un buen recuerdo. No quiero verla morir.

Bill tenía la cara crispada y una expresión desconcertada, pero no dijo nada.

Luce no podía esperar más. Cerró los ojos y dejó que su deseo invocara una Anunciadora. Cuando volvió a abrirlos, vio un temblor en la sombra de un árbol de la pasión próximo. Se concentró y la convocó con todas sus fuerzas hasta que la Anunciadora comenzó a vibrar.

—Venga —dijo, apretando los dientes.

Por fin, la Anunciadora se separó del árbol, surcó el aire y se detuvo justo delante de ella.

—Con calma —dijo Bill, cernido sobre la rama—. La desesperación y las Anunciadoras no combinan bien. Como los pepinillos en vinagre y el chocolate. —Luce se quedó mirándolo—. Es decir, no te desesperes tanto como para perder de vista lo que deseas.

—Deseo irme de aquí —replicó Luce, pero no conseguía que la sombra adquiriera una forma estable, por mucho que lo intentara. Aunque no miraba a los amantes, percibía la oscuridad que se estaba formando en el cielo sobre la playa. No eran nubes de tormenta—. ¿Me ayudas, Bill?

La gárgola suspiró. Cogió la masa oscura que flotaba en el aire.

—Date cuenta de que esta es tu sombra. La manipulo yo, pero es tu Anunciadora, y tu pasado.

Luce asintió.

—Lo cual significa que tú no tienes ni idea de adónde va a llevarte y que yo no soy responsable.

Luce volvió a asentir.

—Ya está.

Bill frotó una parte de la Anunciadora hasta que se volvió más oscura; luego, cogió el punto oscuro con una garra y tiró de él como si fuera un picaporte. Un hedor a moho lo impregnó todo y Luce tosió.

—Sí, yo también lo huelo —dijo Bill—. Esta Anunciadora es vieja. —Le hizo una señal para que entrara—. Las damas primero.

Prusia
7 de enero de 1758

Un copo de nieve acarició la nariz de Luce.

Fue seguido de otro, y otro, y otro más, hasta que solo hubo nieve y el mundo entero se tornó blanco y frío. El vaho de su respiración dibujó una larga nube en el aire.

De algún modo, sabía que terminarían allí, aunque no estaba muy segura de dónde era «allí». Solo sabía que una fuerte nevada había oscurecido el cielo y que la nieve estaba empapándole las botas negras de piel, entumeciéndole los dedos de los pies y dejándola aterida.

Asistía a su propio funeral.

Lo había sentido nada más entrar en aquella última Anunciadora. Un frío cada vez más próximo, implacable como una capa de hielo. Se hallaba a las puertas de un cementerio, y todo estaba nevado. Detrás de ella, había una calle bordeada de árboles cuyas ramas sin hojas arañaban el cielo plomizo. Delante había una loma nevada, con lápidas y cruces que sobresalían del manto blanco como dientes sucios e irregulares.

Alguien silbó detrás de ella, a unos palmos de distancia.

—¿Seguro que estás preparada para esto?

Bill. Parecía que le faltara el aliento, como si acabara de alcanzarla.

—Sí. —A Luce le castañetearon los dientes. No se volvió hasta que Bill se cernió cerca de sus hombros.

—Ten —dijo mientras le ofrecía un abrigo de visón—. He pensado que a lo mejor tenías frío.

—¿De dónde…?

—Se lo he birlado a una tía que volvía a casa desde ese mercado de ahí. No te preocupes. Estaba bien recubierta.

—¡Bill!

—Oye, ¡lo necesitabas! —La gárgola se encogió de hombros—. Disfrútalo.

Le puso el recio abrigo sobre los hombros, y ella se arrebujó en él. Era increíblemente suave y caliente. Sintió una inmensa gratitud hacia Bill. Alargó la mano y le cogió la garra, sin importarle que estuviera pringosa y fría.

—Vale —dijo él mientras le daba un apretón. Por un momento, Luce notó un extraño calor en las yemas de los dedos. Pero, en un instante, Bill volvía a tener los dedos fríos como el hielo. La gárgola respiró hondo, nerviosa—. Bueno… Esto… Prusia. Mediados del siglo XVIII. Vives en un pueblo a orillas del río Handel. Muy bonito. —Se aclaró la garganta y escupió una flema enorme antes de continuar—. Debería haber dicho… hum, que «vivías». De hecho, acabas… bueno…

—Bill. —Luce estiró el cuello para mirar a la gárgola, que se había posado en su hombro con la espalda encorvada—. No pasa nada

—dijo con dulzura—. No tienes que explicármelo. Solo déjame… ya sabes, sentirlo.

—Probablemente es lo mejor.

Cuando Luce cruzó las puertas del cementerio en silencio, Bill se rezagó. Se quedó sentado con las piernas cruzadas en un sepulcro tapizado de liquen, sacándose la arenilla que tenía bajo las uñas. Luce se puso el chal en la cabeza para taparse la cara.

Más adelante, había un sombrío grupo de personas vestidas de negro, tan apiñadas para darse calor que parecían una sola masa sufriente. Con la salvedad de una, que se había quedado rezagada a un lado. Tenía gacha la rubia cabeza descubierta.

Nadie hablaba con Daniel, ni siquiera lo miraban. Luce no sabía si le molestaba que lo excluyeran o si lo prefería.

Cuando alcanzó el final del reducido grupo, el entierro ya casi había concluido. Había un nombre grabado en una lápida plana de color gris: «Lucinda Müller». Un chico, no mayor de doce años, con el pelo oscuro y la tez pálida surcada de lágrimas, ayudó a su padre (¿el padre de Luce en aquella otra vida?) a arrojar la primera palada de tierra sobre el ataúd.

Aquel muchacho y aquel hombre debieron de ser parientes de su antiguo yo. Debieron de quererla. Había mujeres y niños llorando detrás de ellos; Lucinda Müller también debió de significar algo para ellos. Quizá lo había significado todo.

Pero Luce Price no conocía a aquellas personas. Se sintió cruel y extraña al darse cuenta de que no significaban nada para ella, ni siquiera mientras veía sus caras arrasadas por el dolor. Daniel era el único que le importaba de verdad, el único a cuyo lado quería correr, el único con el que tenía que refrenarse.

Él no lloraba. Ni siquiera miraba la tumba como hacían todos los demás. Tenía las manos entrelazadas delante de él y miraba a lo lejos, no al cielo, sino al infinito. Sus ojos tan pronto eran violeta como grises.

Cuando los familiares hubieron arrojado unas cuantas paladas de tierra sobre el ataúd y colocado flores sobre la tumba, el grupo se dispersó y regresó a la calle con paso vacilante. El entierro había concluido.

Solo Daniel se quedó. Tan inmóvil como los muertos.

Luce también se rezagó y se escondió detrás de un mausoleo achaparrado que había unas tumbas más allá para ver qué hacía.

Estaba anocheciendo. Tenían el cementerio para ellos solos. Daniel se arrodilló junto a la tumba de Lucinda. La nieve seguía cayendo y cubrió los hombros de Luce. Los grandes copos se le quedaron enganchados en las pestañas, le mojaron la punta de la nariz. Se asomó por un lado del mausoleo, con todo el cuerpo tenso.

¿Se derrumbaría Daniel? ¿Arañaría la tierra helada, golpearía la lápida con los puños y lloraría hasta que ya no le quedaran lágrimas que derramar? No podía estar tan calmado como parecía. Era imposible, una mera fachada. Pero Daniel apenas miró la tumba. Se tendió de lado en la nieve y cerró los ojos.

Luce lo observó. Estaba tan quieto y hermoso… Con los párpados cerrados, parecía totalmente en paz. Se quedó varios minutos mirándolo, entre enamorada y desconcertada, hasta que tuvo tanto frío que se vio obligada a frotarse los brazos y dar patadas en el suelo para entrar en calor.

—¿Qué hace? —susurró por fin.

Bill apareció detrás de ella y revoloteó alrededor de sus hombros.

—Parece que se ha dormido.

—Pero ¿por qué? Ni tan siquiera sabía que los ángeles necesitaran dormir...

—«Necesitar» no es la palabra correcta. Pueden dormir si les apetece. Daniel siempre duerme durante días después de que mueras. —Bill negó con la cabeza, recordando, al parecer, algo desagradable—. Bueno, no siempre. La mayoría de las veces. Debe de ser bastante duro perder lo que más amas. ¿Lo comprendes?

—M-más o menos —tartamudeó Luce—. Soy yo la que arde en llamas.

—Y él es el que se queda solo. La eterna pregunta: ¿qué es peor?

—Pero ni siquiera parece triste. Parecía aburrido durante el funeral. Si fuera yo, yo... yo...

—¿Tú qué?

Luce se acercó a la tumba y se detuvo al borde de la tierra removida. Debajo había un ataúd.

Su ataúd.

Pensarlo la hizo temblar de la cabeza a los pies. Se arrodilló y apoyó las palmas en la tierra. Estaba húmeda, oscura y congelada. Enterró las manos en ella. Notó cómo se le congelaban al instante y le dio igual, se alegró de que le dolieran. Le habría gustado que Daniel hiciera aquello, que hubiera querido tocar su cuerpo enterrado. Que su deseo de volver a tenerla, viva en sus brazos, lo hubiera enloquecido.

Pero él solo dormía, tan profundamente que no se había dado cuenta siquiera de que ella estaba arrodillada a su lado. Luce quería tocarlo, despertarlo, pero ni tan solo sabía qué diría cuando él abriera los ojos.

Arañó la tierra embarrada hasta que las flores colocadas sobre ella estuvieron diseminadas y rotas, hasta que su bonito abrigo de visón estuvo sucio y tuvo las manos y la cara embadurnadas de barro. Siguió cavando, sacando tierra. Anhelaba sentir alguna conexión con su yo fallecido.

Por fin, sus dedos dieron con algo duro: la tapa del ataúd. Cerró los ojos y esperó a tener la misma sensación de Moscú, la avalancha de recuerdos que la había inundado al tocar la verja de la iglesia derruida y «sentir» la vida de Luschka.

Nada.

Solo vacío. Soledad. Un aullante viento blanco.

Y Daniel, dormido e inalcanzable.

Se sentó y sollozó. No sabía nada de la muchacha que había muerto. Le parecía que jamás sabría nada de ella.

—¡Yuju! —susurró Bill desde su hombro—. Tú no estás ahí dentro, ¿sabes?

—¿Qué?

—Piénsalo. Tú no estás ahí. De ser algo, eres una mota de ceniza. No había cadáver que enterrar.

—Por el fuego. Ah. Pero, entonces, ¿por qué...? —preguntó Luce, pero se interrumpió—. Mi familia quería esto.

—Son luteranos estrictos. —Bill asintió—. Desde hace cien años, todos los Müller tienen una lápida aquí. Así que tu antiguo yo también la tiene. Solo que debajo no hay nada. Nada, no. Tu vestido favorito. Una muñeca de tu infancia. Tu Biblia. Esa clase de cosas.

Luce tragó saliva. No era extraño que se sintiera tan vacía por dentro.

—Daniel... por eso no miraba la tumba.

—Él es el único que acepta que tu alma está en otro sitio. Se ha quedado porque este es el lugar más cercano al que puede acudir para aferrarse a tu recuerdo. —Bill se abatió y pasó tan cerca de Daniel que el aire levantado por sus alas de piedra lo despeinó. Luce casi lo apartó de un empujón—. Tratará de dormir hasta que tu alma se establezca en otro sitio. Hasta que encuentres tu próxima reencarnación.

—¿Cuánto tarda eso?

—A veces, segundos. A veces, años. Pero no dormirá durante años. Por mucho que probablemente lo desee.

El movimiento de Daniel en el suelo sobresaltó a Luce.

Él se revolvió en su manto de nieve. Se le escapó un gemido de dolor.

—¿Qué pasa? —preguntó Luce mientras se arrodillaba para tocarlo.

—¡No lo despiertes! —se apresuró a decir Bill—. Su sueño está plagado de pesadillas, pero es mejor para él que estar despierto. Hasta que tu alma se establezca en una nueva vida, toda su existencia es una especie de tortura.

Luce se debatió entre querer aliviar el dolor de Daniel y tratar de comprender que despertarlo solo lo aumentaría.

—Como he dicho, de vez en cuando, sufre una especie de insomnio… y es entonces cuando la cosa se pone verdaderamente interesante. Pero a ti no te gustaría ver eso. No.

—Sí me gustaría —dijo ella mientras se enderezaba—. ¿Qué pasa en esos casos?

Bill movió sus mejillas carnosas con nerviosismo, como si lo hubiera pillado en un desliz.

—Bueno… muchas veces, también están los otros ángeles caídos —respondió, sin mirarla a los ojos—. Se presentan y, ya sabes, intentan consolarlo.

—Los vi en Moscú. Pero tú no te refieres a eso. Hay algo que no me cuentas. ¿Qué ocurre cuando…?

—Es mejor que no veas esas vidas, Luce. Es una parte de él…

—Es una parte de él que me ama, ¿no? Aunque sea siniestra, malvada o inquietante, necesito verla. De lo contrario, seguiré sin comprender por lo que pasa.

Bill suspiró.

—Me miras como si necesitaras mi permiso. Tu pasado es tuyo.

Luce ya estaba de pie. Miró a su alrededor hasta atisbar una pequeña sombra que se proyectaba por detrás de su lápida. «Esa. Esa es.» Se quedó asombrada de su certidumbre. Era la primera vez que la sentía.

A simple vista, aquella sombra le había parecido igual que cualquiera de las otras que con tanta torpeza había invocado en la Escuela de la Costa. Pero, esa vez, vio algo en la propia sombra. No era una imagen que representara un destino específico, sino un extraño brillo plateado que sugería que aquella Anunciadora la llevaría al lugar al que su alma necesitaba ir.

La sombra la llamaba.

Ella respondió y miró en su interior, se sirvió de aquel brillo para separarla del suelo.

El fragmento de oscuridad se desprendió de la blanca nieve y cobró forma conforme se aproximaba a ella. Era de color negro azabache, más frío que la nieve que caía alrededor de Luce, y voló hacia ella como una gigantesca hoja de papel oscuro. Luce tenía los dedos agrietados y entumecidos cuando la expandió en una forma más controlable. De su núcleo emergió la conocida ráfaga de aire maloliente. La puerta estaba abierta y estable antes de que Luce advirtiera que se había quedado sin aliento.

—Estás mejorando —dijo Bill. Su voz tenía un extraño tono de crispación que Luce no perdió tiempo en analizar.

Tampoco perdió tiempo en sentirse orgullosa de sí misma, aunque reconocía que, si Miles o Shelby hubieran estado allí, se habrían puesto a dar saltos de alegría. Era, con diferencia, la mejor invocación que había hecho.

Pero ellos no estaban allí. Luce estaba sola, de modo que lo único que podía hacer era viajar a la siguiente vida, ver más cosas de Lucinda y Daniel, absorberlo todo hasta que algo comenzara a tener sentido. Palpó los bordes pringosos de la Anunciadora en busca de un cerrojo o picaporte, de alguna clase de entrada. Por fin, la sombra se abrió con un crujido.

Luce respiró hondo. Miró a Bill.

—¿Vienes o qué?

Él saltó a su hombro muy serio, se agarró a su solapa como si fueran las riendas de un caballo y ambos entraron.

Lhasa, Tíbet
30 de abril de 1740

Luce estaba sin aliento.

Al salir de la oscura Anunciadora, la había envuelto una espesa niebla que avanzaba con rapidez. El aire estaba enrarecido y frío, y Luce notaba agudas punzadas en los pulmones cada vez que lo inhalaba. No parecía capaz de recobrar el aliento. El fresco vapor blanco de la niebla le echó el pelo hacia atrás, se arremolinó alrededor de sus brazos abiertos, le dejó la ropa empapada de rocío y siguió su camino.

Luce se dio cuenta de que estaba al borde del precipicio más alto que había visto jamás. Se bamboleó, retrocedió tambaleándose y sintió vértigo al ver que desplazaba una piedrecita con los pies. La piedra rodó hasta el borde y cayó a aquel abismo sin fin.

Volvió a quedarse sin aliento, esta vez por miedo a las alturas.

—Respira —le ordenó Bill—. Aquí mueren más personas por miedo a no obtener suficiente oxígeno que por no obtenerlo realmente.

Luce inhaló con cuidado. Empezó a encontrarse mejor. Se bajó el sucio abrigo de visón hasta los codos y disfrutó del sol en la cara. Pero seguía sin poder habituarse a las vistas.

Por debajo del precipicio al que estaba asomada, se extendía un amplio valle salpicado de lo que parecían tierras de labranza y campos de arroz inundados. Y, flanqueándolos, había dos imponentes montañas cuyas cumbres estaban envueltas en bruma.

A lo lejos, esculpido en una de las escarpadas laderas, había un palacio formidable. Majestuosamente blanco y coronado por tejados rojos, en sus paredes exteriores se distinguían más escaleras de las que Luce podía contar. El palacio parecía sacado de un cuento de hadas antiquísimo.

—¿Dónde estamos? ¿En China? —preguntó.

—Si nos quedáramos aquí el tiempo suficiente, lo estaríamos —respondió Bill—. Pero, en este momento, todavía es Tíbet, gracias al dalái lama. Esa es su casa. —Señaló el gigantesco palacio—. Ostentosa, ¿eh?

Pero Luce no miraba donde señalaba su dedo. Había oído una risa en algún lugar cercano y había vuelto la cabeza para ver de dónde provenía.

Su propia risa. La risa dulce y alegre que Luce no sabía que era suya hasta que conoció a Daniel.

Por fin, divisó dos figuras a unos cien metros de ellos. Tendría que pasar por encima de algunas rocas para acercarse, pero no parecía difícil. Se agachó y, con el abrigo embarrado, echó a andar por la nieve en la dirección del sonido.

—¡So! —Bill la agarró por el cuello del abrigo—. ¿Ves algún sitio para escondernos?

Luce escudriñó el árido paisaje: solo había hondonadas pedregosas y espacios abiertos. Nada que protegiera siquiera del viento.

—Estamos por encima del límite forestal, colega. Y tú eres menuda, pero no invisible. Vas a tener que quedarte aquí.

—Pero no veo nada…

—¡Bolsillo del abrigo! —dijo Bill—. De nada.

Luce rebuscó en el bolsillo del abrigo, el mismo abrigo que había llevado en el funeral de Prusia, y sacó unos gemelos de teatro sin estrenar que parecían caros. No se molestó en preguntar a Bill dónde o cuándo los había conseguido. Se limitó a llevárselos a los ojos y los enfocó.

Ahí.

Estaban uno enfrente del otro, a unos palmos de distancia. Su antiguo yo llevaba el pelo negro recogido en un moño suelto, y su vestido de lino tenía la tonalidad rosa de una orquídea. Parecía joven e inocente. Sonreía a Daniel, balanceaba el cuerpo como si estuviera nerviosa y observaba todos sus movimientos con una intensidad infinita. Daniel la miraba con expresión burlona; tenía un ramo de peonías blancas en los brazos y se las daba una a una, haciéndola reír cada vez.

Al observarlos de cerca con los gemelos de teatro, Luce advirtió que sus dedos nunca llegaban a tocarse. Se mantenían a cierta distancia uno del otro. ¿Por qué? Era casi alarmante.

En las otras vidas que había visitado, Luce siempre había visto una pasión irrefrenable. Pero allí era distinto. El cuerpo comenzó a temblarle, ávido de un solo momento de contacto físico entre ellos. Si ella no podía tocar a Daniel, al menos su antiguo yo podía.

Pero ellos seguían en la misma postura. Empezaron a andar en círculos, sin acercarse ni alejarse.

De vez en cuando, Luce volvía a oír sus risas.

—¿Y bien? —Bill no dejaba de intentar pegar su cabeza a la de Luce para mirar por uno de los gemelos—. ¿Qué hacen?

—Solo hablan. Coquetean como si no se conocieran, pero, al mismo tiempo, también parece que se conozcan muy bien. No lo entiendo.

—Se lo están tomando con calma. ¿Qué hay de malo en eso? —preguntó Bill—. La juventud de hoy solo quiere quemar etapas: bum, bum, BUM.

—No hay nada de malo en que se lo tomen con calma. Es solo… —Luce no terminó la frase.

Su antiguo yo se arrodilló. Comenzó a mecer el cuerpo. Se llevó las manos a la cabeza y después al corazón. Una expresión de horror mudó las facciones de Daniel. Parecía muy rígido con su pantalón y túnica blancos, como una estatua de sí mismo. Negó con la cabeza, miró el cielo y dijo, moviendo mudamente los labios, «No, no, no».

Los ojos avellana de la muchacha adquirieron una expresión feroz y fogosa, como si algo la hubiera poseído. Un grito agudo resonó en las montañas. Daniel cayó al suelo y escondió la cara entre las manos. Fue a tocarla, pero su mano se quedó suspendida en el aire sin llegar a tocar su piel. El cuerpo se le retorció y le tembló y, en el momento más importante, apartó los ojos.

Luce era la única que miraba cuando la muchacha se convirtió, de golpe, en una columna de fuego. Con suma rapidez.

El humo acre se arremolinó por encima de Daniel. Tenía los ojos cerrados. La cara le brillaba, empapada de lágrimas. Parecía tan triste como todas las otras veces en las que Luce lo había observado mientras la veía morir. Pero esa vez también parecía conmocionado. Algo era distinto. Algo iba mal.

La primera vez que Daniel le habló de su castigo, dijo que en algunas vidas un solo beso la mataba. Y que, en otras, ni siquiera hacía falta eso. Bastaba con un mero roce.

¡No se habían tocado! Luce no les había quitado ojo. Él había tenido mucho cuidado de no acercarse a ella. ¿Creía que podría tenerla durante más tiempo si se abstenía de estrecharla entre sus cálidos brazos? ¿Creía que podría burlar la maldición si siempre la mantenía justo fuera de su alcance?

—Ni siquiera la ha tocado —masculló Luce.

—Qué rollo —dijo Bill.

No se habían tocado, ni en una sola ocasión durante todo el tiempo que habían estado enamorados. Y ahora Daniel tendría que volver a esperar, sin saber si algo sería distinto la siguiente vez. ¿Cómo podía conservar la esperanza frente a una derrota con aquella? Nada de todo eso tenía sentido.

—Si no la ha tocado, ¿qué ha desencadenado su muerte? —Luce miró a Bill, que ladeó la cabeza y miró el cielo.

—Montañas —dijo—. ¡Preciosas!

—Tú sabes algo —afirmó Luce—. ¿Qué es?

Él se encogió de hombros.

—Yo no sé nada —dijo—. O nada que pueda contarte.

En el valle, se oyó el eco de un grito desgarrador. El sonido del sufrimiento de Daniel resonó y retornó, multiplicado, como si un centenar de Daniel gritaran juntos. Luce volvió a mirar por los gemelos y lo vio tirar al suelo las flores que llevaba.

—¡Tengo que ir con él! —exclamó.

—Demasiado tarde —dijo Bill—. Va a pasar.

Daniel se alejó del borde del precipicio. A Luce le palpitó el corazón por temor a lo que él estaba a punto de hacer. Saltaba a la vista que no iba a dormir. Daniel echó a correr y ya había alcanzado una velocidad inhumana cuando llegó al borde del precipicio y saltó al vacío.

Luce esperó a que desplegara las alas. Esperó el tronido amortiguado que siempre oía cuando sus alas se abrían por completo y se henchían al viento con increíble esplendor. Ya lo había visto remontar el vuelo de aquella forma y, cada vez, siempre se sorprendía de cuán perdidamente lo amaba.

Pero Daniel no sacó las alas. Cuando llegó al borde del precipicio, saltó como cualquier otro muchacho.

Y también cayó como cualquier otro muchacho.

Luce chilló, un grito fuerte, largo y aterrado, hasta que Bill le tapó la boca con su sucia mano de piedra. Ella lo apartó, corrió al borde del precipicio, se agachó y se asomó.

Daniel seguía cayendo. Ya estaba muy abajo. Luce vio cómo su cuerpo se volvía cada vez más pequeño.

—Desplegará las alas, ¿verdad? —gritó—. Se dará cuenta de que va a seguir cayendo hasta…

Ni tan siquiera fue capaz de decirlo.

—No —respondió Bill.

—Pero…

—Se estrellará contra ese suelo unos seiscientos metros más abajo, sí —dijo Bill—. Se romperá todos los huesos del cuerpo. Pero no te preocupes, no puede suicidarse. Solo querría poder hacerlo. —La miró y suspiró—. ¿Crees ahora en su amor?

—Sí —susurró Luce, porque lo único que deseaba hacer en ese momento era saltar tras él. Hasta ese punto lo amaba ella a él.

Pero no habría servido de nada.

—Tenían muchísimo cuidado. —Habló con hastío—. Los dos hemos visto lo que ha pasado, Bill: nada. Ella era tan inocente… ¿Cómo ha podido morir?

Bill se rió de forma entrecortada.

—¿Crees que lo sabes todo de ella porque has visto los tres últimos minutos de su vida desde lejos?

—Eres tú el que me ha obligado a utilizar gemelos… ¡oh! —Luce se quedó petrificada—. ¡Espera un momento! —No podía quitarse de la cabeza el cambio que había creído percibir en los ojos de su antiguo yo, solo un instante, justo al final. Y de pronto lo supo—: De todas formas, lo que la ha matado esta vez no es algo que yo habría podido ver.

Bill entrelazó las garras y esperó a Luce terminara su razonamiento.

—Ha ocurrido dentro de ella.

Bill aplaudió despacio.

—Creo que ya estás preparada.

—Preparada, ¿para qué?

—¿Recuerdas lo que te dije en Helston? ¿Después de que hablaras con Roland?

—¿Que no estabas de acuerdo con él… en lo de acercarme a mis antiguos yoes?

—Aun así, no puedes reescribir la historia, Luce. No puedes cambiarla. Si tratas de…

—Lo sé, eso distorsiona el futuro. No quiero cambiar el pasado. Solo necesito saber qué pasa, por qué muero siempre. Pensaba que era un beso, un roce o algo físico, pero parece más complejo que eso.

Bill cogió la sombra proyectada por Luce como un torero que maneja un capote. Hubo un parpadeo plateado en sus bordes.

—¿Estás lista para mojarte? —preguntó—. ¿Estás lista para pasar a tres-D?

—Lo estoy. —Luce abrió la Anunciadora de un puñetazo y se preparó para el viento salado que soplaba en su interior.

—Espera —dijo. Miró a Bill, que estaba suspendido a su lado—. ¿Qué es tres-D?

—Es el futuro, chica —respondió él.

Luce lo miró con dureza.

—De acuerdo. Hay un término técnico muy poco melodioso, «fusión», pero, en mi opinión, «tres-D» suena mucho mejor. —Bill entró en el oscuro túnel y le indicó que lo siguiera con un dedo torcido—. Confía mí, te va a encantar.

10
En el fondo del abismo

Lhasa, Tíbet
30 de abril de 1740

Daniel echó a correr nada más salir.

El viento le azotó el cuerpo. Sintió el sol próximo en la piel. Siguió corriendo, sin tener la menor idea de dónde estaba. Había salido de la Anunciadora sin saberlo y, aunque todo parecía ir bien, algo le remordía la memoria. Algo iba mal.

Sus alas.

Estaban «ausentes». No, seguían allí, por supuesto, pero no sentía ningún impulso de desplegarlas, ningún deseo ardiente de volar. En lugar de las conocidas ganas de subir al cielo, la atracción que sentía era hacia abajo.

Un recuerdo estaba aflorando en su memoria. Se aproximaba a algo doloroso, al borde de algo peligroso. Enfocó la vista en el espacio que tenía delante…

Y solo vio aire.

Echó el cuerpo hacia atrás y agitó los brazos mientras sus pies resbalaban por la roca. Cayó al suelo de culo y se detuvo en el mismo borde de un precipicio insondable.

Contuvo el aliento y rodó con cuidado por el suelo para asomarse al borde.

Por debajo de él había un abismo sorprendentemente familiar. Se puso a cuatro patas y escrutó la vasta oscuridad. ¿Seguía él abajo? ¿Lo había expulsado la Anunciadora en aquel lugar antes o después de que ocurriera?

Por eso no se le habían desplegado las alas. Habían recordado el sufrimiento de aquella vida y no se habían movido.

Tíbet. Donde sus meras palabras la habían matado. La Lucinda de aquella vida había sido educada para ser tan casta que ni tan siquiera lo tocaba. Pese a arder en deseos de sentir el tacto de su piel, Daniel la había respetado. En su fuero interno, abrigaba la esperanza de que la negativa de Lucinda pudiera ser un modo de burlar por fin su maldición. Pero había vuelto a ser un necio. Por supuesto, tocarse no era el desencadenante. Las raíces del castigo eran más profundas.

Y ahora estaba de nuevo allí, en el lugar donde la muerte de Luce lo había desesperado hasta tal punto que había tratado de poner fin a su dolor.

Como si eso fuera posible.

Durante toda la caída, había sabido que fracasaría. El suicidio era un lujo mortal que los ángeles no podían permitirse.

Su cuerpo se estremeció al recordarlo. No era solo el dolor de todos sus huesos destrozados ni de su cuerpo amoratado tras la caída. Era lo que vino después. Yació allí durante semanas, atrapado en un oscuro hueco entre dos enormes rocas. De vez en cuando, volvía en sí, pero su mente estaba tan anegada de tristeza que no era capaz de pensar en Lucinda. No era capaz de pensar en nada.

Lo cual había sido su intención.

Pero, como era propio de los ángeles, su cuerpo se curó antes y mejor de lo que jamás lo haría su alma.

Volvieron a soldársele los huesos. Sus heridas se cerraron y, con el tiempo, las cicatrices desaparecieron por completo. Sus órganos pulverizados sanaron. Demasiado pronto, su corazón apenado latió de nuevo con fuerza.

Fue Gabbe quien lo encontró cuando ya había transcurrido más de un mes, quien le ayudó a salir de la grieta, quien le entablilló las alas y se lo llevó de aquel lugar. Le hizo prometer que no volvería a hacerlo nunca. Le hizo prometer que siempre conservaría la esperanza.

Y ahora estaba allí de nuevo. Se levantó y, una vez más, vaciló en el borde.

—No, por favor. ¡Oh, Dios mío, no! Si saltas, no podré soportarlo.

No era Gabbe quien le hablaba en ese momento. Aquella voz estaba teñida de sarcasmo. Daniel supo a quién pertenecía incluso antes de volverse.

Cam estaba apoyado en una alta pared de rocas negras. Sobre la pálida tierra, había extendido un lujoso tapiz de oración de tonos burdeos y ocre. Llevaba una pierna chamuscada de yak en una mano y dio un buen mordisco a su carne fibrosa.

—Oh, ¿qué demonios? —Cam se encogió de hombros mientras masticaba—. Anda, salta. ¿Unas últimas palabras para Luce?

—¿Dónde está? —Daniel echó a andar hacia él, con los puños cerrados. ¿Pertenecía a esa época el Cam reclinado delante de él? ¿O, al igual que Daniel, era un anacronismo de una época futura?

Cam lanzó el hueso de yak al precipicio, se levantó y se limpió la grasa de las manos en los vaqueros. «Un anacronismo», decidió Daniel.

—Acaba de irse. Otra vez. ¿Por qué has tardado tanto? —Cam le ofreció una bandejita de estaño que rebosaba comida—. ¿Un momo? Están divinos.

Daniel tiró la bandeja al suelo.

—¿Por qué no la has detenido? —Había estado en Tahití, en Prusia y ahora en Tíbet en menos tiempo del que un mortal tardaría en cruzar una calle. Siempre tenía la sensación de que estaba a punto de alcanzarla. Pero ella siempre se escabullía. ¿Cómo seguía dejándolo atrás?

—Dijiste que no necesitabas mi ayuda.

—Pero ¿la has visto? —preguntó Daniel.

Cam asintió.

—¿Te ha visto ella?

Cam negó con la cabeza.

—Bien.

Daniel escudriñó la cumbre pelada y trató de imaginarse a Luce allí. Echó un rápido vistazo a su alrededor por si veía algún vestigio de ella. Pero no había nada. Tierra gris, piedras negras, viento. Allí arriba no había vida. Le pareció el lugar más desolado de la tierra.

—¿Qué ha ocurrido? —dijo, interrogando a Cam—. ¿Qué ha hecho?

Cam caminó tranquilamente a su alrededor.

—Ella, a diferencia del objeto de su afecto, siempre es puntual. Ha llegado en el momento justo para ver su magnífica muerte. Es buena, esta vez. Impresiona bastante en este paisaje tan desolado. Hasta tú deberías ser capaz de admitir eso. ¿No?

Daniel apartó bruscamente la mirada.

—En fin, ¿por dónde iba? Hum, su magnífica muerte, eso ya lo he dicho... ¡Ah, sí! Se ha quedado el tiempo suficiente para ver cómo saltabas por el precipicio y te olvidabas de usar las alas.

Daniel bajó la cabeza.

—Eso no le ha sentado muy bien.

Daniel lo agarró por el cuello.

—¿Esperas que crea que solo has mirado? ¿De verdad no has hablado con ella? ¿No has averiguado adónde iba? ¿No has tratado de detenerla?

Cam gruñó y se soltó.

—Estaba lejos. Cuando he llegado aquí, ella ya se había ido. Repito: dijiste que no necesitabas mi ayuda.

—No la necesito. Mantente al margen de esto. Me las arreglaré solo.

Cam chasqueó la lengua, volvió a dejarse caer en el tapiz de oración y cruzó las piernas.

—El caso es, Daniel —dijo mientras se llevaba a los labios un puñado de bayas de *goji*—, que, aunque confiara en que puedieras arreglártelas solo, lo cual, visto lo visto, no hago —meneó un dedo—, no estás solo en esto. Todos la están buscando.

—¿A qué te refieres con «todos»?

—Cuando te marchaste detrás de Luce la noche que luchamos contra los Proscritos, ¿crees que el resto nos quedamos sentados jugando a la canasta? Gabbe, Roland, Molly, Arriane, hasta esos dos estúpidos nefilim, están en alguna parte, tratando de encontrarla.

—¿Tú se lo permites?

—Yo no soy el guardián de nadie, hermano.

—No me llames así —espetó Daniel—. Es increíble. ¿Cómo se atreven? Esto solo me incumbe a mí…

—Libre albedrío. —Cam se encogió de hombros—. Está muy de moda en últimamente.

Las alas de Daniel ardieron en su espalda, inútiles. ¿Qué podía hacer con el hecho de que hubiera varios anacronismos dando tumbos por el pasado? Sus compañeros sabían cuán frágil era el pasado, tendrían cuidado. Pero Shelby y Miles… Eran unos críos. Serían imprudentes. No sabrían lo que hacían. Podían destruirlo todo por Luce. Podían destruirla incluso a ella.

No. Daniel no daría a ninguno de ellos la oportunidad de encontrarla antes que él.

Y, no obstante, Cam lo había hecho.

—¿Cómo puedo fiarme de que no has interferido? —preguntó, tratando de disimular su desesperación.

Cam puso los ojos en blanco.

—Porque tú sabes que sé lo peligroso que es interferir. Nuestros objetivos pueden ser distintos, pero los dos necesitamos que ella salga de esto con vida.

—Escúchame, Cam. Hay muchísimo en juego.

—No me infravalores. Sé perfectamente lo que hay en juego. Recuerda que no eres el único que ya lleva demasiado tiempo pasándolo mal.

—Tengo… tengo miedo —reconoció Daniel— de que ella modifique tanto el pasado…

—¿Que eso cambie quién es cuando regrese al presente? —dijo Cam—. Sí, a mí también me da miedo.

Daniel cerró los ojos.

—Significaría que cualquier oportunidad que tuviera de librarse de la maldición…

—Se perdería.

Daniel miró a Cam de hito en hito. No se habían hablado de aquella forma, como hermanos, desde hacía una eternidad.

—¿Estaba sola? ¿Estás seguro de que tampoco la ha encontrado ninguno de los demás?

Por un instante, Cam dejó de mirarlo y contempló la desnuda cumbre. Estaba tan vacía como Daniel se sentía. La vacilación de Cam le erizó los pelos de la nuca.

—Ninguno de los demás se ha puesto en contacto con ella —dijo por fin Cam.

—¿Estás seguro?

—Yo soy el que la ha visto. Tú eres el que nunca llega a tiempo. Y, además, que ella haga esto solo es culpa tuya.

—Eso no es cierto. Yo no le he enseñado a utilizar las Anunciadoras.

Cam se rió con amargura.

—No me refiero a las Anunciadoras, idiota. Me refiero a que ella cree que esto solo os concierne a los dos. Que es una absurda riña de amantes.

—Esto solo nos concierne a los dos. —Daniel habló con hastío. Le habría gustado coger la roca que Cam tenía detrás de la cabeza y aplastarle el cráneo con ella.

—Mentiroso. —Cam se levantó de un salto, con sus ojos verdes encendidos de furia—. Es mucho más que eso, y tú lo sabes—. Echó los hombros hacia atrás y liberó sus gigantescas alas áureas. Por un instante, su esplendor oscureció el sol. Cuando se curvaron hacia

Daniel, él se retiró, repelido—. Será mejor que la encuentres, antes de que ella, o algún otro, intervenga y reescriba toda nuestra historia. Y nosotros, todo esto —Cam chasqueó los dedos—, se quede obsoleto.

Daniel gruñó y liberó sus propias alas argénteas. Notó cómo se desplegaban a sendos lados de su cuerpo, cómo temblaban al palpitar cerca de las de Cam. Había entrado en calor y se sentía capaz de todo.

—Me las arreglaré solo —comenzó a decir.

11
Amor a primera vista

Versalles, Francia
14 de febrero de 1723

¡Plof!

Luce salió de la Anunciadora bajo el agua.

Abrió los ojos, pero el agua caliente y turbia le escoció tanto que volvió a cerrarlos enseguida. Su ropa empapada la arrastraba hacia el fondo, de manera que se deshizo del abrigo de visón. Mientras la prenda se hundía por debajo de ella, nadó hacia la superficie con todas sus fuerzas, desesperada por respirar.

Solo estaba a unos centímetros por encima de su cabeza.

Aspiró una bocanada de aire; luego, tocó fondo con los pies y se puso de pie. Se limpió el agua de los ojos. Estaba en una bañera.

Era, sin ningún género de duda, la bañera más grande que había visto en su vida, del tamaño de una piscina pequeña. Tenía forma arriñonada, estaba hecha de una porcelana blanca finísima y ocupaba el centro de una gigantesca estancia vacía que parecía la galería de un museo. En el alto techo, había enormes retratos al fresco de una familia de pelo oscuro que parecía pertenecer a la realeza. To-

dos los bustos estaban enmarcados por una guirnalda de rosas doradas, y había querubines regordetes revoloteando entre ellos, tocando trompetas que apuntaban al cielo. En cada una de las paredes,
empapeladas con un dibujo recargado de volutas turquesa, rosadas
y doradas, había un fastuoso armario de madera tallada inmensa-
mente grande.

Luce volvió a sumergirse. ¿Dónde estaba? Sacó una mano del
agua y atravesó más de diez centímetros de espumosas burbujas con
la consistencia de la nata montada. Una esponja tan grande como un
cojín salió a flote, y Luce cayó en la cuenta de que no se había bañado desde Helston. Estaba asquerosa. Utilizó la esponja para restre-
garse la cara y se quitó el resto de la ropa. Arrojó las prendas empa-
padas al suelo.

Fue entonces cuando Bill emergió lentamente del agua y se quedó suspendido a un palmo de la superficie. La parte de la bañera de
la que había emergido estaba oscura y turbia debido a la arenilla de
su cuerpo de piedra.

—¡Bill! —gritó Luce—. ¿No te das cuenta de que necesito unos
minutos de intimidad?

Bill se tapó los ojos con una mano.

—¿Te has pasado ya por aquí, Tiburón? —Con la otra mano, se
quitó algunas burbujas de su cabeza calva.

—¡Podrías haberme avisado de que iba a bucear!

—¡Te he avisado! —Bill se encaramó al borde de la bañera y caminó torpemente por él hasta estar junto a la cara de Luce—. Justo
cuando salíamos de la Anunciadora. ¡Pero no me has oído porque
estabas debajo del agua!

—Has sido de mucha ayuda, gracias.

—De todas formas, necesitabas darte un baño —dijo él—. Esta es una gran noche para ti, nena.

—¿Por qué? ¿Qué hay esta noche?

—¡«¿Qué hay?», pregunta! —Bill la agarró por el hombro—. ¡Solo el baile más suntuoso desde que el Rey Sol estiró la pata! Y digo yo: ¿qué más da si el anfitrión es su seboso hijo púber? Va a ser justo abajo, en el salón de baile más grande y espectacular de Versalles, ¡y van a estar todos!

Luce se encogió de hombros. Un baile sonaba bien, pero no tenía nada que ver con ella.

—Me explicaré mejor —continuó Bill—. Estarán todos, incluida Lys Virgily, la princesa de Saboya. ¿Te suena de algo? —Dio un golpetazo a Luce en la nariz—. Esa eres tú.

—Uf —dijo Luce al tiempo que echaba la cabeza hacia atrás para apoyarla en la jabonosa pared de la bañera—. Parece que va a ser una gran noche para ella. Pero ¿qué se supone que debo hacer yo mientras está en el baile?

—Verás, ¿recuerdas cuando te he dicho…?

El picaporte de la puerta de aquel baño inmenso estaba girando. Bill lo miró y refunfuñó:

—Continuará…

Cuando la puerta se abrió, se tapó la nariz y se sumergió. Luce se retorció y lo mandó al otro extremo de la bañera de una patada. Él volvió a sacar la cabeza, la fulminó con la mirada y comenzó a flotar boca arriba en la espuma.

Quizá Bill fuera invisible para la hermosa muchacha de rizos trigueños con un largo vestido morado que estaba en la puerta, pero Luce no lo era. Cuando vio a alguien en la bañera, la muchacha dio un paso atrás.

—¡Oh, princesa Lys! ¡Disculpadme! —exclamó en francés—. Me habían dicho que esta cámara estaba vacía. Había… había preparado el baño a la princesa Elizabeth —señaló la bañera donde estaba sumergida Luce— y estaba a punto de decirle que subiera con sus damas de compañía.

—Pues —Luce se devanó los sesos, frenética por parecer más aristocrática de como se sentía— será mejor que… que no la hagas subir. Ni tampoco a sus damas de compañía. Esta es mi cámara, donde tengo intención de bañarme sin que nadie me moleste.

—Le ruego que me disculpe —dijo la muchacha, haciendo una reverencia—, mil veces.

—No tiene importancia —se apresuró a decir Luce cuando vio la sincera desesperación de la muchacha—. Debe de haber sido un malentendido.

La muchacha hizo una reverencia y comenzó a cerrar la puerta. Bill sacó su cabeza astada del agua y susurró.

—¡Ropa! —Luce lo hundió con un pie.

—¡Espera! —Luce llamó a muchacha, que volvió a abrir la puerta despacio—. Necesito tu ayuda para vestirme para el baile.

—¿Qué hay de sus damas de compañía, mademoiselle? Está Agatha o Eloise…

—No, no. Las chicas y yo hemos tenido una disputa —se apresuró a continuar Luce, tratando de no hablar demasiado por temor a delatarse por completo—. Han elegido el vestido más… espantoso para mí. Así que las he echado. Este es un baile importante, como ya sabes.

—Sí, mademoiselle.

—¿Podrías buscarme algo? —le pidió Luce mientras señalaba uno de los armarios con la cabeza.

—¿Yo? ¿A-ayudarla a vestirse?

—Eres la única que está aquí conmigo, ¿no? —dijo Luce, con la esperanza de que algo de lo que contuviera aquel armario fuera de su talla y relativamente decente para un baile—. ¿Cómo te llamas?

—Anne-Marie, mademoiselle.

—Estupendo —respondió, mientras trataba de imitar a la Lucinda de Helston actuando con su misma prepotencia. Y, por si acaso, añadió una dosis de la sabihondez de Shelby—. Date prisa, Anne-Marie. No quiero retrasarme por tu lentitud. Sé buena y tráeme un vestido.

Al cabo de media hora, Luce estaba delante de un inmenso espejo triple, admirando el bordado del busto del primer vestido que Anne-Marie había sacado del armario. La prenda estaba hecha con varias capas de tafetán negro que se ceñían a su cintura y formaban una amplia falda acampanada. La muchacha le había recogido el pelo en un moño y le había colocado una pesada peluca oscura de intrincados tirabuzones. La cara le brillaba por los polvos de maquillaje y el colorete. Llevaba tanta ropa interior que tenía la sensación de que le habían colocado una pesa de más de veinte kilos alrededor de la cintura. ¿Cómo podían aquellas chicas moverse con esos vestidos? ¿Y no digamos bailar?

Mientras Anne-Marie le apretaba el corsé, Luce miró su reflejo boquiabierta. Con la peluca, parecía cinco años mayor. Y estaba segura de que jamás había llevado tanto escote. En ninguna de sus vidas.

Por un brevísimo instante, se permitió olvidar sus nervios por conocer a su antiguo yo principesco y por si volvería a encontrar a Daniel antes de echar a perder el amor que los unía y solo sintió lo que cualquier otra muchacha que asistía a aquel baile esa noche debía de haber sentido: ¿quién necesitaba respirar con un vestido tan increíble como aquel?

—Ya está lista, mademoiselle —susurró Anne-Marie con tono reverencial—. Ahora me voy, si me lo permite.

En cuanto Anne-Marie cerró la puerta al salir, Bill salió del agua como una bala, salpicándolo todo de jabón. Voló por encima del armario y acabó posándose en un escabel tapizado en seda de color turquesa. Nada más hacerlo, señaló el vestido de Luce, la peluca y otra vez el vestido.

—*Oh là là*. Qué sexi…

—Y no has visto los zapatos. —Luce se levantó la falda para enseñarle un par de zapatos de color esmeralda de tacón con la puntera estrecha y adornados con flores de jade. Combinaban con el encaje esmeralda que orlaba el busto de su vestido y eran sin lugar a dudas los zapatos más increíbles que había visto en su vida y, por supuesto, llevado.

—¡Oooh! —exclamó Bill—. Muy rococó.

—¿Estoy haciendo esto de verdad? ¿Voy a bajar y fingir…?

—De fingir, nada. —Bill negó con la cabeza—. Créetelo. Presume de ese escote, nena, tú sabes que puedes.

—Está bien, voy a fingir que no has dicho eso —se rió Luce, haciendo una mueca—. Entonces, bajo y «me lo creo» o como se diga. Pero ¿qué hago cuando encuentre a mi antiguo yo? No sé nada de ella. ¿Me limito a…?

—Cógele la mano —dijo Bill, de forma enigmática—. El gesto le llegará al alma, te lo aseguro.

Estaba claro que Bill insinuaba algo, pero Luce no lo entendió. Entonces recordó sus palabras justo antes de que entraran en la última Anunciadora.

—Háblame de pasar a tres-D.

—Ajá. —Bill fingió que se apoyaba en una pared invisible. Sus alas se desdibujaron mientras aleteaba delante de ella—. Ya sabes que algunas cosas son demasiado alucinantes para describirlas con las aburridas palabras de siempre. Por ejemplo, la sensación de que vas a desmayarte cuando Daniel te besa largamente o cómo te sofocas cuando él despliega las alas en una noche oscura…

—Para. —Luce se llevó las manos al corazón de forma involuntaria. No había palabras que pudieran hacer justicia a cómo la hacía sentir Daniel. Bill se estaba riendo de ella, pero eso no significaba que le doliera menos llevar tanto tiempo lejos de él.

—Lo mismo ocurre con pasar a tres-D. Vas a tener que vivirlo para entenderlo.

En cuanto Bill le abrió la puerta, la música de una orquesta distante y un educado murmullo de voces inundaron la estancia. Luce sintió que algo la arrastraba hacia allí. Quizá fuera Daniel. Quizá fuera Lys.

Bill hizo una reverencia en el aire.

—Después de vos, princesa.

Luce bajó dos tramos de una amplia escalera de caracol en la dirección del ruido, y la música fue aumentando de volumen a cada paso que daba. Después de atravesar varias galerías vacías, comenzó a percibir los apetitosos aromas de codornices asadas, compota de manzana y patatas gratinadas. Y también olió a perfume, en una concentración tal que apenas pudo respirar sin toser.

—Ahora te alegras de que te haya obligado a darte un baño, ¿a que sí? —preguntó Bill—. Un frasco menos de *eau de sobaquette* y un agujero menos en la capa de ozono.

Luce no respondió. Había entrado en una larga galería repleta de espejos y, delante de ella, dos mujeres y un hombre se dirigían a las puertas del salón de baile. Las mujeres no caminaban, sino que flotaban. Sus vestidos amarillos y azules casi se deslizaban por el suelo. El hombre iba entre las dos. Vestía una larga chaqueta plateada, una camisa blanca con gorguera y unos zapatos que tenían casi tanto tacón como los de Luce. Los tres llevaban pelucas con un palmo más de altura que la suya, la cual ya le parecía enorme y pesaba un quintal. Al observarlos, se sintió torpe por el modo en que la falda se le balanceaba al andar.

Se volvieron para mirarla y todos entrecerraron los ojos, como si percibieran al instante que no había sido educada para asistir a bailes de la buena sociedad.

—Ignóralos —dijo Bill—. Hay esnobs en todas las vidas. Tú les das cien vueltas.

Luce asintió y se colocó detrás del trío, que cruzó la serie de arcadas bordeadas de espejos que antecedían al salón de baile. El salón de baile definitivo. El Salón de Baile con mayúsculas.

Luce no pudo evitarlo. Se paró en seco y susurró:

—Caramba.

Era majestuoso: una docena de arañas de luz con velas blancas encendidas pendía a pocos metros del suelo desde el altísimo techo. Donde las paredes no tenían espejos, estaban revestidas de oro. La pista de baile era de parquet y parecía extenderse hasta la siguiente ciudad. Estaba circundada por largas mesas cubiertas con manteles blancos y servidas con una vajilla de porcelana fina, bandejas de pasteles y galletas y grandes copas de cristal llenas de un vino de color rubí. Había centenares de jarrones rojos con miles de narcisos blancos colocados en las decenas de mesas.

En el otro extremo del salón, se había formado una cola de mujeres jóvenes vestidas de una forma exquisita. Eran unas diez. Estaban juntas, susurrando y riéndose delante de unas grandes puertas doradas.

Otro grupo se había congregado alrededor de una enorme ponchera de cristal próxima a la orquesta. Luce se sirvió una copa.

—Disculpen… —dijo dirigiéndose a dos mujeres que había junto a ella. Sus intrincados tirabuzones grises formaban dos torres idénticas en sus cabezas—. ¿Saben para qué hacen cola esas muchachas?

—Para complacer al rey, por supuesto. —Una de las mujeres se rió entre dientes—. Esas *demoiselles* están aquí para ver si lo complacen hasta el punto de que se case con ellas.

—¿Casarse? —Pero parecían muy jóvenes. De pronto, Luce comenzó a notar un calor y un cosquilleo en la piel. Entonces cayó en la cuenta: ¡Lys estaba en esa cola!

Tragó saliva y escrutó a todas las jóvenes. Allí estaba, la tercera de la fila, con un espléndido vestido negro solo ligeramente distinto al suyo. Llevaba una esclavina negra de terciopelo y no despegaba los ojos del suelo. No se reía como las otras muchachas. Parecía tan frustrada como se sentía Luce.

—Bill… —susurró.

Pero la gárgola se colocó justo delante de su cara y la hizo callar llevándose un dedo a sus carnosos labios de piedra.

—Solo los chiflados hablan con gárgolas invisibles —susurró—. Y a los chiflados no los invitan a muchos bailes. Así que cállate.

—Pero ¿y lo…?

—¡Cállate!

¿Y lo de pasar a tres-D?

Luce respiró hondo. La última instrucción que Bill le había dado era coger la mano a Lys…

Echó a andar a zancadas, atravesó la pista de baile y sorteó a los criados que llevaban bandejas de *foie gras* y Chambord. Casi chocó con la muchacha que estaba detrás de Lys, la cual trataba de colarse fingiendo que susurraba algo a una amiga.

—Disculpa —dijo Luce a Lys, que abrió los ojos de par en par, separó los labios y sofocó un grito de sorpresa.

Pero Luce no podía esperar a que Lys reaccionara y le cogió la mano. Encajó en la suya como la pieza de un puzle. Apretó.

El estómago le dio un vuelco, como si hubiera bajado la primera cuesta de una montaña rusa. La piel comenzó a vibrarle y una sensación de sopor y suave balanceo se apoderó de ella. Notó que se le cerraban los ojos, pero el instinto le dictó que no debía soltar a Lys.

Parpadeó, y Lys parpadeó. Después, ambas parpadearon a la vez. Y, al otro lado del parpadeo, Luce se vio con los ojos de Lys… y después vio a Lys con sus propios ojos… y después…

No vio a nadie delante de ella.

—¡Oh! —gritó, y su voz le pareció la misma de siempre. Se miró las manos, que también tenían el mismo aspecto de siempre. Las alzó y se tocó la cara, el pelo, la peluca, todos los cuales le parecieron los mismos de antes. Pero algo…, algo había cambiado.

Se levantó la falda y se miró los zapatos.

Eran de color morado. Tenían unos tacones de forma romboidal y se sujetaban al tobillo con un elegante lazo plateado.

¿Qué había hecho?

Entonces entendió a qué se había referido Bill con aquello de «pasar a tres-D».

Se había introducido en el cuerpo de Lys.

Miró a su alrededor, aterrorizada. Para su horror, ninguna de las muchachas de la cola se movía. De hecho, mirara donde mirara, todo el mundo estaba inmóvil. Era como si hubieran parado toda la fiesta.

—¿Lo ves? —le dijo Bill al oído, con vehemencia—. No hay palabras para esto, ¿verdad?

—¿Qué pasa, Bill? —Luce había alzado la voz.

—En este momento, no mucho. He tenido que echar el freno, por si perdías el control. En cuanto tengamos claro esto de pasar a tres-D, volveré a poner la fiesta en marcha.

—Entonces… ¿nadie ve esto? —preguntó Luce mientras pasaba la mano por delante de la cara de la bonita muchacha morena que hacía cola delante de Lys. Ella no se inmutó. No parpadeó. Tenía la cara petrificada, con una sonrisa congelada en su boca abierta.

—No. —Bill se lo demostró moviendo la lengua junto a la oreja de un hombre mayor que se había quedado inmóvil con un *escargot* entre los dedos, a pocos centímetros de su boca—. No hasta que yo chasquee los dedos.

Luce respiró, una vez más extrañamente aliviada de contar con la ayuda de Bill. Necesitaba unos minutos para habituarse a la idea de que estaba, de que de verdad estaba…

—Estoy dentro de mi antiguo yo —dijo.

—Sí.

—¿Y adónde he ido yo? ¿Dónde está mi cuerpo?

—Estás ahí dentro, en alguna parte. —Bill le tocó la clavícula—. Volverás a aparecer cuando… bueno, cuando llegue el momento. Pero, de momento, estás completamente introducida en tu pasado. Como una tortuguita en un caparazón prestado. Salvo que es más que eso. Mientras ocupas el cuerpo de Lys, vuestras existencias están entrelazadas, con lo que tú te beneficias de un montón de cosas. De sus recuerdos, sus pasiones, sus modales, afortunadamente. Por supuesto, también tienes que lidiar con sus defectos. Esta, si la memoria no me falla, es bastante bocazas. Así que ve con cuidado.

—Asombroso —susurró Luce—. Entonces, si encuentro a Daniel, podré sentir exactamente lo que ella siente por él.

—Claro, imagino, pero date cuenta de que, en cuanto chasquee los dedos, Lys tiene obligaciones en este baile que no incluyen a Daniel. Este no es sitio para él, y con eso quiero decir que ningún guardia dejaría entrar aquí a un humilde mozo de cuadra.

A Luce, todo aquello le daba igual. Aunque Daniel fuera un mozo de cuadra, ella lo encontraría. Ardía en deseos de hacerlo. Dentro del cuerpo de Lys, hasta podría abrazarlo, quizá incluso besarlo. Su ilusión era tanta que casi la paralizaba.

—¿Hola? —Bill le hincó un duro dedo en la sien—. ¿Estás preparada? Entra ahí, a ver qué ves, y sal mientras puedas, si sabes a qué me refiero.

Luce asintió. Se alisó la falda del vestido negro de Lys y levantó un poco más la barbilla.

—Adelante.

—Y… ¡ya! —Bill chasqueó los dedos.

Durante una milésima de segundo, la fiesta se enganchó como un disco rayado. Después, todas las sílabas interrumpidas a media conversación, todos los efluvios de perfume suspendidos en el aire, todas las gotas de ponche detenidas en todos los cuellos enjoyados, todas las notas de música de todos los músicos de la orquesta, se arrastraron, cobraron una velocidad constante y continuaron como si nada hubiera sucedido.

Solo Luce había cambiado. Miles de palabras e imágenes asaltaron su mente.

Una gran casa de campo con el tejado de paja en las estribaciones de los Alpes. Un caballo castaño llamado Gauche. Olor a paja por doquier. Una peonía blanca de tallo largo atravesada en su almohada. Y Daniel. Daniel. Daniel. Regresando del pozo con cuatro pesados pozales de agua colgados de un palo que llevaba al hombro. Cepillando a Gauche antes de hacer cualquier otra cosa para que Lys pudiera salir a dar un paseo a caballo. Cuando se trataba de tener detalles con Lys, a Daniel no se le pasaba nada, pese a lo mucho que trabajaba para el padre de Lys. Sus ojos violeta siempre la encontraban. Daniel en sus sueños, en su corazón, en sus brazos.

Eran como los retazos de los recuerdos de Luschka que la habían asaltado en Moscú al tocar la verja de la iglesia, pero más potentes, más apabullantes, una parte de ella.

Daniel estaba allí. En las cuadras o en las dependencias de los criados. Estaba allí, y ella iba a encontrarlo.

Algo le rozó el cuello. Dio un respingo.

—Solo soy yo. —Bill se posó en su esclavina—. Lo estás haciendo estupendamente.

Dos lacayos abrieron las grandes puertas doradas del principio del salón y se quedaron apostados junto a ellas. Las muchachas que hacían cola delante de Luce se rieron con nerviosismo y, después, el silencio reinó en todo el salón. Entretanto, Luce buscaba el modo más rápido de salir de allí para echarse en brazos de Daniel.

—Céntrate, Luce —dijo Bill, como si le leyera el pensamiento—. Están a punto de llamarte a filas.

Los instrumentos de cuerda comenzaron a tocar los barrocos primeros acordes del *Ballet de Jeunesse*, y todo el salón desplazó su foco de atención. Luce siguió la mirada de los asistentes y sofocó un grito: ¡reconocía al hombre que estaba en la puerta y los observaba con un parche en un ojo!

Era el duque de Borbón, el primo del rey.

Era alto y flaco, tan reseco como una esparraguera en tiempo de sequía. Llevaba un traje azul de terciopelo que le quedaba grande, adornado con un fajín malva que combinaba con las medias malvas de sus garrillas. Su ostentosa peluca empolvada y su tez lechosa eran de una fealdad excepcional.

No había reconocido al duque por una fotografía de un libro de historia. Sabía demasiado sobre él. Lo sabía todo. Sabía que las damas de compañía hacían chistes verdes sobre el lamentable tamaño de su cetro. Sabía cómo había perdido el ojo (un accidente de caza, durante una partida en la que participó para apaciguar al rey). Y sabía que, en aquel momento, iba a hacer pasar a las muchachas a las que había seleccionado como posibles futuras esposas del rey de doce años que aguardaba dentro.

Y Luce, no, Lys, era una de sus candidatas preferidas. Por eso sentía aquella pesadumbre y aquel dolor en el pecho: Lys no podía casarse con el rey porque amaba a Daniel. Lo amaba con locura desde hacía años. Pero, en aquella vida, Daniel era un criado, y los dos tenían que ocultar su relación. Luce sintió el temor paralizante de Lys: si el rey se encaprichaba de ella aquella noche, toda esperanza de tener una vida con Daniel se desvanecería.

Bill le había advertido que pasar a tres-D sería intenso, pero Luce jamás podría haber estado preparada para aquella avalancha de emociones: todos los temores y dudas que en algún momento habían acosado a Lys la inundaron. Todas las esperanzas y sueños. Era excesivo.

Sofocó un grito y miró a su alrededor, a todas partes salvo al duque. Y se dio cuenta de que sabía todo lo que necesitaba saber sobre aquel momento y lugar. De pronto, comprendía por qué el rey buscaba esposa aunque ya estuviera prometido. Reconocía la mitad de las caras que se movían a su alrededor, conocía sus historias y sabía cuáles la envidiaban. Sabía qué postura adoptar para poder respirar con comodidad dentro de su vestido encorsetado. Y sabía, a juzgar por el ojo experto con el que observaba a los bailarines, que Lys había sido instruida en el arte de los bailes de salón desde su infancia.

Era una sensación extraña, estar dentro de Lys, como si Luce fuera a la vez el fantasma y la persona cuyo cuerpo ocupaba.

La orquesta terminó de tocar la canción, y un hombre próximo a la puerta se adelantó para leer un rollo de pergamino:

—Princesa Lys de Saboya.

Luce alzó la cabeza con más elegancia y confianza de las que esperaba y aceptó la mano del hombre joven con un chaleco verde pálido que apareció para acompañarla a la sala de recepción del rey.

Una vez dentro de la sala pintada enteramente de color azul pastel, intentó no quedarse mirando al rey. La altísima peluca gris le quedaba ridícula sobre su cara menuda y macilenta. Sus ojos celestes miraban la cola de duquesas y princesas, todas hermosas, todas vestidas de una forma exquisita, con la misma avidez que un hombre famélico miraría un cerdo asado al espetón.

La figura con espinillas sentada en el trono era poco más que un niño.

Luis XV había asumido la corona cuando solo tenía cinco años. Conforme a los deseos de su padre moribundo, lo habían prometido en matrimonio con la infanta, la princesa española. Pero ella casi acababa de nacer. Se trataba de un matrimonio pensado con los pies. No se esperaba que el joven rey, que era frágil y enfermizo, viviera lo suficiente para engendrar un heredero con la princesa española, la cual también podía morir antes de alcanzar la edad fértil. Así pues, el rey tenía que encontrar una consorte para engendrar un heredero. Lo cual justificaba aquella lujosa fiesta y las damas que hacían cola para exhibirse.

Luce se toqueteó el encaje del vestido. Se sentía ridícula. Todas las otras muchachas parecían increíblemente pacientes. Puede que su deseo de casarse con aquel rey de doce años lleno de granos fuera sincero, aunque Luce no entendía cómo era eso posible. Todas eran muy elegantes y hermosas. Desde la princesa rusa, Elizabeth, cuyo vestido azul zafiro de terciopelo tenía el cuello ribeteado de piel de conejo, hasta Maria, la princesa de Polonia, de un atractivo hechizante, con su naricilla respingona y su carnosa boca roja, todas miraban al muchacho esperanzadas, con los ojos como platos.

Pero él miraba a Luce. Con una sonrisa de suficiencia que le revolvió el estómago.

—Esa. —La señaló con indolencia—. Déjame verla de cerca.

El duque apareció al lado de Luce y la empujó suavemente por los hombros con sus dedos largos y helados.

—Preséntese, princesa —dijo en voz baja—. Esto solo pasa una vez en la vida.

Luce refunfuñó en su fuero interno, pero, externamente, Lys no perdió la compostura y casi flotó cuando se acercó para saludar al rey. Hizo una reverencia con una inclinación de cabeza perfecta y le ofreció la mano para que se la besara. Era lo que su familia esperaba de ella.

—¿Vas a ponerte gorda? —le soltó el rey mientras miraba su cintura encorsetada—. Me gusta como está ahora —dijo al duque—. Pero no quiero que se ponga gorda.

De haber estado en su propio cuerpo, Luce quizá habría dicho al rey qué pensaba de su físico poco atractivo. Pero Lys tenía un perfecto dominio de sí misma, y Luce se oyó responder:

—Espero poder complacer siempre al rey, con mi belleza y mi carácter.

—Sí, claro —ronroneó el duque mientras caminaba alrededor de Luce—. Estoy seguro de que su majestad podrá someter a la princesa a la dieta que le plazca.

—¿Qué hay de cazar? —preguntó el rey.

—Majestad —comenzó a decir el duque—, eso no es apropiado para una reina. Tenéis muchos otros compañeros de caza, yo, por ejemplo…

—Mi padre es un cazador excelente —dijo Luce. Estaba devanándose los sesos, tratando de pensar en algo, lo que fuera, que la ayudara a salir de aquello.

—Entonces, ¿debería acostarme con tu padre? —se burló el rey.

—Sabiendo que os gustan las armas de fuego, majestad —dijo Luce, esforzándose por mantener un tono cortés—, os he traído un regalo: el rifle de caza más preciado de mi padre. Me ha pedido que os lo traiga esta noche, pero no estaba segura de cuándo tendría el placer de conoceros.

Tenía toda la atención del rey, que se había sentado al borde del trono.

—¿Cómo es? ¿Lleva joyas en la culata?

—La... la culata es de madera de cerezo tallada a mano —dijo Lys, dando al rey los detalles que Bill le gritaba desde un lado del trono—. El cañón fue forjado por... por...

—Oh, ¿qué podría impresionarlo? Por un herrero ruso que ahora trabaja para el zar. —Bill se inclinó sobre las pastas del rey y las olió con avidez—. Tienen buena pinta.

Luce repitió la frase de Bill y añadió:

—Os lo podría traer, si me permitís ir a buscarlo a mis dependencias...

—Un criado puede bajar el rifle mañana, estoy seguro —dijo el duque.

—Quiero verlo ahora. —El rey se cruzó de brazos y pareció incluso más niño de lo que era.

—Por favor. —Luce se dirigió al duque—. Para mí, sería un gran honor regalar el rifle a su majestad personalmente.

—Ve. —El rey chasqueó los dedos para que Luce pudiera retirarse.

Luce quiso girar sobre sus talones, pero Lys fue más sensata (nunca se daba la espalda al rey): se inclinó y salió de la sala sin darse la vuelta. Dio muestras de un autodominio incomparable, retirándose casi como si flotara y no tuviera pies, hasta que estuvo al otro lado de las puertas doradas.

Entonces echó a correr por el salón de baile.

Pasó por delante de la orquesta y las espléndidas parejas danzantes, salió de una estancia pintada de color amarillo pastel y entró en otra con decoraciones verde limón. Corrió entre damas sorprendidas y caballeros gruñones, por suelos de madera y opulentas alfombras persas, hasta que las luces y los invitados fueron menguando, y por fin encontró las puertas con partelúz que conducían al exterior. Las abrió de un empujón y ensanchó los pulmones dentro de su corsé para llenárselos del aire de la libertad. Salió a un enorme balcón de reluciente mármol blanco que circundaba la segunda planta de palacio.

Era una noche estrellada; lo único que Luce deseaba era estar en los brazos de Daniel, volar hacia esas estrellas. Ojalá estuviera a su lado para sacarla de todo aquello...

—¿Qué haces aquí?

Luce giró sobre sus talones. Daniel había ido a buscarla. Estaba al final del balcón, vestido con sencillas ropas de criado. Parecía confundido y alarmado. Y trágica e irremediablemente enamorado.

—Daniel...

Luce corrió a su lado. Él también avanzó hacia ella, y los ojos violeta se le iluminaron. Abrió los brazos, radiante. Cuando por fin se tocaron y él la abrazó, Luce creyó que iba a estallar de felicidad.

Pero no lo hizo.

Se limitó a quedarse allí, con la cabeza enterrada en su pecho ancho y maravilloso. Estaba en casa. Daniel la tenía abrazada por la cintura y la estrechó con todas sus fuerzas. Luce notó cómo respiraba y percibió el áspero olor a paja de su cuello. Lo besó justo debajo de la oreja izquierda y bajó hacia la mandíbula. Besos suaves y delicados hasta alcanzar sus labios, que se separaron al notar los suyos. Entonces, los besos se tornaron más largos, llenos de un amor que parecía brotar de la parte más honda del alma de Luce.

Al cabo de un momento, ella se separó y lo miró a los ojos.

—Te he echado muchísimo de menos.

Daniel se rió entre dientes.

—Yo también, en estas… tres últimas horas. ¿Estás… estás bien?

Luce pasó los dedos por su sedoso pelo rubio.

—Necesitaba tomar el aire, encontrarte. —Lo abrazó con fuerza.

Daniel entrecerró los ojos.

Creo que no deberíamos estar aquí, Lys. Deben de estar esperándote en la sala de recepción.

—Me da igual. No voy a volver. Y jamás me casaré con ese cerdo. Jamás me casaré con nadie salvo contigo.

—Chissst. —Daniel hizo una mueca y le acarició la mejilla—. Podría oírte alguien. Han cortado cabezas por menos de eso.

—Ya te ha oído alguien —dijo una voz desde la puerta abierta. El duque de Borbón estaba en el umbral con los brazos cruzados, sonriendo con suficiencia mientras veía a Luce en brazos de un humilde criado—. Creo que el rey debería enterarse de esto. —Acto seguido, había desaparecido y regresado al interior del palacio.

El corazón de Luce se aceleró, empujado por el miedo de Lys y el suyo propio: ¿había cambiado la historia? ¿Debía la vida de Lys continuar de un modo distinto?

Pero ella no podía saberlo, ¿no? Eso era lo que Roland le había dicho: cualquier cambio que ella suscitara en el tiempo, pasaría de inmediato a formar parte de lo que había sucedido. Pero Luce seguía allí. Así pues, aunque hubiera cambiado la historia dejando plantado al rey, aquello no parecía haber afectado a Lucinda Price en el siglo XXI.

Cuando habló, su voz era firme.

—Me da igual si ese duque infame me mata. Antes moriría que renunciar a ti.

Notó calor en todo el cuerpo y se tambaleó.

—Oh —dijo mientras se llevaba una mano a la cabeza. Lo reconoció vagamente, como algo que había visto mil veces pero a lo que nunca había prestado atención.

—Lys —susurró Daniel—. ¿Sabes lo que viene ahora?

—Sí —susurró ella.

—¿Y sabes que yo estaré contigo hasta el final? —Daniel la miró, con los ojos cargados de ternura y preocupación. No le mentía. Jamás lo había hecho. Jamás lo haría. Luce lo supo en ese instante, lo vio. Daniel le había revelado lo justo para mantenerla viva unos moméntos más, para insinuar todo lo que ella ya había empezado a averiguar por su cuenta.

—Sí. —Cerró los ojos—. Pero hay muchas cosas que no entiendo todavía. No sé cómo impedir que esto pase. No sé cómo romper esta maldición.

Daniel sonrió, pero había lágrimas en sus ojos.

Luce no tenía miedo. Se sentía libre. Más libre que nunca.

Un recuerdo extraño había empezado a surgir de los recovecos de su memoria. Algo cobraba claridad en la confusión de su cabeza. Un solo beso de Daniel abriría una puerta y la libraría de un matrimonio sin amor con un niño consentido, de la jaula de su cuerpo. Aquel cuerpo no era ella, sino un mero cascarón, parte de un castigo. Y, por tanto, la muerte de aquel cuerpo no era ninguna tragedia, sino, sencillamente, el final de un capítulo. Una liberación hermosa y necesaria.

Detrás de ellos, oyeron pasos en las escaleras. El duque regresaba con sus hombres. Daniel la agarró por los hombros.

—Lys, escúchame…

—Bésame —le suplicó ella.

Daniel cambió de expresión, como si no necesitara oír nada más. La levantó del suelo y la estrechó contra su pecho. Luce notó calor en todo el cuerpo mientras lo besaba con más ardor y pasión y se abandonaba por completo. Arqueó la espalda, volvió la cabeza hacia el cielo y lo besó hasta sentirse mareada de felicidad. Hasta que oscuros retazos de sombras se arremolinaron y ennegrecieron las estrellas. Una sinfonía de obsidianas. Pero, detrás, había luz. Por primera vez, Luce percibió el brillo de esa luz.

Era glorioso.

Tenía que irse.

«Sal mientras puedas», le advirtió Bill. Mientras estuviera viva.

Pero no podía marcharse aún. No mientras todo fuera tan apasionado y hermoso. No mientras Daniel la besara con ardor. Abrió los ojos, y los colores de su pelo, su cara y la propia noche brillaron con mayor intensidad y belleza, iluminados por un vivo resplandor.

Aquel resplandor surgía de las entrañas de Luce.

Con cada beso, todo su cuerpo se acercaba un poco más a la luz. Aquella era la única forma auténtica de volver a estar con Daniel. Salir de una vida terrenal para entrar en la siguiente. Luce moriría de buen grado un millar de veces siempre que pudiera estar de nuevo con él al otro lado.

—Quédate conmigo —le suplicó Daniel mientras ella se sentía arder.

Gimió. Las lágrimas le rodaron por las mejillas. Una débil sonrisa asomó a sus labios.

—¿Qué pasa? —preguntó Daniel. No dejaba de besarla—. ¿Lys?

—Es… tanto amor —dijo ella, abriendo los ojos justo cuando el fuego le brotó del pecho.

Una gran columna de luz estalló en la noche, escupiendo calor y llamas al cielo, arrojando a Daniel al suelo, arrancando a Luce de la muerte de Lys y lanzándola a la oscuridad, donde hacía un frío glacial y no se veía nada. Sintió un vértigo que la estremeció.

Luego vio un minúsculo destello de luz.

La cara de Bill, cernido sobre ella con expresión preocupada. Estaba tendida boca arriba en una superficie plana. Tocó la piedra lisa que tenía debajo, oyó el agua que corría cerca de allí, olió el aire fresco y mohoso. Se hallaba en el interior de una Anunciadora.

—Me has asustado —dijo Bill—. No sabía… es decir, cuando ella ha muerto, no sabía cómo… no sabía si podías quedarte atrapada… No estaba seguro. —Sacudió la cabeza como si quisiera ahuyentar el pensamiento.

Luce intentó levantarse. Pero le temblaban las piernas y estaba aterida de frío. Apoyó la espalda en la pared de piedra y cruzó las piernas. Volvía a llevar el vestido negro con la orla esmeralda de encaje. Los zapatos esmeralda estaban uno al lado del otro en un rincón. Bill debía de haberla descalzado y acostado después de que ella… después de que Lys… Aún no se lo podía creer.

—He visto cosas, Bill. Cosas que no sabía.

—¿Por ejemplo?

—Que ella estaba feliz al morir. Que yo estaba feliz. Extasiada. Ha sido precioso. —Luce tenía la mente disparada—. Sabiendo que él me estaría esperando al otro lado, que lo único que yo hacía era escapar de algo injusto y opresivo. Que la belleza de nuestro amor vence a la muerte, lo vence todo. Ha sido increíble.

—Increíblemente peligroso —dijo Bill con sequedad—. No vuelvas a hacerlo, ¿vale?

—¿No lo entiendes? Desde que dejé a Daniel en el presente, esto es lo mejor que me ha pasado. Y…

Pero Bill había vuelto a perderse en la oscuridad. Luce oyó el ruido de la cascada. Al cabo de un momento, un borboteo de agua hirviendo. Cuando Bill reapareció, había preparado té. Le llevó la tetera en una delgada bandeja metálica y le sirvió una taza humeante.

—¿De dónde lo has sacado? —preguntó Luce.

—He dicho que no vuelvas a hacerlo, ¿vale?

Pero Luce estaba demasiado absorta en sus pensamientos para oírlo realmente. Aquella era la vez que más cerca había estado de adquirir una cierta lucidez. Volvería a pasar a tres-D (¿cómo lo había llamado Bill? ¿«Fusión»?). Viviría todas sus vidas hasta el final, una tras otra, hasta que, en una de ellas, descubriera por qué moría exactamente.

Y, después, rompería la maldición.

12
El preso

Daniel soltó una palabrota.

La Anunciadora lo había dejado caer en un camastro de paja sucia y húmeda. Se volvió sobre un costado y se sentó con la espalda apoyada en una helada pared de piedra. Algo frío y aceitoso goteaba del techo y le caía en la frente, pero no había luz suficiente para ver qué era.

Enfrente de él, la pared tenía una tosca abertura tan estrecha que apenas permitía pasar el puño. Por ella solo se colaban unos pocos rayos de luna, pero suficiente viento para que la temperatura casi rozara el punto de congelación.

Daniel no veía ratas correteando por la celda, pero notaba sus cuerpos viscosos retorciéndose entre la paja enmohecida por debajo de sus piernas. Notaba sus dientes serrados royendo el cuero de sus zapatos. El hedor de sus heces apenas le dejaba respirar. Dio una patada y oyó un chillido. Luego, puso los pies en el suelo y se acuclilló.

—Llegas tarde.

La voz que oyó junto a él lo sobresaltó. Había cometido la imprudencia de suponer que estaba solo. La voz era un susurro ronco y reseco, pero, de algún modo, le resultó familiar.

Entonces oyó un ruido chirriante, como si arrastraran algo metálico por una superficie de piedra. Se puso rígido cuando una sombra se separó de la oscuridad y se inclinó hacia él. La figura se colocó bajo la pálida luz que se colaba por la abertura, y Daniel pudo al menos discernir la silueta de un rostro.

Su rostro.

Había olvidado aquella celda, había olvidado aquel castigo. Así que era allí donde había terminado.

A primera vista, el antiguo yo de Daniel tenía el mismo aspecto que él: la misma nariz y boca, la misma distancia entre los mismos ojos grises. Tenía el pelo más alborotado y apelmazado, pero del mismo color rubio. Y, no obstante, el Daniel preso estaba muy distinto. Tenía la cara espantosamente chupada y pálida, y la frente llena de mugre. Su cuerpo parecía consumido, y su piel estaba perlada de sudor.

Eso era lo que le hacía la ausencia de Luce. Sí, llevaba los grilletes de un preso, pero, allí, el verdadero carcelero era su propia culpa.

Ahora lo recordaba todo. Y recordaba la visita de su yo futuro, y un diálogo amargo y frustrante. París. La Bastilla. Donde los guardias del duque de Borbón lo habían encerrado después de que Lys desapareciera del palacio. A lo largo de sus existencias, Daniel había conocido otras cárceles, había soportado mayores penalidades y había pasado más hambre, pero la crueldad de sus remordimientos durante aquel año en la Bastilla había sido una de las peores pruebas a las que se había enfrentado nunca.

Una parte, pero no toda, guardaba relación con la injusticia de que lo acusaran de su asesinato.

Pero…

Si Daniel ya estaba allí, encerrado en la Bastilla, significaba que Lys ya había muerto. Por tanto, Luce ya había llegado… y se había marchado.

Su antiguo yo tenía razón. Había llegado demasiado tarde.

—Espera —dijo al preso. Se acercó, pero no tanto como para arriesgarse a tocarlo—. ¿Cómo sabes lo que he venido a buscar?

El chirrido de la cadena al arrastrarse por la piedra le indicó que su antiguo yo había vuelto a apoyarse en la pared.

—No eres el único que ha venido a buscarla.

A Daniel le ardieron las alas, y el calor que desprendieron le lamió los omóplatos.

—Cam.

—No, Cam no —respondió su antiguo yo—. Dos críos.

—¿Shelby? —Daniel dio un puñetazo en el suelo de piedra—. Y el otro… Miles. No lo dices en serio. ¿Esos nefilim? ¿Han estado aquí?

—Hace más o menos un mes, creo. —Su antiguo yo señaló la pared que él tenía detrás, donde había varias rayas torcidas grabadas en la piedra—. He intentado llevar la cuenta de los días, pero ya sabes cómo es. El tiempo pasa de una forma extraña. Se te escapa.

—Lo recuerdo. —Daniel se estremeció—. Pero los nefilim… ¿Hablaste con ellos? —Hurgó en su memoria y recordó vagas imágenes de su encarcelamiento, imágenes de una chica y un chico. Siempre los había considerado fantasmas de su dolor, únicamente dos más de los delirios que lo acosaban cuando ella ya no estaba y él se quedaba de nuevo solo.

—Un momento. —La voz del preso parecía cansada y distante—. No estaban muy interesados en mí.

—Bien.

—En cuanto supieron que estaba muerta, les entró muchísima prisa por irse. —La intensidad de su mirada gris era inquietante—. Algo que tú y yo entendemos.

—¿Adónde fueron?

—No lo sé. —El preso forzó una sonrisa demasiado amplia para su cara descarnada—. Creo que tampoco lo sabian ellos. Tendrías que haber visto cuánto les costó abrir una Anunciadora. Parecían dos inútiles.

A Daniel le entraron ganas de reírse.

—No tiene gracia —dijo su antiguo yo—. La quieren.

Pero Daniel no sentía ninguna ternura por los nefilim.

—Son una amenaza para todos nosotros. La destrucción que podrían ocasionar… —Cerró los ojos—. No tienen ni idea de lo que hacen.

—¿Por qué no puedes alcanzarla, Daniel? —Su antiguo yo se rió con ironía—. Ya nos hemos visto antes a lo largo de los milenios. Te recuerdo persiguiéndola. Y no alcanzándola jamás.

—No… no lo sé. —Las palabras se le atragantaron, y se notó al borde de las lágrimas. Tembló y contuvo un sollozo—. No consigo alcanzarla. Por algún motivo, siempre llego un poco después, como si alguien o algo moviera los hilos para mantenerme apartado de ella.

—Tus Anunciadoras siempre te llevarán a donde tú necesitas.

—Yo necesito estar con ella.

—Quizá sepan lo que necesitas mejor que tú mismo.

—¿Qué?

—Quizá no deba ser detenida. —El preso arrastró su cadena con hastío—. El hecho de que pueda viajar significa que algo fundamental ha cambiado. Tal vez no puedas alcanzarla hasta que ella obre ese cambio en la maldición original.

—Pero… —Daniel no sabía qué decir. El sollozo se apoderó de su pecho y le anegó el corazón de vergüenza y tristeza—. Ella me necesita. Cada segundo perdido es una eternidad. Y si da un paso en falso, podría arruinarlo todo. Podría cambiar el pasado y… dejar de existir.

—Pero así es el riesgo, ¿no? Nos lo jugamos todo por una brizna de esperanza. —Su antiguo yo alargó la mano y casi le tocó el brazo.

Los dos deseaban sentir una conexión. En el último instante, Daniel se apartó.

Su antiguo yo suspiró.

—¿Y si eres tú, Daniel? ¿Y si eres tú el que tiene que cambiar el pasado? ¿Y si no puedes alcanzarla hasta que hayas reescrito la maldición para que tenga una laguna?

—Imposible. —Daniel resopló—. Mírame. Mírate. Estamos destrozados sin ella. No somos nada cuando Lucinda nos falta. No hay ninguna razón para que mi alma no desee encontrarla lo antes posible.

Daniel quería escapar de allí. Pero estaba desconcertado.

—¿Por qué no te has ofrecido a acompañarme? —preguntó por fin—. Yo te diría que no, por supuesto, pero algunos de los otros, cuando me he tropezado conmigo mismo en otras vidas, querían acompañarme. ¿Por qué tú no?

Una rata correteó por la pierna del preso y se detuvo para olfatear los grilletes de sus tobillos ensangrentados.

—Ya me he escapado una vez —dijo despacio—. ¿Lo recuerdas?

—Sí —respondió Daniel—. Recuerdo cuando escapaste… escapamos. Volvimos directamente a Saboya. —Miró la falsa esperanza que le ofrecía la luz de la abertura—. ¿Por qué fuimos? Deberíamos haber sabido que era una trampa.

El preso se recostó en la pared y arrastró su cadena.

—No teníamos otra opción. Era el lugar más próximo a ella. —Inspiró de forma entrecortada—. Es muy duro cuando está en tránsito. No me siento capaz de seguir adelante. Me alegré cuando el duque se adelantó e imaginó adónde iría. Me esperaba en Saboya, sentado a la mesa de mi patrón con sus hombres. Para arrastrarme de nuevo aquí.

Daniel lo recordaba.

—Sentí que merecía el castigo —dijo.

—Daniel. —Fue como si el triste semblante del preso hubiera recibido una descarga eléctrica. Su antiguo yo parecía de nuevo vivo, o al menos sus ojos lo hacían. Tenían un brillo violeta—. Creo que ya lo tengo. —Habló casi sin pensar—. Aprende del duque.

Daniel se lamió los labios.

—¿Cómo?

—Todas estas vidas que dices que llevas siguiéndola. Haz como el duque hizo con nosotros. Adelántate a ella. No te limites a tratar de alcanzarla. Llega antes. Espérala.

—Pero no sé adónde van a llevarla sus Anunciadoras.

—Claro que lo sabes —insistió su antiguo yo—. Debes de guardar vagos recuerdos de dónde termina. Quizá no recuerdes todas las etapas del camino, pero, al final, todo tiene que terminar donde empezó.

Ambos se entendieron sin necesidad de palabras. Daniel pasó las manos por la pared cerca de la abertura e invocó una sombra. No podía verla en la oscuridad, pero la percibió moviéndose hacia él y la moldeó con habilidad. Aquella Anunciadora parecía tan abatida como él se sentía.

—Tienes razón —dijo, abriéndola con brusquedad—. Hay un sitio al que seguro que irá.

—Sí.

—Y tú deberías seguir tu propio consejo y abandonar este sitio —añadió Daniel con gravedad—. Te estás pudriendo aquí dentro.

—Al menos, el dolor de este cuerpo me distrae del dolor de mi alma —adujo su antiguo yo—. No. Te deseo suerte, pero no abandonaré estas paredes. No hasta que ella haya vuelto a reencarnarse.

Daniel sintió la presión de las alas en los hombros. Trató de ordenar el tiempo, las vidas y los recuerdos en su cabeza, pero solo fue capaz de pensar en una cosa.

—Ya… ya debería haberse reencarnado. Haber renacido. ¿Lo sientes?

—Oh —susurró su antiguo yo. Cerró los ojos—. Ya no sé si soy capaz de sentir algo. —Suspiró apesadumbrado—. La vida es una pesadilla.

—No, no lo es. Ya no. La encontraré. ¡Nos redimiré a los dos! —gritó Daniel, desesperado por salir de allí, dando otro desesperado salto a ciegas en el tiempo.

13
Amantes malditos

Londres, Inglaterra
29 de junio de 1613

Algo crujió bajo los pies de Luce.

Levantó la falda de su vestido negro: había tantas cáscaras de cacahuete en el suelo que tenía los zapatos esmeralda hundidos hasta las hebillas en los fibrosos fragmentos marrones.

Estaba al final de una muchedumbre ruidosa. Casi todas las personas que la rodeaban llevaban ropa de apagados tonos marrones o grises, las mujeres largos vestidos fruncidos en la cintura con amplios puños y mangas acampanadas. Los hombres vestían pantalones estrechos, holgadas capas y gorras de lana con visera. Era la primera vez que emergía de una Anunciadora en un lugar tan público como aquel, pero allí estaba, en mitad de un concurrido anfiteatro. Era chocante, y había un ruido infernal.

—¡Cuidado! —Bill la agarró por el cuello de la esclavina y, de un tirón, le pegó la espalda a la barandilla de una escalera.

Al cabo de un instante, dos niños mugrientos pasaron persiguiéndose y derribaron a tres mujeres que se encontraban en su camino.

Ellas cayeron unas sobre otras, se levantaron con dificultad y lanzaron insultos a los niños, quienes se los devolvieron sin apenas aflojar el paso.

—La próxima vez —le gritó Bill al oído, con las garras de piedra ahuecadas alrededor de la boca—, ¿podrías tratar de dirigir tus viajecitos a un destino más… no sé… tranquilo? ¿Cómo se supone que voy a ocuparme de disfrazarte con este follón?

—Claro, Bill, me esforzaré. —Luce se apartó justo cuando los niños volvieron a pasar como balas—. ¿Dónde estamos?

—Ha dado usted la vuelta al globo para terminar en el Globe, *milady*. —Bill le hizo una pequeña reverencia.

—¿El teatro Globe? —Luce agachó la cabeza cuando una mujer que tenía delante se deshizo de un hueso de muslo de pavo lanzándolo por encima del hombro—. ¿Te refieres a Shakespeare?

—Bueno, él dice que está jubilado. Ya sabes cómo son los artistas. Tan volubles. —Bill se posó en el suelo, tiró de su vestido y se puso a canturrear.

—Aquí se representó *Otelo* —dijo Luce mientras trataba de hacerse a la idea—. *La tempestad. Romeo y Julieta.* Casi estamos pisando el centro de todas las mejores historias de amor que se han escrito nunca.

—De hecho, estás pisando cáscaras de cacahuete.

—¿Por qué tienes que sacarle punta a todo? ¡Esto es increíble!

—Perdona. No me había dado cuenta de que íbamos a necesitar un momento para idolatrar al maestro —ceceó Bill por culpa de la aguja que tenía en la boca—. Anda, estate quieta.

—¡Ay! —Luce gritó cuando se la hincó en la rótula—. ¿Qué estás haciendo?

—Te «desanacronizo». Esta gente pagaría mucha pasta por ver fenómenos de feria, pero no espera que estén entre el público.

Bill se dio prisa. Con discreción, le dobló hacia dentro la larga falda drapeada del vestido negro de Versalles y se la recogió a los lados en una serie de pliegues. Le quitó la peluca negra, le ahuecó el pelo y le hizo un moño. Luego miró su esclavina de terciopelo. Sacudió la suave tela hasta que Luce la notó de nuevo sobre los hombros. Finalmente, se escupió un gargajo gigantesco en una mano, se frotó las palmas y convirtió la esclavina de terciopelo en una gorguera.

—Eso es una asquerosidad, Bill.

—Cállate —espetó la gárgola—. La próxima vez dame más espacio para maniobrar. ¿Crees que me gusta apañármelas con lo que hay? Pues no. —Se volvió para mirar al gentío vociferante—. Por suerte, la mayoría están demasiado borrachos para fijarse en la muchacha que ha surgido de las sombras del fondo.

Bill tenía razón: nadie los miraba. Todos se peleaban por acercarse al escenario, una mera plataforma elevada colocada a un metro y medio del suelo. Luce, que estaba al final de aquella ruidosa muchedumbre, apenas podía verla.

—¡Vamos! —gritó un chico desde atrás—. ¡No nos hagáis esperar todo el día!

Por encima del gentío, había tres gradas con asientos y, más arriba, nada: el anfiteatro en forma de O se abría a un cielo azul pálido. Luce miró a su alrededor en busca de su antiguo yo. De Daniel.

—Estamos en la inauguración del Globe. —Recordó las palabras de Daniel bajo los melocotoneros de Espada & Cruz—. Daniel me dijo que habíamos estado aquí.

—Tú sí, desde luego. Hace aproximadamente catorce años. Sentada encima de los hombros de tu hermano. Viniste con tu familia a ver *Julio César*.

Bill se cernió delante de ella. Era una asquerosidad, pero parecía que la gorguera conservaba su forma. Luce casi parecía una de las mujeres suntuosamente vestidas que ocupaban las gradas.

—¿Y Daniel? —preguntó.

—Daniel era actor…

—¡Vaya!

—Así es. —Bill puso los ojos en blanco—. En esa época solo era un principiante. Para el resto del público, su debut no fue nada memorable. Pero, para la pequeña Lucinda de tres años —se encogió de hombros—, despertó tu pasión. Desde entonces, te mueres, entre comillas, por salir a escena. Esta noche es tu noche.

—¿Soy actriz?

No. La actriz era su amiga Callie, no ella. Durante su último semestre en el colegio de Dover, Callie le suplicó que se presentara con ella a las pruebas de selección para representar *Nuestra ciudad*. Las dos ensayaron durante semanas antes de la audición. A Luce le dieron una frase, pero Callie causó sensación con su interpretación de Emily Webb. Luce la vio desde los bastidores, orgullosa y asombrada. Callie lo habría dado todo por estar un minuto en el viejo Globe, y no digamos por pisar al escenario.

Pero entonces recordó la palidez de su cara cuando presenció la batalla entre ángeles y Proscritos. ¿Qué había sido de ella después de que Luce se fuera? ¿Dónde estaban los Proscritos en aquel momento? ¿Cómo les explicaría Luce lo ocurrido a Callie o a sus padres? Es decir, si alguna vez regresaba a su patio y a aquella vida.

Porque ahora sabía que no retornaría a esa vida hasta que hubiera averiguado cómo impedir que terminara. Hasta que hubiera roto aquella maldición que los condenaba a ella y a Daniel a revivir eternamente la misma historia de amantes malditos.

Debía de estar en aquel teatro por algún motivo. Su alma la había llevado allí; ¿por qué?

Se abrió paso entre la multitud y avanzó por un lado del anfiteatro hasta que alcanzó a ver el escenario. Las tablas estaban cubiertas de recias esteras confeccionadas con un material similar al cáñamo y que imitaban hierba sin cortar. Había dos cañones de tamaño natural apostados como guardias cerca de cada bastidor y una hilera de macetas con naranjos en la pared del fondo. No lejos de Luce, una endeble escalera conducía a un espacio acortinado: el vestuario (lo recordaba de la clase de interpretación a la que había asistido con Callie), donde los actores se vestían y se preparaban antes de salir a escena.

—¡Espera! —gritó Bill mientras ella subía la escalera a toda prisa.

Detrás de la cortina, el pequeño vestuario estaba atestado de cosas y escasamente iluminado. Luce pasó por delante de manuscritos apilados y armarios abiertos repletos de disfraces, y se quedó boquiabierta al ver una máscara inmensa de una cabeza de león y las hileras de capas doradas y plateadas. Luego, se paró en seco. Había varios actores en diversos grados de desnudez: muchachos con vestidos a medio poner, hombres abrochándose botas marrones de piel. Por suerte, los actores estaban frenéticos empolvándose la cara y ensayando su papel, con lo que el vestuario era una algarabía de breves fragmentos de la obra declamados a voz en grito.

Antes de que los actores la vieran, Bill voló a su lado y la metió de un empujón en uno de los armarios. La ropa la envolvió.

—¿Qué haces? —preguntó.

—Permíteme recordarte que actúas en una época en la que no hay actrices. —Bill frunció el entrecejo—. Este no es tu sitio. Aunque eso no te ha detenido. Tu antiguo yo se expuso muchísimo para conseguir un papel en *Todo es verdad*.

—¿*Todo es verdad*? —repitió Luce. Al menos esperaba reconocer el título. No había tenido esa suerte. Sacó la cabeza del armario para echar un vistazo.

—Ya sabes, *Enrique VIII* —dijo Bill, tirándole del cuello hacia atrás—. Pero presta atención: ¿quieres adivinar por qué mentiría y se disfrazaría tu antiguo yo para que le dieran un papel…?

—Daniel.

Él acababa de entrar en el vestuario. La puerta que daba al patio seguía abierta detrás de él; el sol recortaba su silueta. Entró solo, leyendo un guión manuscrito, sin apenas fijarse en los otros actores. Estaba distinto que en cualquiera de sus otras vidas. Tenía el pelo rubio largo y un poco ondulado, recogido en la nuca con una cinta negra. Su barba, muy bien recortada, solo era un poco más oscura que su cabello.

Luce ardió en deseos de tocarlo. De acariciar su cara, pasarle los dedos por el pelo, recorrerle la nuca y tocar todas las partes de su cuerpo. Daniel tenía la camisa desabrochada y se le veían los desarrollados pectorales. Llevaba unos holgados pantalones negros por dentro de unas botas negras de caña alta.

Cuando se acercó, el corazón comenzó a palpitarle. El clamor del público se desvaneció. El hedor a sudor reseco que desprendían los disfraces del armario cesó. Luce solo oyó su propia respiración y los pasos de Daniel aproximándose. Salió del armario.

Al verla, los ojos de Daniel, grises como una tormenta, se tornaron de color violeta. Sonrió sorprendido.

Luce no fue capaz de seguir conteniéndose. Corrió hacia él, olvidando a Bill, olvidando a los actores, olvidando a su antiguo yo, que podía estar en cualquier parte, a unos pasos de ella, la muchacha a la que aquel Daniel pertenecía realmente. Lo olvidó todo salvo su necesidad de estar en sus brazos.

Él la rodeó por la cintura y volvió a meterla en el voluminoso armario, fuera de la vista de los demás actores. Las manos de Luce hallaron su nuca. La invadió un súbito calor. Cerró los ojos y notó sus labios en los suyos, ligeros como una pluma, casi demasiado ligeros. Esperó a sentir la pasión de su beso. Esperó. Y esperó.

Se puso de puntillas y arqueó el cuello para que él la besara con más ardor y pasión. Necesitaba que su beso le recordara por qué hacía aquello, por qué se sumergía en su pasado y se veía morir una y otra vez: por él, por ellos dos. Por su amor.

Volver a tocarlo le recordó a Versalles. Quería darle las gracias por librarla de casarse con el rey. Y suplicarle que no volviera a hacerse daño nunca más como había hecho en Tíbet. Quería preguntarle qué soñó cuando se quedó dormido durante días después de que ella muriera en Prusia. Quería oír lo que dijo a Luschka justo antes de que ella muriera aquella horrible noche en Moscú. Quería dar rienda suelta a su amor, derrumbarse y llorar, decirle que, en todos los segundos de todas las vidas que había visitado, lo había añorado con toda su alma.

Pero era imposible comunicar nada de aquello a aquel Daniel. Él ni tan siquiera lo había vivido. Además, la había tomado por la Lucinda de su época, la muchacha que no sabía ninguna de las cosas que Luce había descubierto. No había palabras que decirle.

Besarlo era el único modo de transmitirle que comprendía.

Pero Daniel no la besaba como ella quería. Cuanto más se apretaba ella, más se separaba él.

Al final, la apartó. Solo siguió cogiéndole las manos, como si el resto de ella fuera peligroso.

—Querida. —Le besó las yemas de los dedos y ella se estremeció—. Si me permites el atrevimiento, tu amor te torna descortés.

—¿«Descortés»? —Luce se ruborizó.

Daniel volvió a abrazarla, despacio, un poco nervioso.

—Estimada Lucinda, no deberías estar en este lugar vestida así. —No dejaba de mirar su vestido—. ¿Qué ropajes son estos? ¿Dónde está tu disfraz? —Metió la mano en un armario y rebuscó entre las perchas.

Deprisa, se desabrochó las botas y las arrojó al suelo con dos golpetazos. Luce intentó no quedarse boquiabierta cuando se quitó los pantalones. Debajo, llevaba unos calzones grises que apenas dejaban espacio a la imaginación. Las mejillas le ardieron mientras se apresuraba a desabotonarse la camisa blanca. Se la quitó y dejó al descubierto toda la belleza de su torso. Luce contuvo la respiración. Lo único que faltaba eran sus alas desplegadas. Daniel era increíblemente hermoso y no parecía tener la menor idea del efecto que le producía estando allí en ropa interior.

Luce tragó saliva y se abanicó.

—¿No hace calor aquí?

—Ponte estas prendas hasta que te consiga un disfraz —dijo Daniel mientras le arrojaba su ropa—. Apresúrate, antes de que alguien te vea. —Corrió al armario del rincón, hurgó en él y sacó una suntuosa túnica verde y dorada, otra camisa blanca y un par de pantalones verdes pirata. Se puso rápidamente la ropa nueva, su disfraz, supuso Luce, mientras ella recogía la que acababa de quitarse.

Luce recordó que la doncella de Versalles había tardado media hora en embutirla en aquel vestido. Había cordones, nudos y lazadas en todo tipo de lugares íntimos. Era imposible que pudiera quitárselo con un mínimo de dignidad.

—Ha habido… un cambio de vestuario. —Cogió la tela negra de su falda—. He pensado que sería apropiada para mi personaje.

Oyó pasos detrás de ella, pero, antes de que pudiera darse la vuelta, la mano de Daniel la metió en el armario junto a él. Apenas había espacio ni luz, pero era maravilloso estar tan cerca. Daniel cerró la puerta hasta donde pudo y se colocó delante de ella. Parecía un rey con aquella túnica verde y dorada.

Enarcó una ceja.

—¿De dónde lo has sacado? ¿Acaso es nuestra Ana Bolena súbitamente de Marte? —Se rió entre dientes—. Siempre había creído que era natural de Wiltshire.

Luce se esforzó por seguirle el hilo. ¿Interpretaba a Ana Bolena? No había leído aquella obra de teatro, pero el disfraz de Daniel sugería que él interpretaba al rey, Enrique VIII.

—El señor Shakespeare… esto… Will ha pensando que sería apropiado.

—¿Will? Ah, ¿sí? —Daniel sonrió con suficiencia. No se creía ni una palabra, pero no parecía importarle. Era extraño sentir que ella podía hacer o decir casi cualquier cosa y Daniel seguiría encontrándola adorable—. Estás un poco loca, ¿no, Lucinda?

—Yo, bueno…

Daniel le acarició la mejilla con el dorso del dedo.

—Te adoro.

—Yo también te adoro. —Las palabras le salieron sin pensar y las sintió reales y auténticas después de sus últimas torpes mentiras. Fue como dejar salir una respiración que llevaba mucho tiempo conteniendo—. He estado pensando, pensando mucho, y quería decirte que… que…

—¿Sí?

—Lo cierto es que lo que siento por ti es… más profundo que la adoración. —Luce puso las manos en el corazón de Daniel—. Confío en ti. Confío en nuestro amor. Sé lo fuerte que es, y lo hermoso que es. —Sabía que no podía descubrirse ni revelar a qué se refería realmente: se suponía que era una versión distinta de sí misma, y las otras veces, cuando Daniel descubría quién era, de dónde venía, se encerraba en sí mismo y le pedía que se marchara. Pero, si escogía bien las palabras, Daniel quizá la entendería—. A veces, puede parecer que… que me olvido de lo que significas para mí o de lo que yo significo para ti, pero, en el fondo… lo sé. Lo sé porque nuestro destino es estar juntos. Te quiero, Daniel.

Daniel parecía sorprendido.

—¿Me… me quieres?

—Por supuesto. —Luce casi se rió de lo evidente que era, pero entonces se acordó: no sabía en qué momento del pasado había llegado. Quizá, en aquella vida, solo se habían lanzado miradas coquetas.

A Daniel le palpitó violentamente el pecho, y el labio inferior comenzó a temblarle.

—Quiero que escapemos juntos —se apresuró a decir. Su voz estaba teñida de desesperación.

Luce quiso gritar «¡Sí!», pero algo la disuadió. Qué fácil era perderse en Daniel cuando su cuerpo estaba tan próximo al suyo y ella percibía el calor de su piel y los latidos de su corazón a través de su camisa. Sintió que, en ese momento, podía contárselo todo, desde lo maravilloso que había sido morir en sus brazos en Versalles hasta cuánto la había entristecido conocer la magnitud de su sufrimiento. Pero se contuvo: la muchacha que él creía que era en aquella vida no hablaría de esas cosas, no sabría nada de ellas. Ni tampoco Daniel. De manera que, cuando por fin abrió la boca, la voz le falló.

Daniel le puso un dedo en los labios.

—Aguarda. No pongas reparos todavía. Deja que te lo pida como es debido. Dentro de un momento, amor mío.

Se asomó a la agrietada puerta del armario y miró el telón. Se oyó una ovación en el escenario. El público se rió a carcajadas y aplaudió. Luce no se había siquiera percatado de que la obra ya había empezado.

—Me toca. Hasta luego. —Daniel la besó en la frente y salió como una bala.

Luce quiso correr tras él, pero aparecieron dos figuras que se quedaron a poca distancia del armario.

La puerta chirrió al abrirse y Bill entró.

—Vas mejorando —dijo mientras se dejaba caer en un saco de viejas pelucas.

—¿Dónde estabas escondido?

—¿Quién?, ¿yo? En ningún sitio. ¿De qué tendría que esconderme? —preguntó la gárgola—. Esa excusa del disfraz ha sido una genialidad —dijo mientras levantaba su manita para chocarle esos cinco.

Recordar que Bill estaba presente durante todas sus interacciones con Daniel siempre aguaba un poco la fiesta a Luce.

—¿Vas a dejarme así? —Bill retiró la mano despacio.

Luce lo ignoró. Notaba un doloroso peso en el pecho. No podía olvidar la desesperación de la voz de Daniel cuando le había pedido que escapara con él. ¿Qué había querido decir?

—Muero esta noche, ¿verdad, Bill?

—Pues... —La gárgola bajó la mirada— sí.

Luce tragó saliva.

—¿Dónde está Lucinda? Tengo que meterme otra vez dentro de ella para entender esta vida. —Empujó la puerta del armario, pero Bill la retuvo agarrándola por el fajín del vestido.

—Oye, chiquilla, pasar a tres-D no puede ser tu primer recurso. Considéralo una habilidad para ocasiones especiales. —Frunció los labios—. ¿Qué es lo que crees que vas a averiguar?

—De qué necesita escapar Lucinda, por supuesto —respondió Luce—. ¿De qué quiere librarla Daniel? ¿Está prometida con otra persona? ¿Vive con un tío cruel? ¿Ha caído en desgracia con el rey?

—Caray. —Bill se rascó la coronilla. El sonido fue parecido al de un clavo arañando una pizarra—. Debo de haberla pifiado en alguna de mis enseñanzas. ¿Crees que siempre hay una razón para que mueras?

—¿No la hay? —Luce puso cara larga.

—O sea, tus muertes no son al azar, exactamente...

—Pero cuando morí dentro de Lys, lo sentí todo: ella pensaba que quemarse la liberaba. Estaba feliz porque casarse con el rey habría significado que su vida era una mentira. Y Daniel podía salvarla matándola.

—Oh, cariño, ¿eso es lo que piensas? ¿Que tus muertes son una forma de escapar de un matrimonio infeliz o algo por el estilo?

Luce cerró los ojos con fuerza para contener las lágrimas.

—Tiene que ser algo así. Tiene que serlo. De lo contrario, no tiene sentido.

—Sí lo tiene —dijo Bill—. Sí mueres por una razón. Solo que no es una razón tan simple. No puedes pretender entenderla de golpe.

Luce refunfuñó frustrada y dio un puñetazo al lado del armario.

—Comprendo por qué estás tan embalada —dijo por fin Bill—. Has pasado a tres-D y crees que has desvelado el secreto de tu universo. Pero no siempre es tan sencillo. Espera el caos. ¡Abraza el caos! Deberías seguir intentando aprender lo máximo posible de todas las vidas que visitas. Quizá, al final, todo dé fruto. Quizá termines con Daniel… o quizá decidas que la vida es más que…

Un murmullo los sobresaltó. Luce sacó la cabeza del armario.

Vio a un hombre de unos cincuenta años con una perilla blanquinegra y algo de barriga, de pie detrás de una actriz disfrazada. Susurraban. Cuando la muchacha volvió ligeramente la cabeza, las luces del escenario le iluminaron el perfil. Luce se quedó petrificada al verla: una nariz delicada y unos labios pequeños empolvados de rosa. Una peluca castaña con varios mechones de cabello negro asomando por debajo. Un magnífico vestido dorado.

Era Lucinda, disfrazada de Ana Bolena y a punto de actuar.

Luce comenzó a salir del armario, despacio. No sabía qué decir y se sentía nerviosa, pero también provista de un extraño poder. Si lo que Bill le había dicho era cierto, no quedaba mucho tiempo.

—¿Bill? —susurró—. Necesito que vuelvas a pararlo todo para poder…

—¡Chist! —Por la contundencia del bufido de Bill, Luce supo que no iba ayudarla. Iba a tener que esperar a que el hombre se marchara para estar a solas con Lucinda.

De forma inesperada, la muchacha se dirigió al armario donde Luce se escondía. Metió la mano para coger la capa dorada colgada justo a su lado. Luce contuvo la respiración, alzó la mano y entrelazó sus dedos con los de ella.

Lucinda sofocó un grito, terminó de abrir la puerta y la miró a los ojos, vacilando al borde de un entendimiento inexplicable. Por debajo de ellas, el suelo pareció inclinarse. Luce sintió vértigo. Cerró los ojos y tuvo la impresión de que su alma abandonaba su cuerpo. Se vio desde fuera: el extraño vestido que Bill había modificado a toda prisa, el miedo cerval de sus ojos. La mano que cogía era suave, tan suave que apenas la notaba.

Parpadeó, Lucinda parpadeó y, después, Luce ya no sintió ninguna mano. Cuando se miró la suya, la tenía vacía. Se había convertido en la muchacha a la que estaba asida. Cogió rápidamente la capa y se la puso sobre los hombros.

La única otra persona del vestidor era el hombre que había estado hablando con Lucinda en voz baja. Luce supo entonces que se trataba de William Shakespeare. ¡William Shakespeare! Ella lo conocía. Los tres, Lucinda, Daniel y Shakespeare, ¡eran amigos! Una tarde de verano, Daniel llevó a Lucinda a visitar a Shakespeare a su casa de Stratford. Al atardecer, fueron a la biblioteca y, mientras Daniel ensayaba junto a la ventana, Will, sin dejarse nada por anotar, la bombardeó a preguntas sobre cuándo conoció a Daniel, sobre qué sentía por él, sobre si pensó que un día se enamoraría de él.

Aparte de Daniel, Shakespeare era el único que conocía el secreto de la identidad de Lucinda, su sexo, y el amor que los dos actores se profesaban fuera del escenario. A cambio de su discreción, Lucinda no había dicho a nadie que Shakespeare estaba en el Globe esa noche. El resto de la compañía suponía que seguía en Stratford, que había cedido las riendas del teatro al maestro Fletcher. Pero Will se había presentado de incógnito para ver el estreno de la obra esa noche.

Cuando Luce regresó a su lado, Shakespeare la miró intensamente a los ojos.

—Estás cambiada.

—Yo… no. Aún soy… —Luce tocó el suave brocado que le cubría los hombros—. Sí, he encontrado la capa.

—Sí, la capa. —Will le sonrió y le guiñó un ojo—. Te favorece.

Le puso la mano en el hombro, como siempre hacía cuando daba instrucciones a sus actores.

—Presta atención: aquí, todos conocen tu historia. Te verán en esta escena y tú no dirás ni harás mucho. Pero Ana Bolena es una figura emergente en la corte. A todos ellos les incumbe tu destino. —Tragó saliva—. Además: no te olvides de haber llegado a tu sitio cuando termines de hablar. Tienes que estar delante a la izquierda para el comienzo del baile.

Luce sentía que tenía todas las frases de su papel en la cabeza. Las palabras estarían ahí cuando las necesitara, cuando saliera a escena delante de todas aquellas personas. Estaba lista.

El público volvió a aclamar y aplaudir. Los actores abandonaron rápidamente el escenario y la rodearon. Shakespeare ya se había esfumado. Buscó a Daniel con la mirada y lo vio en el otro extremo del escenario. Descollaba entre los demás actores, regio e increíblemente guapo.

Su turno. Entraba al comienzo de la escena de la fiesta en la mansión de lord Wolsey, a la que el rey, Daniel, acudiría disfrazado antes de coger la mano de Ana Bolena por primera vez. Tenían que bailar y enamorarse perdidamente el uno del otro. Aquel debía ser el principio de un idilio que lo cambiaba todo.

El principio.

Pero para Daniel no era en absoluto el principio.

Sin embargo, para Lucinda, y para el personaje que interpretaba, había sido amor a primera vista. Ver a Daniel le había parecido la primera cosa auténtica que le sucedía en la vida, como le había ocurrido a Luce en Espada & Cruz. De pronto, todo su mundo había adquirido un sentido del que antes carecía.

Luce no podía dar crédito a la cantidad de personas que se apiñaban en el Globe. Estaban casi encima de los actores, tan cerca del escenario que al menos veinte tenían los codos apoyados en él. Las olía. Las oía respirar.

Pero, de algún modo, se sentía calmada, incluso electrizada, como si, en lugar de estar asustada por toda aquella atención, Lucinda renaciera.

Era la escena de una fiesta. Luce estaba rodeada de las damas de compañía de Ana Bolena; casi se rió de lo cómicas que parecían sus «damas» a su lado. Las nueces de aquellos adolescentes eran obvias bajo la fuerte luz de los faroles que iluminaban el escenario. El sudor formaba círculos en las axilas de sus vestidos con relleno. En el otro extremo del escenario, Daniel, con evidente cara de enamorado, y su séquito la miraban sin disimulo. Luce interpretó su papel sin esfuerzo, lanzando a Daniel las miradas admirativas justas para avivar tanto su interés como el del público. Incluso improvisó un movimiento (retirarse el pelo de su cuello largo y pálido) que fue premonitorio de lo que todos sabían que le aguardaba a la verdadera Ana Bolena.

Dos actores se acercaron y flanquearon a Luce. Eran los nobles de la obra, lord Sands y lord Wolsey.

—«Las nobles damas no están alegres. Caballeros, ¿de quién es la culpa?» —bramó la voz de lord Wosley. Era el anfitrión de la fiesta, y el villano, y el actor que lo interpretaba tenía una presencia escénica increíble.

Se volvió para mirar a Luce, que se quedó petrificada.

El actor que interpretaba a lord Wolsey era Cam.

Luce no podía gritar, maldecir ni escapar. En aquel momento, era una actriz profesional, de modo que conservó la calma y miró al compañero de lord Wolsey, lord Sands, que declamó su frase con una carcajada.

—«Milord, el vino rojo debe encender primero sus mejillas» —dijo.

Cuando le tocó hablar a ella, empezó a temblar y miró a Daniel de soslayo. Sus ojos violeta pusieron fin a su malestar. Él creía en ella.

—«Sois un bromista encantador, lord Sands» —se oyó decir en voz alta, con un tono socarrón perfecto.

Daniel avanzó un paso, y en ese instante sonó una trompeta, seguida de un tambor. El baile había comenzado. La cogió de la mano. Cuando habló, se dirigió a ella, no al público, como hacían los otros actores.

—«¡La más bella mano que he tocado en mi vida!» —dijo—. «¡Oh, hermosura, no te he conocido hasta ahora!» —Como si el texto se hubiera escrito para ellos dos.

Comenzaron a bailar, y Daniel no dejó de mirarla ni un solo instante. Sus ojos eran cristalinos y violeta, y su modo de no separarse nunca de los suyos le robó el corazón. Sabía que él siempre la había amado, pero, hasta ese momento, mientras bailaba con él en el escenario delante de todas aquellas personas, nunca había pensado realmente en lo que eso significaba.

Significaba que, cuando ella lo veía por primera vez en cada vida, Daniel ya estaba enamorado de ella. Todas las veces. Y desde siempre. Y, todas las veces, ella tenía que enamorarse de él desde el principio. Él no podía obligarla a amarlo. Tenía que reconquistarla cada vez.

El amor de Daniel por ella era un río largo e ininterrumpido. Era la forma más pura de amor que existía, más pura incluso que el amor con el que ella le correspondía. El amor de Daniel fluía sin pausa, sin fin. Mientras que el suyo se borraba con cada muerte, el amor de Daniel crecía con el tiempo, a lo largo de toda la eternidad. ¿Cuán poderoso debía de ser ya? ¿Cientos de vidas de amor apiladas unas sobre otras? Casi era demasiado inmenso para que Luce lo abarcara.

Daniel la amaba con esa intensidad, pero, en cada vida, una vez tras otra, tenía que esperar a que también ella lo hiciera.

Habían estado bailando con el resto de la compañía, entrando y saliendo cuando la música se interrumpía, regresando al escenario para decirse más galanterías, para bailar piezas más largas con pasos más complicados, hasta que toda la compañía estuvo danzando.

Al final de la escena, aunque no estaba en el guión, aunque tenía a Cam allí mismo, observándola, Luce no soltó la mano a Daniel y lo arrastró hasta la hilera de naranjos en maceta. Él la miró como si estuviera loca e intentó conducirla al lugar correcto del escenario.

—¿Qué haces? —murmuró.

Daniel había dudado de ella antes, en el vestuario, cuando había tratado de expresarle lo que sentía. Tenía que lograr que la creyera. Sobre todo si Lucinda moría aquella noche, saber cuánto lo amaba lo significaría todo para él. Lo ayudaría a continuar, a seguir amándola durante cientos de años, a soportar todo el dolor y sufrimiento que ella había presenciado, hasta el presente.

Sabía que no estaba en el guión, pero no pudo contenerse: lo atrajo hacia sí y lo besó.

Creía que él la detendría, pero, en cambio, la estrechó entre sus brazos y también la besó. Con ardor y pasión, reaccionando con tal intensidad que Luce se sintió igual que cuando volaban, pese a saber que tenía los pies en el suelo.

Por un momento, el público guardó silencio. Luego, comenzó a abuchearlos. Alguien arrojó un zapato a Daniel, pero él pasó por alto el agravio. Sus besos transmitían a Luce que la creía, que comprendía cuán hondo era su amor, pero ella quería estar completamente segura.

—Siempre te amaré, Daniel. —Solo que aquello no le pareció del todo correcto, o no lo bastante. Tenía que conseguir que la entendiera y no le importaban las consecuencias: si cambiaba la historia, que así fuera—. Siempre te elegiré a ti. —Sí, aquella era la palabra—. En todas y cada una de mis vidas, te elegiré a ti. Igual que tú me has elegido siempre.

Daniel separó los labios. ¿La creía? ¿Lo sabía ya? Sí, era una elección, una elección consolidada en el tiempo y que sin duda estaba por encima de todo lo demás. Se sustentaba en algo poderoso. Algo hermoso y…

Sobre ellos, las sombras comenzaron a arremolinarse en la tramoya. Luce sintió calor en todo el cuerpo y se convulsionó, anhelando la liberación que sabía próxima.

El dolor encendió los ojos de Daniel.

—No —susurró—. No te vayas todavía.

Por algún motivo, siempre los cogía desprevenidos a los dos.

Mientras el cuerpo de su antiguo yo ardía en llamas, Luce creyó oír un disparo de cañón, pero no pudo estar segura. Un brillo la cegó y sintió cómo la arrancaban del cuerpo de Lucinda y la propulsaban hacia arriba, hacia la oscuridad.

—¡No! —gritó mientras las paredes de la Anunciadora la envolvían. Demasiado tarde.

—¿Cuál es el problema esta vez? —preguntó Bill.

—No estaba lista. Sé que Lucinda tenía que morir, pero casi… casi… —Había estado a punto de comprender algo sobre su elección de amar a Daniel. Y ahora todo lo sucedido en aquellos últimos momentos con él había sido pasto de las llamas junto con su antiguo yo.

—Pues no queda mucho que ver —dijo Bill—. Solo lo que suele ocurrir cuando un edificio se incendia: humo, cortinas de fuego, gente que grita y corre despavorida hacia las salidas, pisando a los menos afortunados… ya te haces una idea. El Globe ardió hasta los cimientos.

—¿Qué? —dijo Luce—. ¿Yo empecé el incendio del Globe?

—Seguro que, a la larga, dejar el teatro más famoso de la historia inglesa reducido a cenizas tendría consecuencias.

—Oh, no te des tanta importancia. Iba a pasar de todas formas. Si tú no hubieras ardido, el cañón del escenario habría errado el tiro y habría borrado el teatro del mapa.

—Esto es mucho más grande que Daniel y yo. Esas personas…

—Escucha, madre Teresa, esa noche no murió nadie… aparte de ti. Ni siquiera hubo heridos. ¿Te acuerdas del borracho de la tercera fila que se te comía con los ojos? Se le quemaron los pantalones. Eso fue lo peor que pasó. ¿Te sientes mejor?

—No, la verdad. En absoluto.

—A ver qué te parece esto: tú no estás aquí para sentirte más culpable. Ni para cambiar el pasado. Hay un guión, que te marca cuándo entras y sales.

—No estaba lista para salir.

—¿Por qué no? Además, *Enrique VIII* es un rollo.

—Quería dar esperanza a Daniel. Quería que supiera que yo siempre lo elegiré, que siempre lo amaré. Pero Lucinda ha muerto antes de que haya podido asegurarme de que lo comprende. —Cerró los ojos—. Él se lleva la peor parte en nuestra maldición.

—¡Eso es bueno, Luce!

—¿A qué te refieres? ¡Eso es horrible!

—Me refiero a esa joya de sabiduría, a «Caray, el sufrimiento de Daniel es infinitamente peor que el mío»: eso es lo que has aprendido aquí. Cuantas más cosas sepas, más cerca estarás de conocer el origen de la maldición y más probabilidades tendrás de encontrar la forma de librarte de ella. ¿Correcto?

—No… no sé.

—Pues yo sí. Anda, vamos. Tienes papeles más importantes que interpretar.

La parte de la maldición que atañía a Daniel era la peor. Ahora Luce lo veía con suma claridad. Pero ¿qué significaba? No se sentía ni un ápice más cerca de poder romperla. No lograba dar con la respuesta. Pero sabía que Bill tenía razón en una cosa: ella no podía hacer nada más en esa vida. Solamente podía seguir retrocediendo en el tiempo.

14
Cuesta arriba

Groenlandia central
Invierno de 1100

El cielo estaba negro cuando Daniel salió de la Anunciadora. Detrás de él, la puerta ondeó al viento como una cortina rasgada y se hizo jirones antes de caer a la nieve de color azul oscuro.

Tuvo un escalofrío. A primera vista, allí no había nada. Nada salvo noches árticas que parecían interminables y solo permitían vislumbrar brevísimamente el día cuando terminaban.

Entonces se acordó: aquellos fiordos eran el lugar donde él y los demás ángeles caídos celebraban sus reuniones; un paraje inhóspito y glacial que se hallaba a dos días de camino del asentamiento mortal de Brattahlio. Pero no iba a encontrarla allí. Aquella tierra nunca había formado parte del pasado de Lucinda, de modo que no habría nada en sus Anunciadoras para conducirla hasta allí en ese momento.

Solo estaría Daniel. Y los demás.

Tiritó y caminó por el fiordo nevado hacia un cálido resplandor que brillaba en el horizonte. Siete de ellos estaban reunidos alrededor de una hoguera anaranjada. De lejos, el círculo de sus alas parecía una aureola gigantesca en la nieve. Daniel no tuvo que contar sus brillantes perfiles para saber que estaban todos.

Ninguno reparó en él mientras cruzaba la superficie nevada en dirección a la asamblea. Siempre tenían una única flecha estelar a mano por si acaso, pero la posibilidad de que un visitante no invitado se tropezara con su reunión era tan remota que ni siquiera suponía una amenaza real. Además, estaban demasiado ocupados discutiendo entre ellos para detectar al anacronismo que los escuchaba agazapado detrás de una roca helada.

—Esto ha sido una pérdida de tiempo. —La voz de Gabbe fue la primera que Daniel distinguió—. No vamos a conseguir nada.

Gabbe podía tener muy poca paciencia. Al principio de la guerra, su rebelión había durado una milésima de segundo comparada con la de Daniel. Desde entonces, su compromiso con su bando era profundo. Volvía a gozar de la bendición del Cielo, y la vacilación de Daniel contradecía todo en lo que ella creía. Mientras caminaba alrededor de la hoguera, sus inmensas alas blancas se arrastraron por la nieve tras ella.

—Eres tú la que ha convocado esta reunión —le recordó una voz queda—. ¿Ahora quieres disolverla? —Roland estaba sentado en un corto tronco negro a unos metros del lugar donde Daniel seguía agazapado detrás de la roca. Llevaba el pelo largo y descuidado. Su perfil oscuro y sus alas áureas brillaban como ascuas al resplandor del fuego.

Todo era justo como Daniel lo recordaba.

—La reunión que he convocado era para ellas. —Gabbe se detuvo y adelantó un ala para señalar a los dos ángeles sentados enfrente de Roland.

Las esbeltas alas iridiscentes de Arriane se elevaban muy por encima de sus omóplatos y, por una vez, estaban quietas. Su brillo casi era fosforescente en aquella noche incolora, pero todo lo demás en ella, desde su media melena negra hasta sus pálidos labios, tenía un aire desgarradoramente sombrío y serio.

El ángel sentado junto a ella también estaba más quieto que de costumbre. Annabelle tenía la mirada perdida en la infinitud de la noche. Sus alas eran del color de la plata vieja, casi del peltre. Eran anchas y musculosas, y trazaban un arco protector alrededor de ella y Arriane. Hacía mucho que Daniel no la veía.

Gabbe se detuvo detrás de Arriane y Annabelle y miró a los demonios sentados enfrente, Roland, Molly y Cam, que compartían una áspera manta de pieles. La tenían echada sobre las alas. A diferencia de los ángeles del otro lado de la hoguera, tiritaban ostentosamente.

—Esta noche no esperábamos a los de vuestro bando —les dijo Gabbe— ni nos alegramos de veros.

—Esto también nos incumbe —espetó Molly.

—No del mismo modo que a nosotros —dijo Arriane—. Daniel no se unirá a vosotros jamás.

Si Daniel no hubiera recordado dónde se había sentado en aquella reunión hacía más de mil años, podría no haber visto a su antiguo yo. El Daniel de aquella época estaba sentado solo, en el centro del grupo, justo al otro lado de la roca. Detrás de ella, Daniel cambió de postura para verlo mejor.

Su antiguo yo tenía las alas desplegadas, dos grandes velas blancas tan quietas como la noche. Mientras los otros hablaban de él como si no estuviera, Daniel actuaba como si fuera el único ser de la tierra. Lanzaba puñados de nieve a la hoguera y los veía deshelarse y transformarse en vapor.

—Oh, ¿en serio? —preguntó Molly—. ¿Te importaría explicar por qué va acercándose a nuestro bando en cada vida? ¿Esa parte en la que maldice a Dios cuando Luce explota? Dudo que arriba siente muy bien.

—¡Sufre muchísimo! —gritó Annabelle a Molly—. Tú no lo entenderías porque no sabes amar. —Se acercó más a Daniel, y las puntas de sus alas se arrastraron por la nieve. Se dirigió directamente a él—. Eso solo son problemas pasajeros. Todos sabemos que tu alma es pura. Si al final quisieras elegir un bando, elegirnos a nosotros, Daniel, si en algún momento…

—¡No!

La contundencia de la palabra apartó a Annabelle con la misma rapidez que si Daniel hubiera desenfundado un arma. Su antiguo yo se negó a mirar a ninguno de ellos. Detrás de la roca, mientras los observaba, Daniel se acordó de lo que había ocurrido durante aquella asamblea y el horror de aquel recuerdo lo estremeció.

—Si no quieres unirte a ellos —le dijo Roland—, ¿por qué no te unes a nosotros? Que yo sepa, no hay peor Infierno que el que tú vives cada vez que la pierdes.

—¡Oh, eso es un golpe bajo, Roland! —exclamó Arriane—. Ni siquiera lo piensas. No puedes creer… —Se retorció las manos—. Solo lo dices para provocarme.

Detrás de Arriane, Gabbe le puso una mano en el hombro. Las puntas de sus alas se rozaron, y un destello plateado estalló entre ellas.

—Lo que Arriane quiere decir es que el Infierno nunca es la mejor alternativa. Por muy terrible que sea el dolor de Daniel. Solo hay un lugar para él. Solo hay un lugar para todos nosotros. Ya veis lo arrepentidos que están los Proscritos.

—Ahórranos el sermón, ¿quieres? —dijo Molly—. Hay un coro de ángeles ahí arriba que posiblemente está interesado en tu lavado de cerebro, pero yo no lo estoy, y creo que Daniel tampoco.

Los ángeles y los demonios lo miraron de hito en hito, como si todos pertenecieran al mismo bando. Siete pares de alas proyectaron un halo de luz dorada y plateada. Siete almas que Daniel conocía tan bien como la suya.

Incluso detrás de la roca, le faltó el aire. Recordaba aquel momento. Le pedían demasiado. Cuando estaba tan debilitado por su dolor. Volvió a sentirse abrumado por la súplica de Gabbe de que se uniera al Cielo. Y por la de Roland de que se uniera al Infierno. Volvió a sentir la forma de la única palabra que había dicho en la reunión, como un extraño fantasma en la boca: «No».

Despacio, con una sensación de mareo cada vez mayor, recordó una cosa más. ¿Aquel «no»? No lo había dicho convencido. En ese momento, había estado a punto de decir que sí.

Esa era la noche en la que casi se había dado por vencido.

Habían comenzado a arderle las alas. El súbito deseo de querer desplegarlas casi lo instó a ponerse de rodillas. Un horror cargado de vergüenza le revolvió las entrañas. Se estaba apoderando de él la tentación a la que llevaba tanto tiempo resistiéndose.

En el círculo formado alrededor de la hoguera, su antiguo yo miró a Cam.

—Esta noche estás más callado que de costumbre.

Cam no respondió de inmediato.

—¿Qué quieres que diga?

—Una vez te enfrentaste a este problema. Tú sabes…

—¿Y qué quieres que diga?

Daniel contuvo el aliento.

—Algo agradable y convincente —resopló Annabelle—. O algo engañoso y absolutamente malvado.

Todos esperaron. Daniel quería salir de su escondrijo, llevarse a su antiguo yo de allí. Pero no podía. Su Anunciadora lo había llevado allí por una razón. Tenía que pasar otra vez por lo mismo.

—Estás atrapado —dijo por fin Cam—. Crees que, porque hubo un principio y ahora estás en algún punto intermedio, va a haber un final. Pero nuestro mundo no se basa en la teleología. Es un caos.

—Nuestro mundo no es el mismo que el vuestro… —comenzó a decir Gabbe.

—Es imposible salir de este círculo, Daniel —continuó Cam—. Ella no puede romperlo, ni tú tampoco. Tanto si eliges el Cielo como si eliges el Infierno, a mí me da igual, y también a ti. No cambiará nada…

—Basta. —A Gabbe le falló la voz—. Sí lo cambiará. Si Daniel vuelve al lugar que le corresponde, Lucinda… Lucinda…

Pero no pudo continuar. Era una blasfemia pronunciar las palabras, y Gabbe no lo haría. Se arrodilló en la nieve.

Detrás de la roca, Daniel observó mientras su antiguo yo tendía la mano a Gabbe y la levantaba del suelo. Observó mientras la escena se desarrollaba justo como él recordaba.

Miró en el alma de Gabbe y vio con cuánta intensidad ardía. Se volvió y vio a los demás, Cam, Roland, Arriane, Annabelle, incluso Molly, y pensó en cuánto tiempo llevaba arrastrándolos con él en su épica tragedia.

¿Y por qué?

Lucinda. Y la elección que ambos habían hecho mucho tiempo atrás, y siempre volvían a hacer: anteponer su amor a todo lo demás.

Esa noche en los fiordos, el alma de Lucinda se hallaba entre dos encarnaciones, recién liberada de su último cuerpo. ¿Y si dejaba de buscarla? Estaba extenuado. No sabía si le quedaban fuerzas.

Mientras presenciaba la lucha de su antiguo yo, Daniel presintió su inminente desmoronamiento y recordó lo que tenía que hacer. Era peligroso. Estaba prohibido. Pero era absolutamente necesario. Ahora entendía por qué su yo futuro lo había poseído esa noche tan lejana: para darle fuerzas, para mantenerlo puro. Había desfallecido en aquel momento clave de su pasado. Y el Daniel futuro no podía permitir que aquella debilidad se magnificara con el paso de la historia, no podía permitir que arruinara sus posibilidades y las de Lucinda.

Así pues, repitió lo que le había sucedido hacía novecientos años. Remediaría la situación esa noche confluyendo con su pasado o, mejor dicho, neutralizándolo.

Fusionándose.

Era el único modo.

Echó los hombros hacia atrás, desplegó sus alas temblorosas en la oscuridad. Notó cómo se ahuecaban en su espalda. Una aurora de luz pintó el cielo a treinta metros por encima de él. Era lo bastante brillante para cegar a un mortal, y para captar la atención de siete ángeles enfrentados.

Un tumulto al otro lado de la roca. Gritos, exclamaciones y aleteos aproximándose.

Daniel remontó el vuelo. Batió las alas con tanta rapidez y vigor que ya estaba suspendido sobre la roca cuando Cam la rodeó. No se cruzaron por la envergadura de un ala, pero Daniel siguió volando y se abatió sobre su antiguo yo tan deprisa como su amor por Luce se lo permitía.

Su antiguo yo se apartó y alzó las manos para protegerse de él.

Todos los ángeles conocían los riesgos de fusionarse. Tras la unión, era casi imposible despojarse de un antiguo yo, separar dos vidas que se habían fusionado. Pero Daniel sabía que ya había sobrevivido a aquello. De modo que tenía que hacerlo.

Lo hacía para ayudar a Luce.

Pegó las alas al cuerpo y embistió a su antiguo yo con tanta fuerza que lo habría destrozado si él no lo hubiera absorbido. Daniel se estremeció, y su antiguo yo se estremeció. Daniel cerró los ojos con fuerza y apretó los dientes para resistir el fuerte y extraño mareo que lo invadió. Se sentía como si rodara montaña abajo: audaz e imparable. No tenía forma de regresar a la cima hasta que llegara abajo.

Entonces, de golpe, todo se detuvo.

Daniel abrió los ojos y solo oyó su respiración. Se sentía cansado pero despierto. Los otros lo miraban de hito en hito. No podía estar seguro de si sabían lo que acababa de suceder. Todos parecían temerosos de acercarse a él, incluso de hablarle.

Desplegó las alas y giró sobre sí mismo, con la cabeza vuelta hacia el cielo.

—¡Elijo mi amor por Lucinda! —gritó al Cielo y a la Tierra, a los ángeles que le rodeaban y a los que no estaban allí. Al alma de la persona a la que más quería, dondequiera que estuviera—. Ahora reafirmo mi elección: elijo a Lucinda por encima de todo lo demás. Y lo haré hasta el final.

15

El sacrificio

Chichén Itzá, Mesoamérica
Día 5 de wayeb' *(aproximadamente, 20 de diciembre de 555 d. C.)*

La Anunciadora expulsó a Luce a un sofocante día de verano. Bajo sus pies, la tierra estaba reseca, surcada de grietas entre la hierba agostada. El cielo tenía un inhóspito color azul y no había una sola nube que anunciara lluvia. Hasta el viento parecía sediento.

Luce se hallaba en el centro de un campo llano bordeado por tres lados de un extraño muro alto. De lejos, parecía una especie de mosaico hecho de gigantescos abalorios. Estos tenían una forma irregular, no eran del todo esféricos y variaban en color del marfil al marrón claro. Entre ellos, había algunas aberturas diminutas por las que se colaba el sol.

Aparte de media docena de buitres que graznaban mientras volaban lánguidamente en círculos, no había nadie más. El viento caliente que la despeinó olía a… no identificó el olor, pero sabía a metal, casi a óxido.

El recio vestido que llevaba desde el baile de Versalles estaba empapado de sudor. Cada vez que inspiraba, percibía su peste a humo, ceniza y sudor. Tenía que quitárselo. Intentó alcanzar las lazadas y botones. Una mano le vendría bien, aunque fuera de piedra.

¿Dónde estaba Bill, por cierto? Siempre desaparecía. A veces, le daba la impresión de que la gárgola tenía sus propias prioridades y siempre la llevaba donde más le convenía a ella.

Forcejeó con el vestido, se arrancó la gorguera verde y fue haciendo saltar corchetes mientras caminaba. Por suerte, no había nadie que pudiera verla. Por fin, se puso de rodillas y consiguió quitarse la falda por la cabeza.

Al apoyarse en los talones, vestida con su fina combinación de algodón, reparó en lo agotada que estaba. ¿Cuánto hacía que no dormía? Se dirigió a la sombra del muro tambaleándose. La frágil hierba crujió bajo sus pies. A lo mejor podía echarse un rato a dormir.

Los ojos se le cerraban de sueño.

Pero se le abrieron de golpe. Y la piel se le erizó.

¡Cabezas!

Por fin sabía de qué estaba hecho el muro. Las empalizadas de color hueso, con un aspecto relativamente inocente desde lejos, eran hileras de cabezas humanas ensartadas.

Contuvo un grito. De pronto, identificó el olor que transportaba el viento: era el hedor a podredumbre y sangre derramada, a carne putrefacta.

En la base de las empalizadas había calaveras blanqueadas por el sol y limadas por el viento. En la parte de arriba, las calaveras parecían más recientes. Es decir, aún eran claramente cabezas de personas con espesas cabelleras negras y la piel casi intacta. No obstante, las calaveras de la parte central se hallaban en un punto intermedio entre mortal y monstruo: debajo de la piel cuarteada a medio desprender, solo había sangre marrón sobre hueso. La tensa expresión de las caras reflejaba terror o quizá cólera.

Luce se apartó tambaleándose y deseó, en vano, respirar un aire que no oliera a podrido.

—No es tan asqueroso como parece.

Luce giró sobre sus talones, aterrorizada. Pero solo era Bill.

—¿Dónde estabas? ¿Dónde estamos?

—De hecho, es un gran honor que te ensarten así —dijo la gárgola mientras se acercaba resueltamente a la penúltima hilera. Miró una cabeza a los ojos—. Todos estos corderitos inocentes van directos al Cielo. Justo lo que desean los fieles.

—¿Por qué me has dejado aquí con estos…?

—Vamos. No van a morderte. —Bill la miró de soslayo—. ¿Qué has hecho con tu ropa?

Luce se encogió de hombros.

—Hace calor.

Bill suspiró con el hastío de un siervo abnegado.

—Anda, pregúntame dónde he estado. Y, esta vez, trata de hacerlo sin juzgarme.

A Luce se le crispó la boca. Había algo raro en las esporádicas desapariciones de Bill. Pero allí estaba, con las garritas a la espalda y una sonrisa inocente. Luce suspiró.

—¿Dónde has estado?

—¡De compras! —Bill desplegó las alas con regocijo. Llevaba una falda cruzada marrón claro colgada de la punta de un ala y una túnica corta del mismo color colgada de la otra—. ¡Y la guinda del pastel! —exclamó mientras le enseñaba el voluminoso collar blanco que escondía en la espalda. Hueso.

Luce cogió la túnica y la falda, pero rechazó el collar. Ya había visto suficientes huesos.

—No, gracias.

—¿Quieres integrarte? Entonces, tienes que vestirte como ellos.

Luce se tragó su repugnancia y se puso el collar. Los trozos de hueso pulido estaban enhebrados en alguna clase de fibra. El collar era largo y pesado y, tenía que reconocerlo, bastante bonito.

—Y creo que esto —Bill le dio una diadema metálica pintada— va en el pelo.

—¿De dónde lo has sacado? —preguntó Luce.

—Es tuyo. O sea, no es de Lucinda Price, pero sí es tuyo en un sentido cósmico más amplio. Pertenece al tú que forma parte de esta vida: Ix Cuat.

—¿«Ix» qué?

—Ix Cuat. Tu nombre en esta vida significa «Pequeña Serpiente». —Bill vio cómo le cambiaba la cara—. Era un apelativo cariñoso en la cultura maya. Más o menos.

—¿Igual que también es un honor que ensarten tu cabeza en una estaca?

Bill puso sus pétreos ojos en blanco.

—Deja de ser tan etnocéntrica. Significa pensar que tu cultura es superior a las demás.

—Sé qué significa —dijo Luce mientras se colocaba la diadema en el sucio pelo—. Pero no me siento superior. Simplemente, no me parece tan genial terminar con mi cabeza en una de esas hileras.

Se oyó un débil zumbido, como redobles distantes.

—¡Ese es justo el tipo de cosa que diría Ix Cuat! ¡Siempre fuiste un poco corta!

—¿Qué quieres decir?

—¿Sabes?, tú, Ix Cuat, naciste durante el *wayeb'*, los cinco días sueltos al final del año maya en los que todo el mundo se vuelve supersticioso porque no encajan en el calendario. Es parecido a los días de los años bisiestos. Nacer durante el *wayeb'* no es lo que se dice una suerte. Así que nadie se sorprendió cuando te convertiste en una solterona.

—¿«Solterona»? —preguntó Luce—. Creía que nunca pasaba de los diecisiete... más o menos.

—Aquí en Chichén Itzá, a los diecisiete ya eres un vejestorio —dijo Bill mientras revoloteaba de una cabeza a otra con un zumbido de alas—. Pero es cierto, antes nunca pasabas de los diecisiete. Es un misterio que en la vida de Lucinda Price hayas conseguido vivir tanto.

—Daniel dijo que era porque no me habían bautizado. —Ahora, Luce estaba segura de que oía tambores, y de que se acercaban—. Pero ¿qué importancia puede tener eso? Es decir, seguro que Ix Ca... como se llame, estaba bautizada...

Bill agitó la mano con desdén.

—«Bautismo» solo es una palabra para una clase de sacramento o pacto en el que más o menos se adjudican tu alma. Casi todas las doctrinas tienen algo similar. El cristianismo, el judaísmo, el islam, incluso la religión maya que está a punto de desfilar por aquí —Bill volvió la cabeza hacia los redobles, que ya se oían tan cerca que Luce se preguntó si no deberían esconderse—, todos tienen sacramentos de algún tipo para expresar devoción a un dios.

—Entonces, en mi vida actual en Thunderbolt, ¿sigo viva porque mis padres no me han bautizado?

—No —respondió Bill—. En tu vida actual en Thunderbolt, pueden matarte porque tus padres no te han bautizado. Estás viva porque... bueno, de hecho, nadie sabe por qué.

Tenía que haber una razón. Quizá fuera la laguna de la que Daniel había hablado en el hospital de Milán. Pero, ni siquiera él parecía entender cómo podía ella viajar por las Anunciadoras. Con cada vida que visitaba, Luce se sentía más cerca de encajar las piezas de su pasado... pero aún le faltaba camino por recorrer.

—¿Dónde está el pueblo? —preguntó—. ¿Dónde está la gente? ¿Dónde está Daniel? —Los redobles eran tan fuertes que tuvo que alzar la voz.

—Oh —dijo Bill—. Están al otro lado del *tzompantlis*.

—¿El qué?

—Este muro de cabezas. Vamos, ¡tienes que ver esto!

Luce vio destellos de color danzando por detrás de los huecos dejados en las hileras de calaveras. Bill la condujo al borde del muro y le indicó que mirara.

Por detrás del muro desfilaba toda una civilización. Una larga hilera de personas bailaba y pisaba con fuerza en un ancho camino de tierra compactada que serpenteaba por el osario. Tenían el pelo sedoso y negro y la piel tan oscura como las castañas. Sus edades iban de los tres años a tantos que era imposible saberlo. Todas ellas eran exuberantes, hermosas y extrañas. Llevaban poca ropa: pieles de animales sin curtir que apenas les cubrían la carne y resaltaban sus tatuajes y sus caras pintadas. Los dibujos eran extraordinarios: representaciones detalladas y coloridas de pájaros con vivos plumajes, soles y motivos geométricos diseminados por sus espaldas, brazos y torsos.

A lo lejos, había construcciones: una ordenada cuadrícula de estructuras de piedra blanqueada y un grupo de casas más pequeñas con techos planos de paja. Más allá, había selva, pero las hojas de los árboles parecían marchitas y quebradizas.

La muchedumbre continuó desfilando, sin ver a Luce, absorta en el frenesí de su baile.

—¡Vamos! —dijo Bill, y la empujó para que se uniera al flujo de personas.

—¿Qué? —gritó ella—. ¿Meterme ahí? ¿Con ellos?

—¡Será divertido! —Bill soltó una carcajada y se adelantó—. Sabes bailar, ¿no?

Con cautela al principio, Luce y la pequeña gárgola se unieron al desfile cuando entró en lo que parecía un mercado, una franja de tierra larga y estrecha atestada de barriles y bandejas llenas de comestibles: aguacates negros con hoyuelos, mazorcas de maíz de un vivo color rojo, manojos de hierbas aromáticas y muchas otras cosas que Luce no reconoció. Miró a todas partes al pasar, para ver lo máximo posible, pero era imposible pararse. La marea humana la empujaba de forma inexorable.

Los mayas siguieron el camino cuando torció para descender hacia una ancha llanura. El fragor de sus danzas cesó, y se agruparon sin hacer ruido, murmurando entre ellos. Eran centenares. Ante la reiterada presión de las afiladas garras de Bill en sus hombros, Luce se arrodilló como todos los demás y también miró arriba.

Detrás del mercado, una construcción se alzaba por encima del resto: una pirámide escalonada de una piedra blanquísima. En los dos lados que Luce veía, empinadas escaleras conducían a la cúspide plana, donde había una estructura de una planta pintada de azul y rojo. Luce tuvo un escalofrío, parte reconocimiento, parte inexplicable temor.

Ya había visto aquella pirámide. En las fotografías de los libros de historia, el templo maya estaba en ruinas. Pero ahora distaba mucho de eso. Se aspecto era espléndido.

En la cúspide plana de la pirámide, había una fila de cuatro hombres que tocaban tambores hechos de madera y cuero tensado. Tenían las bronceadas caras pintadas con trazos rojos, amarillos y azules para que parecieran máscaras. Siguieron tocando al unísono, con redobles cada vez más rápidos, hasta que alguien salió de la estructura de una planta.

El hombre era más alto que los tamborileros; llevaba la cara pintada con laberínticos motivos turquesa y un imponente tocado de plumas rojas y blancas en la cabeza. En el cuello, las muñecas, los tobillos y los lóbulos de las orejas, lucía la misma clase de joyas hechas de hueso que Bill había dado a Luce. Sostenía algo: un palo largo decorado con plumas pintadas y brillantes fragmentos blancos. En uno de sus extremos, brillaba algo plateado.

Cuando se volvió hacia la multitud, se hizo el silencio casi como por arte de magia.

—¿Quién es ese hombre? —susurró Luce a Bill—. ¿Qué hace?

—Es el jefe de la tribu, Zotz. Está bastante demacrado, ¿verdad? Se pasa mal cuando tu pueblo no ve la lluvia desde hace trescientos sesenta y cuatro días. No es que ese calendario de piedra de ahí les sirva de mucho. —Señaló una losa gris en la que había centenares de líneas escritas con hollín.

¿Ni una sola gota de agua en prácticamente un año? Luce casi palpaba la sed que desprendía la multitud.

—Se están muriendo —afirmó.

—Esperan no hacerlo. Y ahí es donde entras tú —dijo Bill—. Tú y varios infelices más. Y Daniel. Tiene un papel secundario. Chaat tiene muchísima hambre a estas alturas, así que os toca arrimar el hombro a todos.

¿Chaat?

—El dios de la lluvia. Los mayas tienen la absurda creencia de que el alimento favorito de un dios iracundo es la sangre. ¿Ves adónde quiero llegar?

—Sacrificios humanos —dijo Luce despacio.

—Sí. Este es el principio de un largo día de ellos. Más calaveras que sumar a las empalizadas. Emocionante, ¿no?

—¿Dónde está Lucinda? ¿Es decir, Ix Cuat?

Bill señaló el templo.

—Está encerrada ahí arriba, junto con el resto de las ofrendas humanas, esperando a que termine el partido de pelota.

—¿El partido de pelota?

—Es lo que va a ver toda esta gente. ¿Sabes?, al jefe le gusta que se juegue un partido de pelota antes de un gran sacrificio. —Bill tosió y replegó las alas—. Es una especie de cruce entre el baloncesto y el fútbol, si cada equipo tuviera solo dos jugadores y el balón pesara una tonelada. Y si los que perdieran fueran decapitados para alimentar a Chaat con su sangre.

—¡Al campo! —rugió Zotz desde el último escalón del templo.

Pese a encontrarlas extrañamente guturales, Luce comprendió las palabras mayas sin ninguna dificultad. Se preguntó cómo debía de haberse sentido Ix Cuat al oírlas, estando encerrada en el templo detrás de Zotz.

La multitud prorrumpió en sonoras ovaciones. Los mayas se pusieron de pie y echaron a correr hacia lo que parecía un gran anfiteatro de piedra erigido al final de la llanura. Era de forma oblonga y poca altura: un campo de tierra marrón circundado de gradas de piedra.

—¡Ah, ahí está nuestro chico! —Bill señaló el principio de la muchedumbre, que ya estaba próxima al estadio.

Un muchacho delgado y musculoso corría más aprisa que el resto, de espaldas a Luce. Tenía el lustroso pelo castaño y los hombros muy bronceados, pintados con franjas rojas y negras entrecruzadas. Cuando volvió brevemente la cabeza hacia la izquierda, Luce le vio el perfil. No se parecía en nada al Daniel que ella había dejado en el patio de sus padres.

Y no obstante…

—¡Daniel! —gritó—. Está…

—¿Diferente y también exactamente igual? —preguntó Bill.

—Sí.

—Es su alma lo que reconoces. Sea cual sea vuestro aspecto externo, siempre conocéis el alma del otro.

Hasta entonces, Luce no había pensado en cuán extraordinario era que reconociera a Daniel en todas las vidas. Su alma hallaba la de él.

—Eso es… hermoso.

Bill se rascó una costra del brazo con una garra retorcida.

—Si tú lo dices…

—Has dicho que Daniel participaba en los sacrificios. Es uno de los jugadores, ¿verdad? —aventuró Luce, alargando el cuello cuando Daniel entró en el anfiteatro y se perdió de vista.

—Así es —dijo Bill—. Hay una ceremonia preciosa —enarcó una ceja de piedra— en la que los ganadores conducen a los elegidos a la otra vida.

—¿Los ganadores matan a los prisioneros? —preguntó Luce en voz baja.

Vieron cómo la muchedumbre empezaba a entrar en el anfiteatro. Dentro, se oyeron redobles de tambor. El partido estaba a punto de comenzar.

—«Matar» no. No son vulgares asesinos. «Sacrificar.» Primero, les cortan la cabeza. Las cabezas van ahí. —Bill se volvió para señalar la empalizada que tenían detrás—. Los cuerpos son arrojados a un cenote asqueroso, perdón, sagrado, que hay en la selva. —Sorbió por la nariz—. Yo no veo cómo va a traer eso lluvia, pero ¿quién soy yo para juzgar?

—¿Ganará Daniel o perderá? —preguntó Luce, sabiendo la respuesta incluso antes de que las palabras salieran de sus labios.

—Comprendo que la idea de que Daniel te decapite te parezca todo menos romántica —dijo Bill—, pero, en realidad, ¿qué diferencia hay entre que te mate con fuego o con una espada?

—Daniel no haría eso.

Bill se cernió delante de Luce.

—Ah, ¿no?

Oyeron un sonoro clamor dentro del anfiteatro. Luce sentía que debería correr al campo de juego, ir hasta Daniel y estrecharlo entre sus brazos; sentía que debería decirle lo que no había tenido tiempo de expresarle en el Globe: que ya comprendía por lo que pasaba para estar con ella. Que sus sacrificios solo acrecentaban su fe en su amor.

—Debería ir con él —dijo.

Pero también estaba Ix Cuat. Encerrada en el templo de la cúspide de la pirámide, aguardando a que la mataran. Una muchacha que podía tener la valiosa información que Luce necesitaba para romper la maldición.

Vaciló sin moverse del sitio, apuntando con un pie hacia el anfiteatro y con el otro hacia la pirámide.

—¿Qué va a ser? —la provocó Bill. Su sonrisa era demasiado ancha.

Luce echó a correr a toda prisa, alejándose de él, directa hacia la pirámide.

—¡Buena decisión! —gritó Bill mientras daba rápidamente la vuelta y la alcanzaba.

La pirámide se elevaba ante ella. El templo pintado de la cúspide, donde Bill había dicho que estaría Ix Cuat, le pareció tan distante como una estrella. Se moría de sed. Su garganta ansiaba agua; el suelo le escaldaba las plantas de los pies. Tenía la sensación de que el mundo entero estaba en llamas.

—Este sitio es muy sagrado —le susurró Bill al oído—. Este templo se construyó encima de un templo anterior, que se construyó encima de otro, y así sucesivamente, todos ellos orientados para señalar los equinoccios de primavera y otoño. En esos dos días, cuando se pone el sol, se puede ver la sombra de una serpiente reptando por los peldaños de las escaleras del lado norte. Mola, ¿no?

Luce se limitó a resoplar y comenzó a subir las escaleras.

—Los mayas fueron unos genios. En esta etapa de su civilización, ya han predicho que el fin del mundo será en 2012. —Bill tosió de forma teatral—. Pero eso aún está por ver. El tiempo dirá.

Cuando Luce estuvo cerca de la cúspide de la pirámide, Bill volvió a hablarle al oído.

—Ahora escucha —dijo—. Esta vez, cuando pases a tres-D…

—Chist —susurró Luce.

—¡Nadie me oye aparte de ti!

—Exacto. ¡Chist!   En silencio, Luce subió el último peldaño y se detuvo en la plataforma de la cúspide. Pegó el cuerpo a la piedra caliente de la pared del templo y se quedó a unos centímetros de la puerta abierta. Dentro, alguien cantaba.

—Yo lo haría ahora —dijo Bill—, mientras los guardias están viendo el partido.

Luce se acercó a la entrada despacio y miró dentro.

El sol que entraba a raudales por la puerta abierta bañaba un gran trono que ocupaba el centro del templo. Tenía forma de jaguar y estaba pintado de rojo. Las manchas eran incrustaciones de jade. A la izquierda, había una gran estatua de una figura reclinada sobre un costado con una mano en el abdomen. Pequeños candiles hechos de piedra y llenos de aceite rodeaban la estatua y arrojaban una luz trémula. Aparte de aquello, en el templo solo había tres muchachas atadas juntas por las muñecas, acurrucadas en un rincón.

Luce sofocó un grito, y ellas alzaron bruscamente la cabeza. Todas eran bonitas. Llevaban el cabello negro trenzado y adornos de jade en las orejas. La muchacha de la izquierda era la que tenía la piel más oscura. La que estaba a la derecha tenía volutas de color azul oscuro pintadas en los brazos. Y la del centro… era Luce.

Ix Cuat era menuda y delicada. Tenía los pies sucios y los labios cuarteados. De las tres aterrorizadas muchachas, sus ojos eran los más desorbitados.

—¿A qué esperas? —le gritó Bill, que se había sentado en la cabeza de la estatua.

—Pero me verán —susurró Luce con la mandíbula apretada. Las otras veces que se había fusionado con sus antiguos yoes no había nadie o Bill la había ayudado a ocultarse. ¿Qué impresión se llevarían las otras dos muchachas si Luce se metía en el cuerpo de Ix Cuat?

—Estas chicas están medio locas desde que las eligieron para ser sacrificadas. Si se ponen a chillar por cualquier cosa rara, adivina a cuántas personas va a importarles. —Bill se puso a contar con los dedos—. Exacto. ¡Cero! Ni siquiera las oirán.

—¿Quién eres? —preguntó una de las muchachas, con la voz rota por el miedo.

Luce fue incapaz de responder. Cuando se acercó, los ojos de Ix Cuat se encendieron con lo que le pareció terror. Pero, después, para su gran sorpresa, cuando bajó el brazo, su antiguo yo alzó rápidamente sus manos atadas y cogió la suya con firmeza. Las tenía cálidas y suaves. Y le temblaban.

Comenzó a decir algo. Ix Cuat había comenzado a decir: «Sácame de aquí».

Luce lo oyó en su cabeza cuando el suelo tembló bajo sus pies y todo comenzó a vibrar. Vio a Ix Cuat, la muchacha que había nacido malhadada, cuyos ojos le decían que no sabía nada de las Anunciadoras, pero quien le había cogido la mano como si su liberación dependiera de ella. Y se vio desde fuera, cansada, hambrienta, desgreñada y demacrada. Y, de algún modo, mayor. Y más fuerte.

Luego, el mundo volvió a estabilizarse.

Bill ya no estaba en la cabeza de la estatua, pero Luce no podía moverse para ir en su busca. Tenía las muñecas atadas en carne viva y tatuadas para su inminente sacrificio. Advirtió que también estaba atada por los tobillos. Aunque, en realidad, las ataduras apenas le importaban: el miedo le amarraba el alma con más fuerza que cualquier cuerda. Aquella no era como las otras veces que Luce se había introducido en su pasado. Ix Cuat sabía exactamente qué le aguardaba. La muerte. Y no parecía alegrarse de ello como Lys había hecho en Versalles.

A cada lado de Ix Cuat, sus compañeras se habían apartado de ella, pero solo habían podido hacerlo unos pocos centímetros. La muchacha de la izquierda, la de piel más oscura, Hanhau, lloraba; la otra, la que tenía el cuerpo pintado de azul, Ghanan, rezaba. Ambas tenían miedo de morir.

—¡Estás poseída! —exclamó Hanhau entre sollozos—. ¡Contaminarás la ofrenda!

Ghanan se había quedado sin palabras.

Luce ignoró a las muchachas y se concentró en el miedo paralizante de Ix Cuat. Recitaba algo mentalmente: una oración. Pero no era una oración para prepararse antes del sacrificio. No, Ix Cuat rezaba por Daniel.

Luce supo que pensar en él la sofocaba y le aceleraba el corazón. Ix Cuat lo había amado toda su vida, pero solo a distancia. Él se había criado a solo unas casas del hogar de su familia. A veces, vendía aguacates a su madre en el mercado. Ix Cuat llevaba años intentando armarse de valor para hablar con él. Saber que en aquel momento estaba en el campo de juego la atormentaba. Luce se dio cuenta de que Ix Cuat rezaba para que Daniel perdiera. Su sola oración era que no quería morir a manos de él.

—Bill… —susurró Luce.

La pequeña gárgola entró volando en el templo.

—¡El partido ha terminado! La gente se dirige al cenote. Es la charca de piedra caliza donde se oficia los sacrificios. Zotz y los jugadores que han ganado vienen hacia aquí para llevaros a la ceremonia.

Mientras el clamor de la muchedumbre se alejaba, Luce se estremeció. Oyó pasos en las escaleras. De un momento a otro, Daniel entraría por aquella puerta.

Tres sombras oscurecieron la entrada. Zotz, el jefe con el tocado de plumas rojas y blancas, entró en el templo. Ninguna de las muchachas se movió; todas miraban con horror la larga lanza decorada que sostenía. Había una cabeza humana ensartada en su punta. Tenía los ojos abiertos, bizcos de la tensión; aún le caían gotas de sangre del cuello.

Al apartar la vista, Luce vio que otro hombre muy musculoso entraba en el templo. Llevaba otra lanza pintada con otra cabeza ensartada en la punta. Al menos, los ojos de aquella estaban cerrados. Había un amago de sonrisa en sus carnosos labios muertos.

—Los jugadores que han perdido —dijo Bill, acercándose a cada cabeza para examinarla—. Dime, ¿no te alegras de que haya ganado el equipo de Daniel? Principalmente, gracias a este tío. —Dio una palmada en el hombro al hombre musculoso, pero el compañero de Daniel no pareció notar nada. Luego, volvió a salir.

Cuando Daniel entró por fin en el templo, estaba cabizbajo. Tenía las manos vacías y el torso desnudo. Su pelo y su piel eran oscuros, y su postura, más rígida que de costumbre. Todo en él era distinto, desde la forma en que los músculos de su abdomen se encontraban con los músculos de su pecho hasta su modo de llevar los brazos colgando a los costados. Aún era hermoso, aún era la cosa más hermosa que Luce había visto jamás, aunque no se parecía en nada al muchacho al que ella estaba acostumbrada.

Pero entonces alzó la vista, y Luce vio en sus ojos el mismo brillo violeta de siempre.

—Oh —dijo en voz baja mientras tiraba de sus ataduras, desesperada por escapar de la historia a la que estaban condenados en aquella vida, de las calaveras, la sequía y el sacrificio, y quedarse a su lado para siempre.

Daniel movió un poco la cabeza. Sus pupilas se dilataron al mirarla y centellearon. Su mirada la tranquilizó. Parecía que le estuviera diciendo que no se preocupara.

Con la mano libre, Zotz indicó a las tres muchachas que se levantaran. Después, inclinó rápidamente la cabeza, y todos salieron en fila por la puerta norte del templo. Hanhau primero, con Zotz a su lado, Luce justo detrás y Ghanan en la retaguardia. La cuerda que las ataba tenía la longitud justa para que llevaran ambas muñecas a un lado. Daniel se colocó junto a ella y el otro vencedor caminó al lado de Ghanan.

Por un brevísimo instante, Daniel le rozó las muñecas con las yemas de los dedos. Ix Cuat se estremeció.

Fuera del templo, los cuatro tamborileros aguardaban junto a la puerta. Se colocaron en fila detrás de la procesión y, mientras el grupo bajaba las empinadas escaleras de la pirámide, tocaron los mismos frenéticos redobles que Luce había oído a su llegada a aquella vida. Se concentró en caminar, con la sensación de que, en vez de tener que poner un pie delante del otro, era arrastrada por una corriente. Cuando llegó al pie de las escaleras, continuó por el ancho y polvoriento camino que la conducía a su muerte.

Los tambores era lo único que oía, hasta que Daniel se acercó a ella y susurró:

—Voy a salvarte.

Ix Cuat se sintió renacer. Era la primera vez que él le hablaba en aquella vida.

—¿Cómo? —susurró mientras se inclinaba hacia él, desesperada por que la liberara y se la llevara de allí, bien lejos.

—No te preocupes. —Daniel volvió a rozarle los dedos con los suyos—. Te prometo que cuidaré de ti.

Luce notó lágrimas en los ojos. El suelo seguía escaldándole las plantas de los pies y aún se dirigía al lugar donde Ix Cuat debía morir, pero, por primera vez desde su llegada a aquella vida, no tenía miedo.

El camino atravesó una hilera de árboles y se adentró en la selva. Los tamborileros dejaron de tocar. Unos cánticos le inundaron los oídos, los cánticos de los mayas en la selva, en el cenote. Entonaban una canción que Ix Cuat había crecido cantando, una oración para que lloviera. Las otras dos muchachas la cantaron muy quedo, con voz temblorosa.

Luce pensó en las palabras que Ix Cuat parecía haber dicho cuando ella se había introducido en su cuerpo: «Sácame de aquí», había gritado en su cabeza. «Sácame de aquí.»

De pronto, se detuvieron.

En lo profundo de la selva reseca y sedienta, el camino se ensanchó. Delante de Luce, había un cráter inmenso lleno de agua. A su alrededor estaban los brillantes ojos anhelantes de los mayas. Eran centenares. Habían dejado de cantar. El momento que esperaban había llegado.

El cenote era una fosa kárstica, honda, musgosa y llena de reluciente agua verde. Ix Cuat ya había estado allí: había presenciado otros doce sacrificios humanos igual que aquel. Bajo aquellas aguas mansas se hallaban los restos en descomposición de un centenar de cuerpos, un centenar de almas que supuestamente habían ido al Cielo, solo que, en ese momento, Luce sabía que Ix Cuat no estaba segura de si creía en nada de aquello.

La familia de Ix Cuat se hallaba cerca de la orilla del cenote. Su madre, su padre, sus dos hermanas menores, ambas con bebés en los brazos. Ellos creían: creían en el ritual, en el sacrificio que les arrebataría a su hija y les rompería el corazón. La querían, pero pensaban que estaba malhadada. Creían que ese era su mejor modo de redimirse.

Un hombre desdentado con largos pendientes de oro condujo a Ix Cuat y a las otras dos muchachas ante Zotz, que se había situado en un lugar prominente próximo a la orilla del cenote. El jefe miró las aguas profundas. Después, cerró los ojos y comenzó un nuevo cántico. La comunidad y los tamborileros lo acompañaron.

El hombre desdentado se colocó entre Luce y Ghanan y subió el hacha para segar la cuerda que las unía. Luce notó un tirón hacia delante y la cuerda se cortó. Seguía maniatada, pero solo estaba unida a Hanhau, que se hallaba a su derecha. Ghanan, ya sola, se adelantó para colocarse delante de Zotz.

La muchacha meció el cuerpo y cantó para sus adentros. Le corrían gotas de sudor por la nuca.

Cuando Zotz comenzó a decir las palabras de la oración al dios de la lluvia, Daniel se inclinó hacia Luce.

—No mires.

De manera que Luce lo miró solo a él, y Daniel la miró solo a ella. Alrededor del cenote, los mayas contuvieron la respiración. El compañero de Daniel gruñó y bajó el hacha con fuerza. Luce oyó el filo penetrando en la carne y, después, un golpetazo cuando la cabeza de Ghanan cayó al suelo.

La multitud volvió prorrumpir en gritos de agradecimiento a Ghanan, oraciones para que su alma fuera al Cielo y fervorosas súplicas para que lloviera.

¿Cómo podían creer que matar a una muchacha inocente resolvería sus problemas? Aquel era el momento en el que Bill solía aparecer. Pero Luce no lo veía por ninguna parte. La gárgola tenía la mala costumbre de desaparecer cuando estaba Daniel.

Luce no quiso ver qué hacían con la cabeza de Ghanan. Luego, oyó un chapoteo reverberante y supo que el cuerpo de la muchacha había llegado a su última morada.

El hombre desdentado se acercó. Esa vez cortó las ataduras que unían a Ix Cuat y Hanhau. Luce tembló cuando la condujo ante el jefe de la tribu. Las piedras se le hincaron en las plantas de los pies. Miró por el borde del cenote. Creyó que iba a vomitar, pero Daniel apareció a su lado y se sintió mejor. Le indicó con la cabeza que mirara a Zotz.

El jefe tribal le sonrió con orgullo, enseñándole los dos topacios que tenía incrustados en los incisivos. Rezó una oración en la que aseguraba que Chaat la aceptaría y traería a la comunidad muchos meses de nutritiva lluvia.

«No», pensó Luce. Aquello era un error. «¡Sácame de aquí!», gritó a Daniel en su cabeza.

Él la miró, casi como si la hubiera oído.

El hombre desdentado limpió la sangre de Ghanan del hacha con un trozo de cuero. Con gran boato, se la entregó a Daniel, que se volvió para colocarse delante de Luce. Parecía cansado, como si no pudiera con el peso del hacha. Tenía los labios fruncidos y blancos y no despegó sus ojos violeta de Luce ni un instante.

La congregación se quedó en silencio y contuvo la respiración. Un viento caliente agitó el follaje mientras el hacha relucía al sol. Luce presintió que se acercaba el final, pero ¿por qué? ¿Por qué la había llevado allí su alma? ¿Qué información sobre su pasado, o sobre la maldición, podía aportarle que le cortaran la cabeza?

Daniel soltó el hacha.

—¿Qué haces? —preguntó Luce.

Daniel no respondió. Echó los hombros hacia atrás, volvió el rostro hacia el cielo y puso los brazos en cruz. Zotz avanzó para intervenir, pero, al tocarle el hombro, gritó y se apartó como si se hubiera quemado.

Y luego…

Daniel sacó sus alas blancas. Inmensas y con un brillo asombroso en comparación con el paisaje parduzco, derribaron a veinte mayas al desplegarse.

Se oyeron gritos en todo el cenote.

—¿Qué es?

—¡El chico tiene alas!

—¡Es un dios! ¡Enviado por Chaat!

Luce forcejeó con las cuerdas que le ataban las muñecas y los tobillos. Tenía que correr hasta Daniel. Intentó moverse hacia él, hasta…

Hasta que ya no pudo moverse.

Las alas de Daniel refulgían tanto que el resplandor era casi insoportable. Solo que, en ese momento, no solo sus alas brillaban. Era… todo él. Su cuerpo entero relucía. Como si se hubiera tragado el sol.

Una música lo llenó todo. No, música no, sino un solo acorde. Ensordecedor e interminable, glorioso y aterrador.

Luce ya lo había oído… en alguna parte. En el cementerio de Espada & Cruz, la última noche que estuvo allí, la noche que Daniel se peleó con Cam, y Luce no fue capaz de mirar. La noche que la señorita Sophia se la llevó a la fuerza, Penn murió y ya nada volvió a ser lo mismo. Había empezado con aquel mismo acorde, y lo emitía Daniel. Brillaba tanto que el cuerpo le zumbaba.

Luce se tambaleó, incapaz de apartar los ojos. Un intenso calor le acarició la piel.

Detrás de ella, alguien chilló. El grito fue seguido de otro, y de otro, y, después, de todo un coro de voces que chillaban.

Algo se quemaba. El olor era acre, asfixiante, y le revolvió el estómago de inmediato. Entonces vio llamaradas por el rabillo del ojo, en el lugar que Zotz ocupaba un momento antes. La explosión la derribó, y Luce apartó la mirada del abrasador brillo de Daniel, tosiendo a causa de la ceniza y el humo.

Hanhau había desaparecido y, en su lugar, el suelo estaba tiznado de negro. El hombre desdentado se tapó la cara y trató de no mirar el brillo de Daniel. Pero era irresistible. Luce le vio hacerlo entre los dedos y estallar en una columna de fuego.

Alrededor del cenote, los mayas miraron a Daniel. Y, uno a uno, su brillo los abrasó. Pronto, un fulgurante círculo de fuego encendió la selva, los encendió a todos salvo a Luce.

—¡Ix Cuat! —Daniel le tendió la mano.

Su brillo la hizo chillar de dolor, pero, pese a sentirse al borde de la asfixia, barboteó:

—Eres glorioso.

—No me mires —suplicó él—. Cuando un mortal contempla la verdadera esencia de un ángel… ya has visto lo que les ha pasado a los demás. No puedo permitir que me dejes tan pronto. Siempre tan pronto…

—Sigo aquí —insistió Luce.

—Sigues… —Daniel estaba llorando—. ¿Me ves? ¿Ves a mi verdadero yo?

—Te veo.

Y solo por una fracción de segundo, Luce lo vio. Se le aclaró la vista. Su brillo continuaba siendo deslumbrante, pero no tan cegador. Vio su alma. Era blanca e inmaculada y se parecía, no había otra forma de expresarlo, a Daniel. Y fue como llegar a casa. Una alegría incomparable la invadió. En algún rincón de su mente, se encendió una luz. No era la primera vez que lo veía así.

¿No?

Mientras trataba de desenterrar un recuerdo del pasado al que no lograba acceder, la luz de Daniel comenzó a apabullarla.

—¡No! —gritó cuando sintió que el fuego le quemaba el corazón y su cuerpo se desprendía de algo.

—¿Y bien? —La rasposa voz de Bill le chirrió en los tímpanos.

Estaba tendida en una fría losa. En otra de las grutas de las Anunciadoras, atrapada en un gélido lugar de tránsito donde era difícil aferrarse a nada del exterior. Se esforzó por imaginar al Daniel al que acababa de ver, la gloria de su alma sin disfraz, pero fue incapaz. La imagen ya se le estaba borrando. ¿Había siquiera sucedido realmente?

Cerró los ojos y trató de recordar su aspecto exacto. No había palabras para describirlo. Solo era una sensación increíble y gozosa.

—Lo he visto.

—¿A quién, a Daniel? Sí, yo también. Era el tío que se ha escaqueado cuando le tocaba dar el hachazo. Gran error. Craso error.

—No, lo he visto de verdad. Como es en realidad. —A Luce le tembló la voz—. Era hermosísimo.

—Oh, eso. —Bill sacudió la cabeza, molesto.

—Lo he reconocido. Creo que ya lo había visto.

—Lo dudo. —Bill tosió—. Esta es la primera y última vez que lo verás así. Lo has visto, y te has muerto. Eso es lo que pasa cuando la carne mortal contempla la gloria ilimitada de un ángel. La muerte instantánea. La belleza del ángel la quema.

—No, no ha sido así.

—Ya has visto lo que les ha pasado a los demás. ¡Paf! Adiós. —Bill se posó a su lado y le dio una palmada en la rodilla—. ¿Por qué crees que los mayas comenzaron a practicar sacrificios con fuego? Una tribu vecina descubrió los restos calcinados y tuvo que encontrar una explicación.

—Sí, todos han ardido en llamas al instante. Pero yo he durado más…

—¿Unos dos segundos más? ¿Cuando no estabas mirando? Enhorabuena.

—Te equivocas. Y sé que ya lo había visto.

—Ya habías visto sus alas, quizá. Pero ¿Daniel despojándose de su disfraz humano y mostrándote su verdadera forma de ángel? Eso te mata siempre.

—No. —Luce negó con la cabeza—. ¿Estás diciendo que él no puede mostrarme nunca quién es de verdad?

Bill se encogió de hombros.

—No puede hacerlo sin que tú y todos los que te rodean os vaporicéis. ¿Por qué crees que es siempre tan cauto cuando te besa? Su gloria brilla como una condenada cuando los dos os ponéis a cien.

Luce apenas se sentía capaz de levantarse del suelo.

—¿Por eso a veces me muero cuando nos besamos?

—¡Un aplauso para ella! —dijo Bill con mordacidad.

—Pero ¿qué hay de las otras veces, de cuando muero antes de que nos besemos, antes…?

—¿Antes de que tengas ocasión de ver lo tóxica que se vuelve vuestra relación?

—Cierra el pico.

—En serio, ¿cuántas veces tienes que ver lo mismo antes de darte cuenta de que nada va a cambiar nunca?

—Sí ha cambiado algo —objetó Luce—. Por eso estoy aquí, por eso sigo viva. Si pudiera verlo una vez más, en toda su gloria, sé qué podría con ello.

—No lo entiendes. —Bill había alzado la voz—. Hablas de todo esto desde una perspectiva muy mortal. —Conforme se ponía más nervioso, empezó a escupir saliva—. Este es el momento cumbre, y está claro que no puedes con ello.

—¿Por qué estás tan enfadado de golpe?

—¡Porque sí! Porque sí. —Bill se puso a andar de arriba abajo, con los dientes rechinándole—. Escúchame: Daniel ha tenido un desliz esta vez, se ha mostrado, pero no vuelve a hacerlo. Jamás. Ha aprendido la lección. Y tú también: la carne mortal no puede contemplar la forma verdadera de un ángel sin morir.

Luce apartó la mirada y también se notó cada vez más enfadada. Quizá Daniel hubiera cambiado después de aquella vida en Chichén Itzá, quizá se hubiera vuelto más cauto en el futuro. Pero ¿y en el pasado?

Dentro de la Anunciadora, se acercó al borde del precipicio, miró arriba y contempló el vasto túnel negro que conducía a su ignoto pasado.

Bill revoloteó alrededor de su cabeza como si tratara de introducirse en ella.

—Sé lo que piensas, y solo vas a terminar decepcionada. —Se le acercó más al oído y susurró—: O peor.

Nada de lo que Bill dijera podía detenerla. Si había un Daniel anterior que aún bajaba la guardia, Luce lo encontraría.

16
Padrino de boda

Jerusalén, Israel
27 de nissan *de 2760*
(aproximadamente, 1 de abril de 1000 a. C.)

Daniel aún no era enteramente él.

Seguía fusionado con el cuerpo al que se había unido en los oscuros fiordos de Groenlandia. Trató de frenar antes de salir de la Anunciadora, pero llevaba demasiada velocidad y perdió el equilibrio. Salió despedido del oscuro túnel y rodó por un suelo pedregoso hasta darse en la cabeza con algo duro. Poco después, se detuvo.

Fusionarse con su antiguo yo había sido un gran error.

La forma más sencilla de separar dos encarnaciones fusionadas de un alma era matar el cuerpo. Liberada de su jaula carnal, el alma se reponía. Pero Daniel no podía matarse. A menos…

La flecha estelar.

En Groenlandia, la había cogido de la nieve que rodeaba la hoguera de los ángeles. Gabbe la había llevado allí como protección simbólica, pero jamás habría imaginado que Daniel se fusionaría y la robaría.

¿Cómo podía él haber pensado que sería capaz de pasarse por el pecho su punta roma de plata para dividir su alma y devolver a su antiguo yo a la época que le correspondía?

Era absurdo.

No. Había demasiadas probabilidades de que metiera la pata, de que fallara, y en ese caso, en vez de dividir su alma, podría matarla sin querer. Desprovisto de alma, el disfraz terrenal de Daniel, aquel cuerpo torpe, vagaría eternamente por la Tierra buscando su alma pero conformándose con la mejor alternativa: Luce. La perseguiría hasta el día de su muerte y quizá incluso después.

Lo que Daniel necesitaba era un compañero. Lo que necesitaba era imposible.

Refunfuñó, se puso boca arriba y, con los ojos entrecerrados, miró el sol que caía de pleno.

—¿Lo ves? —dijo una voz por encima de él—. Te había dicho que estábamos en el sitio correcto.

—No veo —otra voz, de un chico— por qué demuestra esto que esta vez hemos acertado.

—Oh, vamos, Miles. No dejes que tu problema con Daniel nos impida encontrar a Luce. Es obvio que él sabe dónde está.

Las voces se acercaron. Daniel vio un brazo tendido hacia él que tapaba el sol.

—Hola. ¿Necesitas ayuda?

Shelby. La amiga nefilim de Luce de la Escuela de la Costa.

Y Miles. Al que ella había besado.

—¿Qué hacéis aquí? —Daniel se incorporó con brusquedad y rechazó la mano que le tendía Shelby. Se frotó la frente y miró detrás de él: el objeto con el que había chocado era el tronco gris de un olivo.

—¿Qué crees tú que hacemos aquí? Buscamos a Luce. —Shelby lo miró boquiabierta y arrugó la nariz—. ¿Qué pasa contigo?

—Nada. —Daniel intentó levantarse, pero estaba tan mareado que tuvo que volver a tumbarse. Fusionarse y, sobre todo, arrastrar su antiguo cuerpo a otra vida, lo había indispuesto. Trató de expulsar su pasado de su seno y se magulló el alma al golpearse contra los huesos y la piel. Sabía que los nefilim presentían que le había ocurrido algo que no quería contarles—. Volved a casa, intrusos. ¿De quién es la Anunciadora que os ha traído hasta aquí? ¿Sabéis en qué lío podríais meteros?

De pronto, vio un brillo plateado debajo de su nariz.

—Llévanos hasta Luce. —Miles le apuntaba al cuello con una flecha estelar. La visera de su gorra de béisbol le tapaba los ojos, pero tenía la boca crispada.

Daniel se quedó desconcertado.

—Tienes… una flecha estelar.

—¡Miles! —susurró Shelby, furibunda—. ¿Qué haces con eso?

La punta roma de la flecha tembló. Era evidente que Miles estaba nervioso.

—Se quedó en el patio después de que los Proscritos se fueran —dijo a Daniel—. Cam cogió una y, con el caos que había, nadie se dio cuenta de que yo cogí esta. Tú saliste detrás de Luce. Y nosotros salimos detrás de ti. —Miró a Shelby—. Pensé que a lo mejor la necesitábamos. Para defendernos.

—No te atrevas a matarlo —lo amenazó su compañera—. Eres un imbécil.

—No —dijo Daniel mientras se incorporaba muy despacio—. No pasa nada.

Se le había disparado la cabeza. ¿Qué posibilidades tenía? Solo lo había visto hacer una vez. No era ningún experto en fusiones. Pero su pasado se retorcía dentro de él: no podía seguir así. Solo había una solución. Miles la tenía en sus manos.

Pero ¿cómo podía conseguir que el chico lo atacara sin tener que explicárselo todo? ¿Y podía fiarse de los nefilim?

Se desplazó hacia atrás por el suelo hasta tener los hombros contra el tronco del árbol. Se levantó apoyándose en él, con las palmas abiertas para indicar a Miles que no había nada que temer.

—¿Sabes esgrima?

—¿Qué? —Miles pareció desconcertado.

—Cuando estudiabas en la Escuela de la Costa, ¿fuiste a clases de esgrima o no?

—Fuimos todos. No sirvió de mucho, y yo lo hice bastante mal, pero…

Era todo lo que Daniel necesitaba oír.

—*En garde!* —gritó mientras blandía su flecha estelar como si fuera una espada.

—Oh, mierda —dijo Shelby, apartándose—. Chicos, en serio. ¡Basta!

Las flechas estelares eran más cortas que los floretes, pero varios centímetros más largas que las flechas corrientes. Eran muy ligeras, pero duras como diamantes y, si Daniel y Miles procedían con muchísima cautela, era posible que los dos salieran de aquello con vida. De algún modo, con la ayuda de Miles, Daniel quizá podría librarse de su pasado.

Cortó el aire con su flecha estelar y dio unos cuantos pasos hacia el nefilim.

Miles reaccionó y rechazó su ataque desviando su flecha hacia la derecha. Al entrechocar, las flechas estelares no emitieron el débil tintineo de los floretes, sino un grave eco reverberante que resonó en las montañas e hizo vibrar el suelo bajo sus pies.

—Tu clase de esgrima no fue inútil —dijo Daniel al cruzar su flecha con la de Miles . Su objetivo era prepararte para un momento como este.

—¿Un momento —Miles gruñó, avanzó y alzó su flecha hasta trabarla con la de Daniel— como cuál?

Forcejearon. Las flechas estelares formaron un aspa que se quedó detenida en el aire.

—Tengo que deshacerme de una antigua encarnación que he fusionado con mi alma —dijo Daniel sin más rodeos.

—¿Qué demonios…? —murmuró Shelby desde la línea de banda.

Miles puso cara de desconcierto, y el brazo le falló. La flecha estelar se le resbaló de la mano y cayó ruidosamente al suelo. El nefilim sofocó un grito y la buscó a tientas mientras miraba a Daniel aterrorizado.

—No voy a atacarte —dijo él—. Necesito que me ataques tú. —Consiguió sonreír con suficiencia—. Vamos. Lo estás deseando. Lo deseas desde hace mucho tiempo.

Miles cargó contra él, blandiendo la flecha estelar como lo que era, no como una espada. Daniel estaba preparado. Se apartó justo a tiempo y se dio la vuelta para cruzar su flecha con la de Miles.

Estaban trabados. La flecha de Daniel apuntaba por encima del hombro de Miles y mantenía a raya al nefilim, cuya flecha solo estaba a unos centímetros de su corazón.

—¿Vas a ayudarme? —preguntó Daniel.

—¿Qué sacamos nosotros con esto? —dijo Miles.

Daniel se lo tuvo que pensar un momento.

—La felicidad de Luce —respondió por fin.

Miles no dijo que sí. Pero tampoco dijo que no.

—Ahora —a Daniel le tembló la voz mientras daba las instrucciones—, con mucho cuidado, pásame la flecha estelar en línea recta por el centro del pecho. No me atravieses la piel o me matarás.

Miles estaba sudando. Tenía la cara blanca. Miró a Shelby.

—Hazlo, Miles —susurró ella.

La flecha estelar tembló. Todo estaba en manos de aquel muchacho. La punta roma tocó la piel de Daniel y comenzó a descender.

—Oh, Dios mío. —Shelby hizo una mueca de horror—. ¡Está mudando la piel!

Daniel tuvo la sensación de que una capa de piel se desprendía de sus huesos. El cuerpo de su antiguo yo se estaba desuniendo poco a poco del suyo. El veneno de la separación lo inundó y se abrió paso hasta las fibras de sus alas. El dolor era tan fuerte que le revolvió las entrañas como un mar encabritado y le produjo náuseas. Se le nubló la vista; le zumbaron los oídos. La flecha estelar le resbaló de la mano. Luego, de golpe, sintió un fuerte empujón y también una corriente de aire frío. Oyó un largo gruñido y dos golpes sordos. Y luego…

La vista se le aclaró. El zumbido cesó. Se sentía liviano, simple.

Libre.

Miles estaba tendido en el suelo a sus pies, respirando con dificultad. La flecha estelar de Daniel había desaparecido. Al darse la vuelta, vio un espectro de su antiguo yo detrás de él. Su piel era gris, y su cuerpo, fantasmal, tenía los ojos y los dientes negros como el carbón y llevaba la flecha estelar en la mano. Su silueta osciló en el viento caliente, como la imagen de un televisor estropeado.

—Lo siento —dijo Daniel mientras cogía a su antiguo yo por la base de las alas.

Cuando levantó del suelo la sombra de sí mismo, su cuerpo le pareció exiguo e insuficiente. Sus dedos dieron con la puerta grisácea de la Anunciadora por la que ambos Daniel habían viajado hacía un momento.

—Llegará tu hora —añadió.

Y arrojó a su antiguo yo al interior de la Anunciadora.

Vio que la sombra comenzaba a diluirse bajo el sol. El cuerpo emitió un largo silbido al ser engullido por ella, como si cayera por un precipicio. La Anunciadora se hizo añicos y desapareció.

—¿Qué demonios acaba de pasar? —preguntó Shelby mientras ayudaba a Miles a levantarse.

El nefilim estaba blanco como el papel y se miraba las manos boquiabierto. Las volvía y se las examinaba como si fuera la primera vez que las veía.

Daniel lo miró.

—Gracias.

Los ojos azules del nefilim parecían ansiosos y aterrados al mismo tiempo, como si quisiera conocer todos los detalles de lo que acababa de suceder pero no deseara manifestar su entusiasmo. Shelby se había quedado sin habla, lo cual era un hecho sin precedentes.

Daniel siempre había despreciado a Miles. Y estaba enfadado con Shelby, quien casi había conducido a los Proscritos hasta Luce. Pero, en aquel momento, debajo del olivo, entendió por qué Luce se había hecho amiga de los dos. Y se alegró.

Un cuerno sonó a lo lejos. Miles y Shelby se sobresaltaron.

Era un *shofar*, un cuerno de carnero sagrado que emitía una larga nota nasal, utilizado a menudo para anunciar servicios y festividades religiosas. Hasta entonces, Daniel no había mirado a su alrededor con la suficiente atención para saber dónde estaba.

Los tres se hallaban bajo la moteada sombra del olivo al borde de una colina. Por delante de ellos, la pendiente descendía hasta un valle ancho y llano cuyos pastos autóctonos marrón claro jamás había segado el hombre. En el centro del valle había una estrecha franja verde por la que discurría un río bordeado de flores silvestres.

Al este del estrecho cauce del río, había varias tiendas de campaña apiñadas enfrente de una estructura de piedra blanca con el techo de madera. Debían de haber tocado el *shofar* en aquel templo.

Una hilera de mujeres con coloridas capas hasta los pies entraba y salía del templo. Llevaban jarras de barro y bandejas de comida, como si prepararan un banquete.

—Oh —dijo Daniel en voz alta, mientras una honda melancolía se apoderaba de él.

—Oh, ¿qué? —preguntó Shelby.

Daniel la agarró por la capucha de su sudadera de camuflaje.

—Si buscáis a Luce aquí, no la encontraréis. Está muerta. Murió hace un mes.

Miles se atragantó.

—Te refieres a la Luce de esta vida —dijo Shelby—. No a nuestra Luce. ¿Verdad?

—Nuestra Luce, mi Luce, tampoco está aquí. Ella desconoce la existencia de este lugar, por lo que sus Anunciadoras nunca la traerían aquí. Las vuestras tampoco lo habrían hecho.

Shelby y Miles se miraron.

—Dices que buscas a Luce —observó Shelby—, pero, si sabes que no está aquí, ¿por qué no te has ido ya?

Daniel miró el valle que se extendía por debajo de ellos.

—Tengo un asunto pendiente.

—¿Quién es esa? —preguntó Miles mientras señalaba a una mujer con un largo vestido blanco.

Era alta y esbelta, con una cabellera pelirroja que refulgía al sol. Enseñaba buena parte de su piel dorada por el generoso escote de su vestido. Tarareaba algo bonito, una cancioncilla que apenas oían.

—Es Lilith —respondió Daniel, despacio—. Se supone que se casa hoy.

Miles dio unos pasos por el camino que partía del olivo en dirección al valle donde se erigía el templo unos treinta metros más abajo, como si quisiera verla mejor.

—¡Miles, espera! —Shelby corrió tras él—. Esto no es como cuando estuvimos en Las Vegas. Esto es… otra época o algo igual de raro. No puedes ver a una tía buena y abordarla como si fueras el dueño y señor del lugar. —Miró a Daniel en busca de ayuda.

—Agachaos —les indicó él—. No os asoméis por encima de la hierba. Y parad cuando yo os diga.

Con cautela, descendieron por el camino y por fin se detuvieron cerca de la orilla del río, a cierta distancia del templo. Todas las tiendas de la pequeña comunidad estaban adornadas con guirnaldas de caléndulas y flores de casis. Desde su posición, oyeron las voces de Lilith y las muchachas que la ayudaban a preparase para su boda. Sus doncellas se rieron y se unieron a su canción mientras le trenzaban la larga cabellera y se la enroscaban alrededor de la cabeza.

Shelby se dirigió a Miles.

—¿No se parece un poco a la Lilith de nuestra clase de la Escuela de la Costa?

—¡No! —respondió Miles al instante. Escrutó a la novia un momento—. Está bien, puede que un poco. Qué raro.

—Probablemente, Luce ni te la mencionó —explicó Shelby a Daniel—. Es una bruja salida del mismo Infierno.

—Tiene sentido —dijo Daniel—. Vuestra Lilith debe de pertenecer a la misma estirpe de mujeres malvadas. Todas son descendientes de Lilith, la madre original. Fue la primera esposa de Adán.

—¿Adán tuvo más de una esposa? —Shelby se quedó boquiabierta—. ¿Qué hay de Eva?

—Antes de Eva.

—¿Antes de Eva? Imposible.

Daniel asintió.

—No llevaban mucho tiempo casados cuando Lilith lo abandonó. Le rompió el corazón. Él la esperó mucho tiempo, pero, al final, conoció a Eva. Y Lilith jamás lo perdonó por haber superado lo suyo. Pasó el resto de su vida vagando por la Tierra y maldiciendo a los hijos de Adán y Eva. Y sus descendientes: a veces empiezan bien, pero, al final, bueno, de tal palo, tal astilla.

—Qué chungo —dijo Miles, pese a parecer hipnotizado por la belleza de Lilith.

—¿Me estás diciendo que Lilith Clout, la chica que me prendió fuego al pelo, podría ser una bruja salida del mismo Infierno en el sentido literal de la palabra? ¿Que todo el vudú que le hice podría estar justificado?

—Supongo que sí. —Daniel se encogió de hombros.

—Me has quitado un peso de encima. —Shelby se rió—. ¿Por qué no venía eso en ninguno de los manuales de angelología de la Escuela de la Costa?

—Chist. —Miles señaló el templo. Lilith había dejado a sus doncellas para que terminaran con la decoración de la boda.

Las muchachas se pusieron a esparcir amapolas blancas cerca de la entrada del templo y a adornar las ramas bajas de los robles con cintas y carrillones plateados cuando ella se dirigió al oeste, hacia el río, hacia el lugar donde Daniel, Shelby y Miles se escondían.

Llevaba un ramo de lirios blancos. Cuando llegó a la orilla, arrancó unos cuantos pétalos y los arrojó al agua, sin dejar de canturrear. Luego, echó a andar hacia el norte junto al río, hacia un enorme algarrobo con ramas que se sumergían en el río.

Había un muchacho sentado bajo el viejo árbol, mirando la corriente. Tenía las largas piernas dobladas cerca del pecho y se las sujetaba con un brazo. Con el otro, hacía cabrillas en el agua. Su piel bronceada resaltaba el brillo de sus ojos verdes. Tenía el pelo negro azabache un poco greñudo y lo llevaba mojado tras un reciente chapuzón.

—Oh, Dios mío, es… —Daniel tapó la boca a Shelby para impedirle gritar.

Aquel era el momento que se temía.

—Sí, es Cam, pero no el Cam al que vosotros conocéis. Este es un Cam anterior. Hemos retrocedido miles de años en el tiempo.

Miles entrecerró los ojos.

—Pero continúa siendo malvado.

—No —dijo Daniel—. No es malvado.

—¿Cómo? —preguntó Shelby.

—Hubo un tiempo en el que todos formábamos parte de una sola familia. Cam era mi hermano. No era malvado. No aún. Tal vez no lo sea ni ahora.

Físicamente, la única diferencia entre aquel Cam y el que Shelby y Miles conocían era que no llevaba en el cuello el sol negro que Satanás le tatuó cuando se unió al Infierno. Por lo demás, era idéntico al Cam actual.

Salvo porque la cara de aquel Cam tan antiguo estaba cargada de preocupación. Era una expresión que Daniel no veía en Cam desde hacía milenios. Probablemente, desde aquel preciso momento.

Lilith se detuvo detrás de Cam y le pasó los brazos por el cuello hasta tener las manos apoyadas en su corazón. Sin volverse ni decir una palabra, Cam le cubrió las manos con las suyas. Ambos cerraron los ojos, satisfechos.

—Esto parece muy íntimo —dijo Shelby—. ¿No deberíamos…? Es decir, me siento incómoda.

—Pues vete —contestó Daniel, despacio—. Pero no montes ningún número…

Daniel se interrumpió. Alguien se acercaba a Cam y a Lilith.

El joven era alto y estaba bronceado. Vestía una larga túnica y llevaba un recio rollo de pergamino. Tenía la rubia cabeza gacha, pero estaba claro que se trataba de Daniel.

—Yo me quedo. —Miles no quitó ojo al antiguo yo de Daniel.

—Espera, creía que acababas de enviar a ese tío de vuelta a su época —dijo Shelby, perpleja.

—Esa era una versión anterior posterior de mí —aclaró Daniel.

—¡«Una versión anterior posterior de mí», dice! —Shelby resopló—. ¿Cuántos Daniel hay exactamente?

—Ese Daniel venía de dos mil años después de ahora, es decir, de mil años antes del presente real. Este no era su sitio.

—¿Estamos a tres mil años del presente? —preguntó Miles.

—Sí. Y, desde luego, vosotros no deberíais haber venido. —Daniel lo miró con desaprobación—. Pero esa versión anterior de mí…

Señaló al muchacho que se había detenido junto a Cam y Lilith—. Su sitio es este.

En la otra orilla del río, Lilith sonrió.

—¿Cómo estás, Dani?

Observaron a Dani cuando se arrodilló junto a la pareja y desenrolló el pergamino. Daniel se acordó: era su licencia matrimonial. La había redactado él mismo en arameo. Tenía que oficiar la ceremonia. Cam se lo había pedido hacía meses.

Lilith y Cam leyeron el documento. Daniel recordaba que, mientras estuvieron juntos, fueron buenas personas. Ella componía canciones para él y se pasaba horas recogiendo flores silvestres y tejiéndoselas a la ropa. Él se entregaba a ella en cuerpo y alma. Escuchaba sus sueños y la hacía reír cuando estaba triste. Ambos eran volubles y, cuando discutían, toda la tribu se enteraba, pero ninguno era todavía el ser siniestro en el que se convertiría tras romper.

—Esta parte de aquí —dijo Lilith, señalando una línea del texto— dice que nos casaremos junto al río. Pero tú sabes que yo quiero casarme en el templo, Cam.

Cam y Daniel se miraron. Cam cogió la mano a Lilith.

—Amor mío. Ya te he dicho que no puedo.

La voz de Lilith se tiñó de cólera.

—¿Te niegas a casarte conmigo ante los ojos de Dios? ¡Es el único sitio en el que mi familia autorizará nuestra unión! ¿Por qué?

—Caramba —susurró Shelby en la otra orilla—. Ya entiendo lo que pasa. Cam no se puede casar en el templo… no puede ni poner un pie en el templo, porque…

Miles también comenzó a susurrar:

—Si un ángel caído entra en el santuario de Dios…

—Todo arde en llamas —terminó Shelby.

Por supuesto, los nefilim tenían razón, pero Daniel se sorprendió de cuán frustrado se sentía. Cam amaba a Lilith, y Lilith amaba a Cam. Tenían la oportunidad de ser felices en el amor y, en lo que a él concernía, todo lo demás podía irse a hacer puñetas. ¿Por qué insistía tanto Lilith en casarse en el templo? ¿Por qué no podía Cam darle una buena explicación para su negativa?

—No pondré un pie ahí. —Cam señaló el templo.

Lilith estaba a punto de llorar.

—Entonces, no me amas.

—Te amo más de lo que nunca había creído posible, pero eso no cambia nada.

El esbelto cuerpo de Lilith pareció hincharse de rabia. ¿Percibía que la negativa de Cam se debía a algo más que a un mero deseo de llevarle la contraria? Daniel creía que no. Lilith apretó los puños y dio un agudo chillido.

Pareció que la tierra temblara. Agarró a Cam por las muñecas y lo sujetó contra el árbol. Él ni siquiera se resistió.

—A mi abuela no le has gustado nunca. —A Lilith le temblaron los brazos—. Siempre ha dicho cosas espantosas de ti, y yo siempre te he defendido. Ahora lo veo. En tus ojos y en tu alma. —Lo taladró con la mirada—. Dilo.

—¿Decir qué? —preguntó Cam, horrorizado.

—Eres un hombre malvado. Eres… sé lo que eres.

Era evidente que Lilith no lo sabía. Repetía los rumores que corrían por la comunidad: que era malvado, un hechicero, un miembro de lo oculto. Lo único que quería era oír la verdad de sus labios.

Daniel sabía que Cam se la podía decir pero no lo haría. Tenía miedo.

—No soy ninguna de las cosas malas que dicen que soy —adujo.

Era la verdad, y Daniel lo sabía, pero se parecía mucho a una mentira. Cam se hallaba al borde de la peor decisión que jamás tomaría. Allí estaba: el momento que le rompió el corazón de tal modo que se le corrompió hasta ennegrecérsele.

—Lilith —le suplicó Dani mientras le arrancaba las manos del cuello de Cam—. Él no es…

—Dani —le advirtió Cam—, nada de lo que digas va a arreglar esto.

—Así es. Está roto. —Lilith lo soltó y Cam cayó al suelo. Lilith cogió su contrato matrimonial y lo arrojó al río. El pergamino giró despacio en la corriente y se hundió—. Espero vivir mil años y tener mil hijas para que siempre haya una mujer que maldiga tu nombre.

—Le escupió en la cara antes de darse la vuelta y echar a correr hacia el templo, con el vestido blanco ondeando tras ella como la vela de un barco.

Cam se puso tan blanco como la túnica nupcial de Lilith. Cogió la mano que Dani le tendía y se levantó.

—¿Tienes una flecha estelar, Dani?

—No. —A Dani le tembló la voz—. No digas eso. La recuperarás o si no…

—He sido un ingenuo creyendo que podría amar a una mortal sin consecuencias.

—Ojalá se lo hubieras contado —dijo Dani.

—¿Contárselo? ¿Lo que me pasó, lo que nos pasó a todos? ¿La Caída y todo lo que vino después? —Cam se acercó más a Dani—. Lilith quizá tenga razón. Ya la has oído. Todo el pueblo cree que soy un demonio. Aunque no utilicen la palabra.

—Ellos no saben nada.

Cam apartó la mirada.

—Llevo todo este tiempo intentando negarlo, pero el amor es imposible, Dani.

—No lo es.

—¡Lo es! Para almas como las nuestras. Ya lo verás. Quizá aguantes más que yo, pero ya lo verás. Al final, los dos vamos a tener que elegir.

—¡No!

—Qué rápido has protestado, hermano. —Cam le apretó el hombro—. ¿Qué hay de ti? ¿Piensas alguna vez en ello… en cruzar?

Dani se apartó.

—Pienso en ella y en nada más. Cuento los segundos hasta que está de nuevo conmigo. Yo la elijo igual que ella me elige a mí.

—Qué soledad…

—No es soledad —rugió Dani—. Es amor. El amor que también deseas para ti…

—Me refería a mi soledad. Además, soy mucho menos noble que tú. Uno de estos días, me temo que voy a hacerlo.

—No. —Dani se acercó a Cam—. No serás capaz.

Cam retrocedió y escupió.

—No todos tenemos la suerte de estar unidos a nuestro amor por una maldición.

Daniel recordó aquel insulto vacío. Lo había puesto furioso. Pero, aun así, no debería haber dicho lo que dijo.

—Pues vete. Nadie va a echarte de menos.

Se arrepintió al instante, pero ya era demasiado tarde.

Cam echó los hombros hacia atrás y puso los brazos en cruz. Cuando sus alas se desplegaron, una ráfaga de aire caliente azotó la hierba en la que se escondían Daniel, Shelby y Miles. Los tres sacaron la cabeza. Sus alas eran inmensas, resplandecientes y…

—Un momento —susurró Shelby—. ¡No son doradas!

Miles parpadeó.

—¿Cómo es posible que no sean doradas?

Era lógico que los nefilim estuvieran desconcertados. La división de los colores de alas estaba muy clara: dorado para los demonios, plateado o blanco para todos los demás. Y el Cam al que ellos conocían era un demonio. Daniel no estaba de humor para explicar a Shelby por qué las alas de Cam eran de un blanco puro y luminoso, tan brillantes como diamantes, tan centelleantes como nieve bañada por el sol.

Aquel Cam de la antigüedad no había cruzado todavía. Solo estaba a punto de hacerlo.

Aquel día, Lilith perdió a Cam como amante, y Daniel lo perdió como hermano. A partir de aquel día, serían enemigos. ¿Podría haberlo detenido? ¿Y si no se hubiera apartado de Cam y hubiera desplegado sus alas como un escudo, como en ese momento vio hacer a Dani?

Debería haberlo detenido. Ardía en deseos de abandonar su escondrijo entre la hierba y detener a Cam. ¡Cuántas cosas podrían ser distintas!

Todavía no existía ninguna retorcida atracción magnética entre las alas de Cam y Dani. Lo único que los repelía en ese momento era una obstinada diferencia de opinión, una rivalidad filosófica entre hermanos.

Ambos ángeles alzaron el vuelo a la vez, cada uno en una dirección distinta. Así pues, cuando Dani se dirigió al este y Cam al oeste, los tres anacronismos escondidos entre la hierba fueron los únicos en ver que un brillo dorado corroía las alas de Cam. Como un relámpago centelleante.

17
Escrito en hueso

Yin, China
Qing Ming
(aproximadamente, 4 de abril de 1046 a. C.)

Al final del túnel de la Anunciadora había un brillo envolvente. Acarició la piel de Luce como una mañana de estío en la casa que sus padres tenían en Georgia.

Se lanzó hacia él.

«Gloria ilimitada.» Así había llamado Bill a la luz abrasadora del alma verdadera de Daniel. El mero hecho de mirar a su yo angelical había bastado para que todas las personas presentes en el sacrificio maya, entre ellas la propia Ix Cuat, el antiguo yo de Luce, ardieran por combustión espontánea.

Pero hubo un momento.

Un momento milagroso justo antes de que Ix Cuat muriera, en el que Luce se había sentido más cerca de Daniel que nunca. No le importaba qué dijera Bill: había reconocido el brillo del alma de Daniel. Tenía que verlo otra vez. Quizá había algún modo de que pudiera sobrevivir a él. Al menos, tenía que intentarlo.

La Anunciadora la arrojó al frío vacío de un gigantesco dormitorio.

La estancia era al menos diez veces más grande que cualquier otra habitación que Luce hubiera visto, y todo lo que había en ella era suntuoso. Los suelos de liso mármol estaban cubiertos de enormes alfombras de pieles de animales, una de las cuales tenía una cabeza de tigre intacta. Cuatro columnas de madera sostenían un hermoso techo de paja a dos aguas. Las paredes estaban hechas de bambú entretejido. Cerca de la ventana abierta había una enorme cama con dosel con sábanas de seda verdes y doradas.

Había un diminuto catalejo en el alféizar de la ventana. Luce lo cogió y descorrió la cortina dorada de seda para mirar afuera. El catalejo era pesado, y lo notó frío cuando se lo llevó al ojo.

Estaba en el centro de una enorme ciudad amurallada, contemplándola desde una segunda planta. Un laberinto de calles empedradas comunicaba estructuras hechas de cañas y barro que estaban muy apiñadas entre sí y parecían muy antiguas. El aire era cálido y olía tenuemente a flores de cerezo. Dos oropéndolas surcaron el cielo azul.

Luce miró a Bill.

—¿Dónde estamos? —Aquel lugar le parecía tan extraño como el mundo de los mayas, e igual de alejado en el tiempo.

La gárgola se encogió de hombros y abrió la boca para hablar, pero en ese momento…

—Chist —susurró Luce.

Sollozos.

Alguien lloraba en silencio. Luce se volvió hacia el ruido. Allí, por una puerta del otro extremo de la estancia, oyó de nuevo el sonido.

Se dirigió hacia la puerta, caminando descalza por el suelo de mármol, atraída por el eco de los sollozos. Un estrecho pasaje comunicaba con otra espaciosa estancia que carecía de ventanas, tenía los techos bajos y estaba débilmente iluminada por media docena de lamparitas de bronce.

Distinguió un voluminoso lavabo de piedra y una mesita lacada repleta de frascos negros de cerámica que contenían aceites aromáticos e impregnaban la habitación de un agradable olor a especias. Un gigantesco armario de madera labrada con incrustaciones de jade ocupaba la esquina de la estancia. Los delgados dragones verdes grabados en las puertas la miraban con desprecio, como si supieran todo lo que ella no sabía.

Y, en el centro de la estancia, había un hombre muerto en el suelo.

Antes de que Luce pudiera ver nada más, la cegó una luz muy brillante que se desplazaba hacia ella. Era el mismo resplandor que había percibido antes de salir de la Anunciadora.

—¿Qué es esa luz? —preguntó a Bill.

—Es… ¿la ves? —Bill parecía sorprendido—. Es tu alma. Otra forma más de reconocer tus vidas pasadas cuando tienen un aspecto físico distinto al tuyo. —Se quedó un momento callado—. ¿No la habías visto hasta ahora?

—Esta es la primera vez, creo.

—Ajá —dijo Bill—. Es una buena señal. Estás progresando.

De golpe, Luce se sintió apesadumbrada y exhausta.

—Creía que iba a ver a Daniel.

Bill se aclaró la garganta como si fuera a decir alguna cosa, pero no lo hizo. El resplandor duró un instante más y se desvaneció con tanta brusquedad que Luce se quedó un momento sin ver nada, hasta que sus ojos se habituaron.

—¿Qué haces aquí? —preguntó una voz con aspereza.

En el centro de la estancia, donde antes estaba la luz, había una muchacha china delgada y bonita de unos diecisiete años, demasiado joven y demasiado elegante para estar junto al cadáver de un hombre.

Los oscuros cabellos le llegaban a la cintura y contrastaban con su larga túnica blanca de seda. Pese a su delicadeza, parecía la clase de chica que no se arredraba.

—Esa eres tú —dijo la voz de Bill al oído de Luce—. Te llamas Lu Xin y vivías fuera de Yin, la capital. Estamos al final de la dinastía Shang, unos mil años antes de Cristo, por si quieres tomar nota para tu álbum de fotos.

Lo más probable era que Lu Xin la tomara por una loca al verla irrumpir allí vestida con una piel de animal chamuscada, medio desnuda y con un collar de hueso, con el pelo alborotado y enredado. ¿Cuánto hacía que no se miraba en un espejo?, ¿que no se daba un baño? Y, además, hablaba con una gárgola invisible.

Aunque, por otra parte, Lu Xin estaba velando a un hombre muerto y mirándola con cara de «no te pases ni un pelo», así que también ella parecía un poco loca.

¡Vaya! Luce no había visto el puñal de jade con la empuñadura incrustada de turquesas ni en el charquito de sangre que había en el suelo de mármol.

—¿Qué hago…? —preguntó a Bill.

—Tú. —La voz de Lu Xin tenía una fuerza sorprendente—. Ayúdame a esconder el cadáver.

El hombre muerto tenía las sienes plateadas; aparentaba unos sesenta años y era delgado y musculoso bajo la cantidad de suntuosas túnicas y capas bordadas que llevaba.

—Yo… hum… no creo que…

—En cuanto se enteren de que el rey está muerto, tú y yo también lo estaremos.

—¿Qué? —preguntó Luce—. ¿Yo?

—Tú, yo, casi todas las personas que viven dentro de estas murallas. ¿De dónde si no van a sacar los mil cuerpos que deben ser sepultados con este déspota? —La muchacha se enjugó las lágrimas con los dedos, que eran finos y llevaban anillos de jade—. ¿Vas a ayudarme o no?

A petición de la muchacha, Luce agarró al rey por los pies. Lu Xin se dispuso a cogerlo por las axilas.

—El rey —dijo Luce en la antigua lengua shang, como si la hubiera hablado toda la vida—. ¿Lo han…?

—No es lo que parece. —Lu Xin gruñó por el peso del cuerpo. El rey pesaba más de lo que parecía—. No lo he matado yo. Al menos, no —se quedó callada— físicamente. Estaba muerto cuando he entrado. —Se sorbió la nariz—. Se ha clavado un puñal en el corazón. Yo siempre decía que no tenía corazón, pero me ha demostrado que estaba equivocada.

Luce miró la cara del hombre. Tenía un ojo abierto y la boca crispada. Parecía que hubiera sufrido al abandonar aquel mundo.

—¿Era tu padre?

Para entonces, ya estaban junto al enorme armario incrustado de jade. Lu Xin abrió la puerta con la cadera, retrocedió un paso y soltó dentro su mitad del cadáver.

—Iba a ser mi esposo —dijo con frialdad—. Y un esposo horrible, además. Los ancestros aprobaban nuestro matrimonio, pero yo no. Las sentimentales no damos las gracias por casarnos con hombres viejos ricos y poderosos. —Escrutó a Luce, la cual bajó lentamente los pies del rey al suelo del armario—. ¿De qué parte de la llanura vienes que no te has enterado de los desposorios del rey? —Lu Xin había reparado en la ropa maya de Luce. Tiró de su corta falda marrón—. ¿Te han contratado para que actúes en nuestra boda? ¿Eres una bailarina? ¿Una payasa?

—No exactamente. —Luce se ruborizó mientras ella seguía bajándole la falda—. Oye, no podemos dejar el cadáver aquí. Alguien va a encontrarlo. O sea, se trata del rey, ¿no? Y hay sangre por todas partes.

Lu Xin hurgó en el armario de los dragones y sacó una túnica carmesí. Se arrodilló y le arrancó una gran tira de tela. Era una hermosa prenda de seda, con florecillas negras bordadas en el cuello. Pero Lu Xin no vaciló en utilizarla para limpiar la sangre del suelo. Cogió una segunda túnica azul y se la arrojó para que la ayudara.

—De acuerdo —dijo Luce—. Bueno, aún está ese cuchillo. —Señaló el reluciente puñal de bronce manchado de la sangre del rey hasta la empuñadura.

En un instante, Lu Xin se metió el puñal en un pliegue de su túnica. Miró a Luce, como si dijera: «¿Alguna cosa más?».

—¿Qué es eso de ahí? —Luce señaló lo que parecía la parte superior de un pequeño caparazón de tortuga. Lo había visto caer de la mano del rey cuando habían movido su cadáver.

Lu Xin estaba de rodillas. Soltó la tela empapada de sangre y cogió el caparazón entre las manos.

—El hueso del oráculo —dijo en voz baja—. Más importante que cualquier rey.

—¿Qué es?

—Tiene las respuestas de la Deidad Superior.

Luce se acercó y se arrodilló para ver el objeto que había causado tal efecto en la muchacha. El hueso del oráculo era un simple caparazón de tortuga, pero era pequeño, lustroso, prístino. Cuando Luce se aproximó más, vio algo escrito en suaves trazos negros en la parte inferior lisa: «¿Me es fiel Lu Xin o ama a otro?».

Las lágrimas volvieron a anegar los ojos de Lu Xin, una fisura en la fría determinación que había aparentado ante Luce.

—Ha preguntado a los ancestros —susurró mientras cerraba los ojos—. Deben de haberle hablado de mi engaño. No... no he podido evitarlo.

Daniel. Debía de referirse a Daniel. Un amor secreto que había ocultado al rey. Sin embargo, no había logrado ocultarlo lo bastante bien.

Luce se solidarizó con Lu Xin. Entendía cómo se sentía con todas las fibras de su alma. Ellos compartían un amor que ningún rey podía arrebatarles, que nadie podía extinguir. Un amor más poderoso que la naturaleza.

La estrechó entre sus brazos.

Y dejó de notar el suelo bajo sus pies.

¡No tenía intención de hacer aquello! Pero el estómago ya le había dado un vuelco, y su punto de vista había cambiado sin que ella pudiera controlarlo. Se vio desde fuera, extraña y salvaje, aferrada a su antiguo yo como si en ello le fuera la vida. Cuando la estancia dejó de rodar, estaba sola, con el hueso adivinatorio en la mano. Había sucedido. Se había convertido en Lu Xin.

—¿Falto tres minutos y pasas a tres-D? —refunfuñó Bill cuando reapareció—. ¿No puede una gárgola disfrutar de una rica taza de té de jazmín sin que a su vuelta descubra que su protegida se ha cavado su propia tumba? ¿Te has planteado en algún momento qué va a pasar cuando los guardias derriben esa puerta?

Llamaron con brusquedad a la gran puerta de bambú de la estancia principal.

Luce se sobresaltó.

Bill se cruzó de brazos.

—Hablando del rey de Roma —dijo. Luego, con un tono de voz agudo y afectado, chilló—: ¡Oh, Bill! Ayúdame, Bill, ¿qué hago ahora? No he pensado en hacerte ninguna pregunta antes de ponerme en esta situación tan estúpida. ¡Bill!

Pero Luce no necesitó hacer ninguna pregunta a Bill. Le bastó con escuchar los pensamientos de Lu Xin: ella sabía que aquel día no solo sería recordado por el suicidio de un reyezuelo, sino por algo incluso más importante, incluso más sangriento y atroz: el enfrentamiento de dos grandes ejércitos.

¿Los golpes en la puerta? Era el consejo del rey, que aguardaba para acompañarlo a la guerra. Él debía conducir a las tropas a la batalla.

Pero el rey estaba muerto y escondido en un armario.

Y Luce estaba en el cuerpo de Lu Xin, atrapada en las cámaras privadas del rey. Si la encontraban allí sola…

—Rey Shang. —Los fuertes golpes resonaron en toda la estancia—. Esperamos vuestras órdenes.

Luce se quedó muy quieta, aterida en la túnica de seda de Lu Xin. No había rey Shang. Su suicidio había dejado a la dinastía sin rey, a los templos sin sumo sacerdote y al ejército sin general, justo antes de una batalla para mantener la dinastía en el poder.

—¿Puede haber regicidio más inoportuno? —dijo Bill.

—¿Qué hago? —Luce se volvió rápidamente hacia el armario de los dragones e hizo una mueca al ver al rey.

Tenía el cuello en una postura forzada y la sangre de su pecho, ya casi seca, había adquirido un color marrón herrumbroso. Lu Xin había odiado al rey en vida. Ahora, Luce sabía que las lágrimas que había derramado no eran lágrimas de tristeza, sino de temor por lo que sería de su amor: De.

Hasta hacía tres semanas, Lu Xin había vivido en la granja de sus padres a orillas del río Huan. Un día, mientras cruzaba el valle fluvial en su reluciente carroza, el rey la vio trabajando los campos de mijo. Decidió que la deseaba. Al día siguiente, dos milicianos se presentaron en su puerta. Ella había tenido que abandonar a su familia y su hogar. Había tenido que abandonar a De, el guapo joven pescador del pueblo vecino.

Antes de que el rey se la llevara, De le había enseñado cómo pescaba utilizando su pareja de cormoranes, a los que ataba una cuerda alrededor del cuello para que pudieran atrapar varios peces en la boca pero no tragárselos. Mientras lo veía sacar los peces de los curiosos picos de aquellas aves, Lu Xin se había enamorado de él. Justo a la mañana siguiente, había tenido que decirle adiós. Para siempre.

O eso creía ella.

Habían pasado diecinueve crepúsculos desde que había visto a De, siete crepúsculos desde que había recibido un rollo de pergamino de su casa con malas noticias. De y otros muchachos de las granjas vecinas habían huido para unirse al ejército rebelde y, justo des-

pués, los hombres del rey habían registrado el pueblo de arriba abajo en busca de los desertores.

Con el rey muerto, los hombres de Shang no tendrían piedad con
Lu Xin, y ella jamás encontraría a De, jamás se reuniría con Daniel.

A menos que el consejo no descubriera que el rey había muerto.

El armario estaba repleto de coloridas prendas exóticas, pero un
objeto le llamó la atención: un gran casco curvo. Era pesado y estaba
hecho, en su mayor parte, de recias tiras de cuero cosidas entre sí.
Por delante, tenía una pieza de bronce con un dragón que arrojaba
fuego grabado en el metal. El dragón era el animal del año del zo-
diaco en el que había nacido del rey.

Bill voló hasta ella.

—¿Qué haces con el casco del rey?

Luce se lo colocó en la cabeza y metió debajo su largo cabello negro. A continuación, abrió la otra puerta del armario, entusiasmada
y nerviosa por lo que había encontrado.

—Lo mismo que hago con la armadura del rey —dijo mientras
cogía un pesado fardo de ropa.

Se puso unos calzones anchos de cuero, una gruesa túnica de
cuero, unas manoplas de cota de malla, unas sandalias de cuero que
le quedaban grandes pero iban a tener que servirle y un peto de cota
de malla. La túnica llevaba bordado en el frente el mismo dragón
negro del casco. Era difícil creer que alguien pudiera batallar con
aquellas ropas tan pesadas, pero Lu Xin sabía que, en realidad, el
rey no combatía: solo dirigía batallas desde el asiento de su carro de
guerra.

—¡No es momento de jugar a los disfraces! —Bill la señaló con
una garra—. No puedes salir con eso.

—¿Por qué no? Es de mi talla. Casi. —Luce dobló la cinturilla de los calzones para poder ceñírselos bien con el cinto.

Cerca del lavabo, encontró un tosco espejo de estaño pulido con un marco de bambú. En el reflejo, la cara de Lu Xin quedaba disimulada por la recia pieza de bronce del casco. Su cuerpo parecía voluminoso bajo la armadura de cuero.

Luce salió del vestidor para regresar al dormitorio.

—¡Espera! —gritó Bill—. ¿Qué vas a decir del rey?

Luce lo miró y se levantó el pesado casco de cuero para que le viera los ojos.

—Ahora, el rey soy yo.

Bill parpadeó y, por una vez, no trató de hacer ningún comentario agudo.

De repente, Luce se sintió fuerte. Se dio cuenta de que disfrazarse de general era justo lo que Lu Xin habría hecho. Por supuesto, como soldado raso, De estaría en las primeras líneas de aquella batalla. Y ella iba a encontrarlo.

Más golpes en la puerta.

—Rey Shang, el ejército de Zhou avanza. ¡Debemos requerir vuestra presencia!

—Creo que hay alguien que os habla, «rey Shang». —La voz de Bill había cambiado. Era grave y áspera y resonó con tanta violencia que Luce se estremeció, pero no se volvió para mirarlo. En lugar de hacerlo, giró el pesado picaporte de bronce y abrió la recia puerta de bambú.

Tres hombres vestidos con llamativos atuendos marciales rojos y amarillos la saludaron con nerviosismo. Luce reconoció a los tres consejeros más próximos al rey: Hu, con los dientes minúsculos y los ojillos amarillentos. Cui, el más alto, con la espalda ancha y los ojos muy separados. Huang, el más joven y amable de todos.

—El rey ya está vestido para la batalla —dijo Huang mientras miraba la estancia vacía con curiosidad—. El rey está… distinto.

Luce se quedó petrificada. ¿Qué podía decir? Jamás había oído la voz del rey y era una pésima imitadora.

—Sí. —Hu estuvo de acuerdo con Huang—. Parece descansado.

Después de un hondo suspiro de alivio, Luce asintió con rigidez para que el casco no se le cayera.

Los tres hombres indicaron al rey, a Luce, que saliera al pasillo de mármol. Huang y Hu la flanquearon y se quejaron entre susurros de lo baja que estaba la moral de los soldados. Cui caminó justo detrás de Luce e hizo que se sintiera incómoda.

El palacio no se acababa nunca: altos techos a dos aguas, todos de un blanco resplandeciente, las mismas estatuas de jade y ónice en cada recodo, los mismos espejos con marcos de bambú en todas las paredes. Cuando por fin cruzaron la última puerta y salieron a la mañana gris, Luce vio el carro rojo de madera a lo lejos, y las piernas casi le fallaron.

Tenía que encontrar a Daniel en aquella vida, pero partir a la batalla la aterraba.

Junto al carro, los miembros del consejo real se inclinaron y le besaron la mano. Luce agradeció llevarla enfundada en una manopla, pero, aun así, la retiró enseguida por temor a que su forma de asirles la mano la delatara. Huang le dio una larga lanza que tenía el mango de madera y una cuchilla curva a unos centímetros de la punta.

—Vuestra alabarda, majestad.

A Luce casi se le cayó de lo mucho que pesaba.

—Os llevarán al promontorio que domina el campo de batalla —continuó—. Nosotros iremos detrás con la caballería y nos reuniremos allí con vos.

Luce se volvió hacia el carro. Básicamente, era una plataforma de madera colocada sobre un eje largo que unía dos grandes ruedas de madera y enganchada a dos caballos negros inmensos. El carro estaba hecho de lustrosa madera lacada roja y tenía espacio suficiente para tres personas sentadas o de pie. El toldo y las cortinas de cuero podían retirarse durante una batalla, pero, de momento, seguían allí y procuraban algo de intimidad al pasajero.

Luce subió al carro, pasó entre las cortinas y se sentó. El asiento estaba acolchado con pieles de tigre. Un cochero con un fino bigote cogió las riendas, y otro soldado de ojos tristes armado con un hacha de guerra subió y se quedó de pie junto a ella. Cuando el cochero restalló el látigo, los caballos echaron a galopar, y Luce notó que las ruedas comenzaban a girar por debajo de ella.

Cuando cruzaron las austeras puertas exteriores del palacio, el sol que se colaba entre las nubes bañó de luz las tierras de labranza reverdecidas que se extendían hacia el oeste. El paisaje era hermoso, pero Luce estaba demasiado nerviosa para apreciarlo.

—Bill… —susurró—. ¿Me ayudas?

No obtuvo respuesta.

—¿Bill?

Sacó la cabeza por la cortina, pero eso solo llamó la atención del soldado de ojos tristes que debía ser el guardaespaldas del rey durante el trayecto.

—Majestad, por favor, por vuestra seguridad, debo insistir. —Le indicó que se retirara.

Luce refunfuñó y volvió a recostarse en el asiento acolchado del carro. Las calles empedradas debían de haber terminado, porque el carro comenzó a dar unos saltos increíbles. Luce fue arrojada contra el asiento y tuvo la sensación de hallarse en una montaña rusa de madera. Se agarró a la afelpada piel de tigre.

Bill no quería que hiciera aquello. ¿Le estaba dando una lección dejándola tirada en aquel momento, cuando más lo necesitaba?

Las rodillas le repiqueteaban con cada salto del carro. No tenía la menor idea de cómo iba a encontrar a De. Si los guardias del rey no le dejaban ni asomarse por una cortina, ¿cómo iban a dejarle acercarse al frente?

Pero por otra parte...

Una vez, hacía miles de años, su antiguo yo había ido en aquel carro, vistiendo la armadura del rey fallecido. Luce lo presentía. Aunque ella no se hubiera fusionado con su antiguo cuerpo, Lu Xin habría estado allí en ese momento.

Sin la ayuda de una extraña gárgola con muy malas pulgas. Y, aún más importante, sin la información que Luce ya tenía en aquella etapa de su misión. Había contemplado la gloria ilimitada de Daniel en Chichén Itzá. Había presenciado y por fin comprendido su hondo sufrimiento en Londres. Lo había visto pasar de suicidarse en el Tíbet a librarla de una vida horrible en Versalles, y dormirse para superar el dolor de su muerte en Prusia como si estuviera bajo el influjo de un encantamiento. Lo había visto enamorarse de ella incluso cuando era engreída e inmadura en Helston. Había tocado las cicatrices de sus alas en Milán y comprendido a cuánto había renunciado en el Cielo solo por ella. Había visto la expresión atormentada de sus ojos al perderla en Moscú, el mismo sufrimiento una y otra vez.

Su deber con él la obligaba a romper aquella maldición.

El carro se detuvo con brusquedad, y Luce salió despedida del asiento. Oyó un estruendo de cascos de caballo, lo cual era extraño, porque el carro del rey estaba parado.

Fuera había alguien más.

Luce oyó un ruido de metal contra metal y un largo gruñido de dolor. El carro se bamboleó. Algo pesado cayó al suelo.

Oyó otro ruido metálico, otro gruñido, un grito ronco y otro golpetazo en el suelo. Con las manos temblándole, abrió las cortinas de cuero una rendija y vio que el soldado de ojos tristes yacía en el suelo en un charco de sangre.

Habían tendido una emboscada al carro del rey.

Uno de los insurgentes separó bruscamente las cortinas. El desconocido alzó su espada.

Luce no pudo evitarlo: chilló.

La espada vaciló en el aire y, en ese momento, una honda sensación de calor se apoderó de ella, inundándole las venas, calmándole los nervios y desacelerándole en corazón.

El combatiente del carro era De.

El casco de cuero le ocultaba el cabello negro, pero, por fortuna, no le tapaba la cara. Su pálida piel aceitunada resaltaba el violeta de sus ojos. Parecía desconcertado y esperanzado al mismo tiempo. Tenía la espada desenvainada, pero la sostenía como si presintiera que no debía asestar el golpe. Luce se quitó rápidamente el casco y lo arrojó al asiento.

Liberado, su cabello oscuro y ondulado cayó como una cascada y le cubrió el peto de bronce. La vista se le nubló mientras los ojos se le llenaban de lágrimas.

—¿Lu Xin?

De la estrechó en sus brazos. Frotó su nariz con la suya, y Luce pegó su mejilla a la de él, sintiéndose abrigada y segura. De parecía incapaz de dejar de sonreír. Luce alzó la cabeza y besó la hermosa curva de sus labios. Él respondió a su beso con avidez y Luce absorbió cada maravilloso momento mientras notaba el peso de su cuerpo y deseaba que no hubiera tantas piezas de armadura entre los dos.

—Eres la última persona que esperaba ver —dijo De en voz baja.

—Yo podría decir lo mismo de ti —respondió ella—. ¿Qué haces aquí?

—Cuando me uní a los rebeldes de Zhou, juré que mataría al rey y te recuperaría.

—El rey está… Oh, nada de eso importa ya —susurró Luce, besándolo en las mejillas y los párpados, abrazada a su cuello.

—Nada importa —dijo De—. Salvo que estoy contigo.

Luce recordó su brillo radiante en Chichén Itzá. Verlo en aquellas otras vidas, en lugares y épocas tan alejados de su hogar, confirmaba, cada vez, lo mucho que le quería.

Su vínculo era irrompible: quedaba patente en su modo de mirarse, en su modo de leerse el pensamiento, en su modo de sentirse completos juntos.

Pero ¿cómo podía olvidar la maldición que sufrían desde el origen de los tiempos? ¿Y su misión de romperla? Había ido demasiado lejos para olvidar que aún había obstáculos que le impedían estar con Daniel de verdad.

Hasta el momento, cada vida le había enseñado alguna cosa. Seguramente, aquella también debía de encerrar alguna clave. Ojalá supiera qué buscar.

—Nos habían dicho que el rey vendría aquí para dirigir a las tropas —explicó De—. Los rebeldes van a tender una emboscada a la caballería del rey.

—Están en camino —dijo Luce, recordando las instrucciones de Huang—. Llegarán de un momento a otro.

Daniel asintió.

—Y, cuando lleguen, los rebeldes esperarán que yo combata.

Luce hizo una mueca. Ya había estado con Daniel en dos ocasiones mientras él se aprestaba para la batalla y, en ambas, lo que había sucedido después era algo que ella no quería volver a ver jamás.

—¿Qué hago mientras tú…?

—No voy a combatir, Lu Xin.

—¿Qué?

—Esta no es nuestra guerra. Podemos quedarnos a librar las batallas de otras personas o podemos hacer lo que siempre hacemos y elegirnos el uno al otro por encima de todo lo demás. ¿Comprendes lo que quiero decir?

—Sí —susurró Luce.

Lu Xin no conocía el significado más profundo de las palabras de De, pero Luce estaba casi segura de que lo entendía: Daniel la quería, ella le quería a él y elegían estar juntos.

—No van a dejar que nos marchemos así como así. Los rebeldes me matarán por desertar. —De volvió a ponerle el casco—. Tú también vas a tener que luchar para salir de esto.

—¿Qué? —susurró ella—. No sé combatir. Casi no puedo levantar esto —señaló la alabarda—. No puedo…

—Sí —afirmó él, dotando a la palabra de un hondo significado—. Sí puedes.

El carro se inundó de luz. Por un momento, Luce creyó que ya había llegado: el momento en el que su mundo ardería en llamas, en el que Lu Xin moriría, en el que su alma sería arrojada a las sombras…

Pero aquello no sucedió. El resplandor emanaba del pecho de De. Era el brillo del alma de Daniel. No era tan intenso ni radiante como en los sacrificios mayas, pero sí igual de impresionante. Recordó a Luce el brillo de su propia alma la primera vez que había visto a Lu Xin. Quizá estaba aprendiendo a ver el mundo como era de verdad. Quizá, por fin, veía más allá de la ilusión.

—Está bien —dijo mientras volvía a meterse el pelo debajo del casco—. Vamos.

Separaron las cortinas y se quedaron en la plataforma del carro. Ante ellos, un ejército rebelde de veinte hombres a caballo aguardaba cerca del borde de una colina a unos quince metros del carro del rey. Llevaban sencillas ropas de campesino, pantalones marrones y sucias camisas de basta tela. Sus escudos lucían el signo de la rata, el símbolo del ejército de Zhou. Todos aguardaban a que De diera la orden.

Abajo, en el valle, se oyó un rumor de centenares de caballos. Luce comprendió que todo el ejército de Shang estaba allí, sediento de sangre. Los soldados cantaban una vieja canción de guerra que Lu Xin conocía desde que tenía uso de razón.

Y detrás de ellos, en algún lugar, Luce sabía que Huang y el resto de la guardia personal del rey cabalgaban hacia allí para lo que creían que sería una cita en el promontorio. Cabalgaban hacia una masacre, una emboscada, y Luce y Daniel tenían que huir antes de que llegaran.

—Sígueme —murmuró De—. Nos dirigiremos al oeste, hacia las colinas, tan lejos de esta batalla como puedan llevarnos nuestras monturas.

Desató uno de los caballos del carro y se lo acercó. El caballo era impresionante, negro como el carbón, con una mancha romboidal en el pecho. De la ayudó a montar y le enseñó la alabarda del rey con una mano y una ballesta con la otra. Luce jamás había tocado una ballesta y Lu Xin solo la había utilizado una vez, para alejar a un lince de la cuna de su hermana. Pero el arma era liviana, y Luce supo que, si llegaba el momento, sabría dispararla.

De sonrió por su elección y llamó a su montura con un silbido. Una hermosa yegua manchada trotó hacia él. De saltó a su lomo.

—¡De! ¿Qué haces? —gritó con alarma una voz desde la hilera de caballos—. ¡Debías matar al rey! ¡No montarlo en un caballo!

—¡Sí! ¡Mata al rey! —exclamó un enojado coro de voces.

—¡El rey está muerto! —gritó Luce, acallando a los soldados. La voz femenina bajo el casco los dejó a todos con la boca abierta. Se quedaron petrificados, sin saber si alzar o no las armas.

De acercó su yegua al caballo de Luce. Le cogió las manos. Ella jamás las había sentido tan cálidas, fuertes y tranquilizadoras.

—Pase lo que pase, te quiero. Por nuestro amor, haría cualquier cosa.

—Y yo —susurró Luce.

De dio un grito de guerra, y sus caballos echaron a galopar a una velocidad de vértigo. A Luce casi se le cayó la ballesta cuando se inclinó hacia delante para coger las riendas.

Los soldados rebeldes comenzaron a gritar.

—¡Traidores!

—¡Lu Xin! —La voz de De se alzó por encima del grito más agudo, el casco de caballo más pesado—. ¡Adelante! —Alzó el brazo y señaló las colinas.

El caballo de Luce galopaba tan aprisa que era difícil ver algo con claridad. El mundo pasó como una aterradora exhalación. Un puñado de rebeldes los siguió, y los cascos de sus caballos retumbaron como un terremoto interminable.

Hasta que un rebelde atacó a Daniel con su alabarda, Luce se había olvidado de su ballesta. La alzó sin esfuerzo. Seguía sin estar segura de cómo utilizarla, pero sabía que mataría a cualquiera que tratara de hacer daño a Daniel.

Ya.

Disparó. Para su sorpresa, la flecha detuvo al rebelde y lo derribó. El hombre levantó una nube de polvo al caer al suelo. Horrorizada, Luce se quedó mirando su cadáver, con el pecho atravesado por la flecha.

—¡No te pares! —gritó De.

Luce tragó saliva y dejó que su caballo la guiara. Sucedía algo. Comenzó a sentirse más liviana en la silla, como si, de golpe, la gravedad tuviera menos poder sobre ella, como si la fe que De tenía en ella la propulsara hacia delante. Podía hacerlo. Podía huir con él. Colocó otra flecha en la ballesta, disparó, y volvió a disparar. No apuntaba a nadie salvo en defensa propia, pero la atacaron tantos soldados que pronto hubo utilizado casi todas las flechas. Solo le quedaban dos.

—¡De! —gritó.

Él estaba casi fuera de la silla, atacando a un soldado de Shang con un hacha. No tenía las alas desplegadas, pero el efecto era el mismo: parecía más ligero que el aire, y su destreza era infalible. Daniel mataba a sus enemigos tan limpiamente que sus muertes eran instantáneas, lo más indoloras posible.

—¡De! —gritó Luce, más alto.

Al oírla, De alzó la cabeza con brusquedad. Luce se inclinó en la silla para mostrar su carcaj casi vacío. Él le arrojó una espada curva.

Luce la cogió al vuelo por la empuñadura. Para su sorpresa, se sintió muy cómoda con ella. Entonces la recordó: su clase de esgrima en la Escuela de la Costa. En su primer combate, batió a Lilith, una compañera de clase remilgada y cruel que llevaba toda la vida practicando esgrima.

Sin duda, podía volver a hacerlo.

En ese momento, un soldado saltó a su caballo, que tropezó al notar un peso inesperado. Luce gritó, pero, al cabo de un instante, tenía la espada manchada de sangre después de cortar el pescuezo al hombre y arrojar su cadáver al suelo.

Sintió un súbito calor en el pecho. Le vibró todo el cuerpo. Siguió adelante, espoleando a su caballo para que galopara cada vez más aprisa hasta que…

El mundo se tornó blanco.

Y luego, de pronto, negro.

Por último, estalló en una cegadora explosión de colores.

Alzó la mano para protegerse los ojos, pero la luz no provenía de fuera. Su caballo seguía galopando bajo su cuerpo. Ella aún asía la espada y la blandía a diestro y siniestro, cortando pescuezos, abriendo pechos. Los enemigos seguían cayendo a sus pies.

Pero, de algún modo, Luce ya no estaba del todo allí. La inundó una avalancha de imágenes, imágenes que debían de pertenecer a Lu Xin, y también otras que era imposible que fueran suyas.

Vio a Daniel vestido con sencillas ropas de campesino... pero, al cabo de un instante, tenía el torso desnudo y el pelo largo y rubio... y, de pronto, llevaba un yelmo de caballero, cuya visera levantaba para besarla en los labios... pero, antes de que lo hiciera, se había transformado en su yo actual, el Daniel al que ella había dejado en el patio de sus padres en Thunderbolt cuando entró en la Anunciadora.

Se dio cuenta de que aquel era el Daniel al que buscaba desde el principio. Fue a cogerlo, pronunció su nombre, pero él se transformó otra vez. Y otra. Vio más Daniel de lo que jamás habría creído posible, cada uno más guapo que el anterior. Se plegaban unos en otros como el fuelle de un inmenso acordeón, y cada imagen de él oscilaba y se modificaba bajo la luz del cielo. El perfil de su nariz, el ángulo de su mandíbula, el tono de su piel, la forma de sus labios, todo se arremolinaba y se emborronaba, cambiando sin cesar. Todo se transformaba salvo sus ojos.

Sus ojos violeta jamás cambiaban. Luce no se los podía quitar de la cabeza: ocultaban algo terrible, algo que ella no entendía. Algo que no quería entender.

¿Miedo?

En las imágenes, el terror de los ojos de Daniel era tan grande que Luce quería dejar de mirarlos a pesar de su belleza. ¿Qué podía temer alguien tan poderoso como él?

Solo había una cosa: la muerte de Luce.

Ella estaba viendo una secuencia de todas sus muertes. Aquella era la expresión de los ojos de Daniel, a lo largo del tiempo, justo antes de que ella ardiera en llamas. Ya había visto aquel miedo. Lo aborrecía, porque siempre significaba que su tiempo se había agotado. Ahora, lo veía en cada una de las caras de Daniel. El miedo que él había sentido en infinitas épocas y lugares. De pronto, supo que había más.

Daniel no temía por ella. No le asustaba que Luce estuviera a punto de entrar en la oscuridad de otra muerte. No le asustaba que eso pudiera hacerle daño.

Daniel la temía a ella.

—¡Lu Xin! —le gritó su voz desde el campo de batalla.

Ella lo vio a través de un velo de imágenes. Era lo único que percibía con claridad, porque todo lo demás irradiaba una asombrosa luz blanca. Y también ella la irradiaba. ¿La estaba quemando su amor por Daniel? ¿Era su pasión, no la de él, la que siempre la destruía?

—¡No! —Daniel fue a cogerle la mano. Pero era demasiado tarde.

A Luce le dolía la cabeza. No quería abrir los ojos.

Bill había regresado, el suelo estaba fresco y la envolvía una grata oscuridad. Una cascada salpicaba en la sombra, y el agua mojaba sus mejillas encendidas.

—Al final, lo has hecho bastante bien —observó Bill.

—No pareces muy decepcionado —dijo Luce—. ¿Y si me cuentas dónde has estado?

—No puedo. —Bill se mordió los labios carnosos para mostrarle que estaban sellados.

—¿Por qué no?

—Es personal.

—¿Es por Daniel? —le preguntó Luce—. Él podría verte, ¿no? Y hay alguna razón para que no quieras que se entere de que me estás ayudando.

Bill resopló.

—No todo lo que hago está relacionado contigo, Luce. Tengo otras cosas entre manos. Además, últimamente te has vuelto bastante independiente. Quizá sea hora de que pongamos fin a nuestro pequeño pacto y sigas tú sola. ¿Para qué demonios me necesitas?

Luce estaba demasiado agotada para dorarle la píldora y demasiado aturdida por lo que acababa de ver.

—Es inútil.

La ira de Bill se desinfló como un globo.

—¿Qué quieres decir?

—Cuando muero, no es por nada que haga Daniel. Es algo que ocurre dentro de mí. Puede que lo provoque su amor, pero... es culpa mía. Eso tiene que formar parte de la maldición, solo que no sé qué significa. Lo único que sé es que he visto la expresión de sus ojos justo antes de que yo muera: siempre es la misma.

Bill ladeó la cabeza.

—Hasta ahora.

—Le doy más tristezas que alegrías —continuó Luce—. Si no ha renunciado a mí, debería hacerlo. No puedo seguir haciéndole esto.

Enterró la cabeza entre las manos.

—¿Luce? —Bill se sentó en su rodilla. Le transmitió la misma extraña ternura que cuando se habían conocido—. ¿Quieres poner fin a esta farsa interminable? ¿Por Daniel?

Luce lo miró y se enjugó las lágrimas.

—¿Para que él no tenga que pasar por esto nunca más? ¿Hay algo que yo pueda hacer?

—Cuando te encarnas en uno de los cuerpos de tus antiguos yoes, hay un momento en cada una de tus vidas, justo antes de que mueras, en el que tu alma y los dos cuerpos, el antiguo y el actual, se separan. Solo dura una milésima de segundo.

Luce entrecerró los ojos.

—Creo que lo he sentido. ¿En el momento en que me doy cuenta de que voy a morir, justo antes de que muera?

—Exacto. Tiene que ver con cómo se fusionan tus vidas. En esa milésima de segundo, hay una forma de separar tu alma maldita de tu cuerpo actual. Eso eliminaría de tu maldición el molesto factor de la reencarnación.

—Pero creía que ya estaba al final de mi ciclo de reencarnaciones, que ya no renacería. Por lo del bautizo. Por no estar…

—Eso no importa. Aún estás condenada a ver cómo termina el ciclo. En cuanto vuelvas al presente, aún podrías morir en cualquier momento por…

—Mi amor por Daniel.

—Sí, algo por el estilo —dijo Bill—. Ejem… A menos que rompas el vínculo con tu pasado.

—Y me separaría de mi pasado, y ella moriría como siempre…

—Y tú serías expulsada como siempre, solo que también dejarías atrás tu alma para que muriera. Y el cuerpo al que volverías —le hincó el dedo en el hombro—, este, ya no estaría sujeto a la maldición que pesa sobre vosotros desde el origen de los tiempos.

—¿No habría más muertes?

—No a menos que saltaras de un edificio, te metieras en un coche con un asesino, te atiborraras de somníferos o…

—Entiendo —lo interrumpió Luce—. Pero entonces —se esforzó por que su voz pareciera tranquila—, entonces Daniel no me besaría y yo… o…

—Daniel no haría nada. —Bill la miró con aire de determinación—. Ya no te sentirías atraída hacia él. Seguirías adelante. Probablemente, te casarías con algún novio aburrido y acabarías teniendo doce hijos.

—No.

—Tú y Daniel os habríais librado de la maldición que tanto despreciáis. ¡Librado! ¿Lo oyes? Él también podría seguir adelante y ser feliz. ¿No quieres que Daniel sea feliz?

—Pero Daniel y yo…

—Daniel y tú no seríais nada. Es duro, lo sé. Pero piénsalo. Tú no tendrías que seguir haciéndole daño. Madura, Luce. La vida es mucho más que la pasión de la adolescencia.

Luce abrió la boca, pero no quiso oír cómo se le quebraba la voz. Una vida sin Daniel era inimaginable. Pero también lo era regresar a su vida actual, tratar de estar con él y que eso la matara para siempre. Se había esforzado mucho por hallar un modo de romper aquella maldición, pero seguía sin dar con la respuesta. Tal vez la solución fuera esa. Ahora parecía horrible, pero, si regresaba a su vida y no conocía a Daniel, no lo añoraría. Ni tampoco la añoraría él. Quizá fuera lo mejor. Para los dos.

Pero no. Ellos eran almas gemelas. Y su amor no era lo único que Daniel había aportado a su vida. Le debía conocer a Arriane, a Roland y a Gabbe. Incluso a Cam. Gracias a todos ellos, había aprendido mucho sí misma: qué quería y qué no, cómo defenderse sola. Había madurado y se había convertido en mejor persona. Sin Daniel, jamás habría ido a la Escuela de la Costa, jamás habría encontrado a sus fieles amigos Shelby y Miles. ¿Habría siquiera ido a Espada & Cruz? ¿Dónde demonios estaría? ¿Quién sería?

¿Podría ser feliz un solo día sin él? ¿Podría enamorarse de otro? No era capaz de pensar en eso. Sin Daniel, la vida le parecía triste y gris, salvo por un punto de luz que brillaba en la oscuridad.

¿Y si ya no tenía que hacerle daño nunca más?

—Pongamos que quisiera pensármelo. —Luce apenas era capaz de susurrar—. Pensármelo bien. No sé ni cómo se hace.

Bill se llevó la mano a la espalda y, muy despacio, sacó un largo objeto plateado de una minúscula funda negra. Hasta ese momento, Luce no se había fijado en la flecha mate con la punta roma que Bill le enseñaba, pero la reconoció de inmediato.

La gárgola sonrió.

—¿Has visto alguna vez una flecha estelar?

18
Por el mal camino

Jerusalén, Israel
27 de nissan *de 2760 (aproximadamente, 1 de abril de 1000 a. C.)*

—Entonces, ¿resulta que no eres tan malo? —preguntó Shelby a Daniel.

Estaban sentados en la exuberante orilla del río Jerusalén, mirando el punto del horizonte en el que los dos ángeles caídos acababan de tomar rumbos distintos. Cam había dejado en el cielo un halo de luz dorada apenas visible, y el aire empezaba a oler ligeramente a huevos podridos.

—Pues claro que no. —Daniel metió la mano en el agua fresca. Todavía le ardían las alas y el alma después de haber visto cómo Cam hacía su elección. Qué sencillo había parecido para él. Qué fácil y rápido.

Y todo por un corazón roto.

—Es solo que, cuando Luce descubrió que tú y Cam habíais pactado una tregua, se quedó destrozada. Ninguno de nosotros lo entendía. —Shelby miró a Miles en busca de apoyo—. ¿Verdad?

—Pensamos que le estabas ocultando algo. —Miles se quitó la gorra de béisbol y se rascó la cabeza—. Lo único que sabíamos de Cam era que se suponía que era pura maldad.

Shelby puso los dedos en forma de garras.

—¡Grrr! ¡Fu! Y todo eso.

—Pocas almas son pura maldad o pura bondad —dijo Daniel—, en el Cielo, en el Infierno o en la Tierra. —Se volvió hacia el este y miró el cielo en busca de un vestigio del polvo plateado que Dani habría dejado después de desplegar las alas y remontar el vuelo. No vio nada.

—Lo siento —dijo Shelby—, pero es muy raro consideraros hermanos.

—En un momento dado, todos fuimos una familia.

—Sí, pero de eso hace una eternidad.

—Crees que, porque algo es de una determinada manera durante varios miles de años, siempre va a ser así. —Daniel negó con la cabeza—. Todo cambia continuamente. Estuve con Cam al principio de los tiempos y también lo estaré al final.

Shelby enarcó las cejas con incredulidad.

—¿Crees que Cam va a entrar en razón? ¿Que va a ver la luz?

Daniel comenzó a ponerse de pie.

—Todo cambia.

—¿Qué me dices de tu amor por Luce? —preguntó Miles.

Daniel se quedó petrificado.

—Eso también está cambiando. Ella será distinta, después de esta experiencia. Solo espero… —Miró a Miles, que seguía sentado en la orilla, y se dio cuenta de que no lo odiaba. Pese a su imprudencia y estupidez, los nefilim solo intentaban ayudar.

Por primera vez, podía decir con sinceridad que ya no necesitaba ayuda; desde el principio, había obtenido toda la ayuda que necesitaba de cada uno de sus antiguos yoes. Ahora, por fin, estaba preparado para alcanzar a Luce.

¿Por qué seguía allí?

—Es hora de que volváis a casa —dijo, al tiempo que les ayudaba a ponerse de pie.

—No —protestó Shelby, mientras tendía la mano a Miles, que se la cogió con fuerza—. Hemos hecho un pacto. No volveremos hasta saber que ella está...

—Ya queda poco —replicó Daniel—. Creo que sé dónde encontrarla, y no es un sitio al que vosotros podáis ir.

—Vamos, Shel. —Miles ya había separado del suelo la sombra que proyectaba el olivo próximo al río. Esta se concentró y giró en sus manos y, por un instante, pareció difícil de manejar, como arcilla a punto de caerse del torno. Pero Miles la dominó y la transformó en una puerta negra de un tamaño impresionante. Abrió la Anunciadora con facilidad e hizo una seña a Shelby para que entrara la primera.

—Estás mejorando. —Daniel había invocado su propia Anunciadora a partir de la sombra que proyectaba su cuerpo. Esta tembló ante él.

Como los nefilim no habían llegado allí guiados por sus propias experiencias pasadas, tendrían que saltar de una Anunciadora a otra para regresar a su época. Sería difícil, y Daniel no les envidiaba el viaje, pero sí los envidiaba por regresar a casa.

—Daniel... —Shelby sacó la cabeza de la Anunciadora. Su cuerpo estaba distorsionado y difuminado por las sombras—. Te deseo buena suerte.

Le dijo adiós con la mano, y Miles también lo hizo. Después, entraron los dos. La sombra se cerró sobre sí misma y se transformó en un punto antes de desvanecerse.

Daniel no vio cómo ocurría. Ya se había marchado.

Un viento frío lo azotó.

Avanzaba más rápido que nunca, de regreso a un lugar, y a una época, a los que jamás creía que regresaría.

—¡Eh! —gritó una voz. Era áspera y brusca, y parecía que estuviera justo a su lado—. Frena, ¿quieres?

Daniel se alejó rápidamente del sonido.

—¿Quién eres? —gritó a la espesa oscuridad—. Identifícate.

Al no ver nada, desplegó sus alas blancas, tanto para desafiar al intruso dentro de su Anunciadora como para reducir la velocidad. Las alas iluminaron la sombra con su brillo y él se sintió algo menos tenso.

Totalmente desplegadas, sus alas eran tan anchas como el túnel. Las estrechas puntas eran muy sensibles al tacto; cuando rozaban las húmedas paredes de la Anunciadora, Daniel sentía una claustrofobia que le daba náuseas.

Ante él, una figura se concretó poco a poco en la oscuridad.

Primero, las alas: minúsculas y muy delgadas. Luego, el cuerpo adquirió suficiente color para que Daniel viera que había un pálido angelito compartiendo su Anunciadora. No lo conocía. Sus facciones eran dulces e inocentes, como las de un bebé. En el estrecho túnel, el viento le echaba los finos cabellos en los ojos plateados cada vez que Daniel batía las alas. Parecía muy joven, pero, por supuesto, era tan viejo como cualquiera de ellos.

—¿Quién eres? —volvió a preguntar—. ¿Cómo has entrado aquí? ¿Eres Balanza?

—Sí. —Pese a su aspecto inocente e infantil, el ángel tenía la voz grave. Se llevó la mano a la espalda, y Daniel creyó que a lo mejor ocultaba algo, una de las trampas que utilizaban los suyos, quizá, pero el ángel se limitó a darse la vuelta para enseñarle la cicatriz de la nuca. La insignia dorada de siete puntas de la Balanza—. Soy Balanza. —Su voz grave era áspera y pastosa—. Me gustaría hablar contigo.

A Daniel le rechinaron los dientes. La Balanza ya debía de saber que él no respetaba ni a sus miembros ni su entrometida labor. Pero, por mucho que aborreciera sus modales pomposos y su insistencia en que los ángeles tomaran partido, aún estaba obligado a respetar sus peticiones. Aquel ángel tenía un aire extraño, pero ¿quién aparte de un miembro de la Balanza podría haber encontrado un modo de entrar en su Anunciadora?

—Tengo prisa.

El ángel asintió, como si ya lo supiera.

—¿Buscas a Lucinda?

—Sí —respondió Daniel, sin pensar—. No... no necesito ayuda.

—Sí la necesitas. —El ángel volvió a asentir—. Te has pasado la salida. —Señaló abajo, hacia el lugar del túnel vertical por el que acababa de pasar Daniel—. Era allí.

—No...

—Sí. —El ángel sonrió, enseñándole una hilera desigual de dientecillos—. Nosotros esperamos y vigilamos. Vemos quién viaja por las Anunciadoras y adónde va.

—No sabía que patrullar por las Anunciadoras fuera competencia de la Balanza.

—Hay muchas cosas que no sabes. Nuestro monitor ha captado un rastro del paso de Lucinda. Ahora ya estará lejos. Tienes que ir tras ella.

Daniel se puso rígido. Los miembros de la Balanza eran los únicos ángeles capaces de ver entre una Anunciadora y otra. Uno de ellos podía haber visto los viajes de Luce.

—¿Qué razón puedes tener tú para querer que la encuentre?

—Oh, Daniel… —El ángel frunció el entrecejo—. Lucinda forma parte de nuestro destino. Queremos que la encuentres. Queremos que seas fiel a tu naturaleza…

—Y que después me alíe con el Cielo.

—Cada cosa a su tiempo. —El ángel recogió las alas y se precipitó túnel abajo—. Si quieres alcanzarla —atronó su voz grave—, estoy aquí para mostrarte el camino. Sé dónde están los puntos de conexión. Puedo abrir una puerta entre el tejido de épocas pasadas. —Luego, en voz baja, añadió—: Sin ningún compromiso.

Daniel estaba desorientado. La Balanza había sido un estorbo desde la Guerra en el Cielo, pero, al menos, sus motivos eran claros. Sus miembros querían que se aliara con el Cielo. Eso era todo. Suponía que les interesaría conducirlo hasta Luce si podían hacerlo.

El ángel quizá tenía razón. Cada cosa a su tiempo. Lo único que a él le importaba era Luce.

Recogió las alas como había hecho el ángel y sintió que su cuerpo avanzaba en la oscuridad. Cuando alcanzó al ángel, se detuvo.

El ángel señaló.

—Lucinda ha salido por ahí.

El túnel era estrecho, y perpendicular a la dirección que Daniel llevaba. No parecía ni más ni menos apropiado que su ruta anterior.

—Si esto da resultado —dijo—, estaré en deuda contigo. Si no, te buscaré hasta encontrarte.

El ángel no dijo nada.

Daniel entró sin pensárselo más y notó un viento húmedo que le lamió las alas, ganó fuerza y lo impulsó cada vez más deprisa. A sus espaldas, ya lejos, oyó una debilísima carcajada.

19
Ataduras mortales

Menfis, Egipto
Peret, «La estación de la siembra» (otoño, aproximadamente, 3100 a. C.)

—¡Eh, tú! —bramó una voz cuando Luce cruzó el umbral de la Anunciadora—. Me apetece vino. En una bandeja. Y tráeme los perros. No, los leones. No, los dos.

Se hallaba en una inmensa estancia blanca con paredes de alabastro y recias columnas que sustentaban un alto techo. El aire olía ligeramente a carne asada.

La estancia estaba vacía salvo por una alta tarima tapizada de piel de antílope situada al fondo. Encima había un colosal trono de mármol provisto de cojines verdes afelpados con un blasón decorativo en el respaldo que representaba dos cuernos de marfil entrecruzados.

El hombre sentado en el trono, con los ojos perfilados con kohl, el musculoso torso desnudo, fundas de oro en la dentadura, los dedos enjoyados y una torre de pelo del color del ébano, se dirigía a ella. Había dejado de mirar a su escriba, un hombre de labios finos con túnica azul y un pergamino en la mano, y ambos la observaban.

Luce se aclaró la garganta.

—Sí, faraón —le susurró Bill al oído—. Tú solo di «Sí, faraón».

—¡Sí, faraón! —gritó Luce desde el otro extremo de aquella estancia interminable.

—Bien —dijo Bill—. ¡Ahora, lárgate!

Luce retrocedió por un portal oscuro y se encontró en un patio interior con un estanque en el centro. El aire era fresco, pero el sol caía de pleno y quemaba las hileras de lirios en maceta que bordeaban el camino. El patio era inmenso, pero, para su sorpresa, Luce y Bill lo tenían para ellos solos.

—Este sitio es un poco raro, ¿no? —Luce se mantuvo cerca de las paredes—. El faraón ni siquiera ha parecido alarmado de verme aparecer de la nada.

—Es demasiado importante para tomarse la molestia de fijarse en las personas. Ha percibido algún movimiento por el rabillo del ojo y ha deducido que esa persona estaba ahí para que él la mangoneara. Nada más. Eso explica por qué tampoco ha parecido sorprenderle que lleves un atuendo bélico chino que data de dos mil años después —dijo Bill, chasqueando sus dedos de piedra. Señaló un nicho en sombra en la esquina del patio—. Quédate ahí y te traeré algo un poco más *in*.

Antes de que Luce pudiera quitarse la voluminosa armadura del rey Shang, Bill ya estaba de vuelta con un sencillo vestido egipcio recto de color blanco. La ayudó a quitarse las prendas de cuero y le puso el vestido por la cabeza. Este le dejaba un hombro al descubierto y se ataba en la cintura. La estrecha falda le llegaba por debajo de las rodillas.

—¿No se te olvida algo? —dijo Bill con extraña intensidad.

—Oh. —Luce buscó la flecha estelar de punta roma que se había quedado entre la ropa de Shang. Cuando la sacó, le pareció mucho más pesada de lo que sabía que era.

—¡No toques la punta! —se apresuró a decir Bill mientras la envolvía en una tela y la ataba—. No aún.

—Creía que solo hería a los ángeles. —Luce ladeó la cabeza al recordar la batalla contra los Proscritos, la flecha estelar que había rebotado en el brazo de Callie sin hacerle ni un rasguño, la advertencia de Daniel de que se mantuviera fuera de su alcance.

—Quien te dijo eso no te dijo toda la verdad —afirmó Bill—. Solo afecta a los inmortales. Hay una parte de ti que es inmortal: la parte de la maldición, tu alma. Es la parte que vas a matar, ¿te acuerdas? Para que tu yo mortal, Lucinda Price, pueda seguir adelante y tener una vida normal.

—Si es que mato mi alma —repuso Luce mientras se guardaba la flecha estelar bajo el vestido. Pese a la basta tela que la envolvía, estaba caliente—. Aún no me he decidido…

—Pensaba que estábamos de acuerdo. —Bill tragó saliva—. Las flechas estelares son muy valiosas. No te la habría dado a menos que…

—Vamos a buscar a mi antiguo yo.

El extraño silencio del palacio no era lo único inquietante: algo no iba bien entre Luce y Bill. Desde que él le había dado la flecha de plata, estaban crispados.

Bill respiró hondo.

—Vale. Antiguo Egipto. Estamos en Menfis, la capital, a principios del período dinástico. Hemos retrocedido bastante en el tiempo, unos cinco mil años desde que Luce Price honra al mundo con su esplendorosa presencia.

Luce puso los ojos en blanco.

—¿Dónde está mi antiguo yo?

—¿Por qué me molesto en darle clases de historia? —preguntó Bill a un público imaginario—. Lo único que quiere saber siempre es dónde está su antiguo yo. Su egocentrismo da asco.

Luce se cruzó de brazos.

—Si fueras a matar tu alma, creo que querrías hacerlo antes de que puedas cambiar de opinión.

—Entonces, ¿estás decidida? —Parecía que Bill tuviera sobrealiento—. Oh. Vamos, Luce. Esto es lo último que hacemos juntos. Pensaba que querrías conocer los detalles, por los viejos tiempos. Tu vida aquí fue una de las más románticas de todas. —Se agachó en el hombro de Luce, como si fuera a narrar un cuento—. Tú eres una esclava que se llama Layla. Llevas una vida protegida y solitaria. Nunca has cruzado las paredes de este palacio. Hasta que, un día, entra el apuesto nuevo jefe del ejército... ¿adivinas quién es?

Bill la siguió volando cuando ella dejó las ropas militares en el nicho y echó a andar por el borde del estanque.

—Tú y tu gallardo Donkor, llamémoslo Don a secas, os enamoráis, y todo es de color de rosa salvo por una cruel realidad: Don está prometido con la malvada hija del faraón, Auset. Un drama, ¿no?

Luce suspiró. Siempre había alguna complicación. Otra razón para poner fin a todo aquello. Daniel no debería estar encadenado a un cuerpo terrenal ni verse mezclado en inútiles dramas mortales solo para poder estar con ella. No era justo para él. Llevaba demasiado tiempo sufriendo. Ella podía acabar con eso. Encontraría a Layla y se uniría a su cuerpo. Después, Bill le explicaría cómo matar su alma maldita, y Daniel sería libre.

Había estado paseándose por el patio rectangular, cavilando. Cuando dobló por el tramo del camino más próximo al estanque, la agarraron por la muñeca.

—¡Te he pillado! —La muchacha que la había cogido era delgada y musculosa, con las facciones sensuales y expresivas bajo capas de maquillaje. Llevaba al menos diez aros de oro en las orejas y un pesado colgante de oro en el cuello, adornado con medio kilo de piedras preciosas.

La hija del faraón.

—Yo… —comenzó a decir Luce.

—¡No te atrevas a decir una palabra! —vociferó Auset—. ¡El sonido de tu patética voz es como piedra pómez para mis oídos! ¡Guardia!

Apareció un hombre descomunal. Tenía una cola de caballo y los brazos más recios que las piernas de Luce. Llevaba una larga lanza de madera que terminaba en una hoja de cobre afilada.

—Arréstala —dijo Auset.

—Sí, alteza —rugió el guardia—. ¿Con qué motivo, alteza?

La pregunta encendió de rabia a la hija del faraón.

—Hurto. De mis objetos personales.

—La encarcelaré hasta que el consejo dicte sentencia.

—Ya hemos hecho eso una vez —dijo Auset—. Y, no obstante, ella sigue aquí, como un áspid, capaz de escurrirse por muy bien atada que esté. Tenemos que encerrarla en un sitio del que no pueda escapar nunca.

—Estará vigilada todo el tiempo…

—Eso no bastará. —Algo siniestro mudó la expresión de Auset—. No quiero volver a ver a esta muchacha jamás. Enciérrala en la tumba de mi abuelo.

—Pero, alteza, nadie salvo el sumo sacerdote puede…

—Por eso mismo, Kafele —le interrumpió Auset, con una sonrisa—. Arrójala por las escaleras y cierra la puerta. Cuando el sumo sacerdote entre esta tarde para oficiar la ceremonia que sellará la tumba, encontrará a esta saqueadora y la castigará como juzgue más apropiado. —Tiró de Luce hacia sí y se mofó—: Descubrirás qué les pasa a los que tratan de robar a la familia real.

Don. Se refería a que Layla trataba de robarle a Don.

A Luce le daba igual que la encerraran y tiraran la llave, siempre que antes tuviera ocasión de fusionarse con Layla. De lo contrario, ¿cómo podría liberar a Daniel? Bill revoloteaba de un lado a otro, maquinando, tamborileando con los dedos en su labio de piedra.

El guardia sacó un par de esposas de la bolsa que llevaba en el cinto y se las puso a Luce.

—Me encargaré de esto personalmente —dijo Kafele. Dio un tirón a la cadena y se la llevó.

—¡Bill! —susurró Luce—. ¡Tienes que ayudarme!

—Ya se nos ocurrirá algo —murmuró Bill mientras el guardia arrastraba a Luce por el patio.

Entraron en un oscuro pasillo donde había una enorme escultura de Auset de hierática belleza.

Cuando Kafele se volvió para mirar a Luce por estar hablando sola, su larga coleta le rozó la cara y le dio una idea.

El guardia no lo vio venir. Luce alzó las manos esposadas, le tiró del pelo con fuerza y le clavó las uñas en la cabeza. Él chilló y cayó al suelo de espaldas, sangrando por un largo arañazo en el cuero cabelludo. Después, Luce le propinó un fuerte codazo en el estómago.

Kafele gruñó y se dobló por la mitad. Soltó la lanza.

—¿Puedes quitarme las esposas? —susurró Luce a Bill.

La gárgola arqueó las cejas y disparó un corto rayo negro que evaporó las esposas. Luce tenía las muñecas calientes, pero era libre.

—Vaya —dijo mientras se las miraba. Recogió la lanza. Giró sobre sus talones para clavársela a Kafele en el cuello.

—¡Me he adelantado, Luce! —gritó Bill. Cuando ella se volvió, Kafele estaba tendido en el suelo boca arriba con las muñecas encadenadas al tobillo de piedra de la escultura de Auset.

Bill se sacudió el polvo de las manos.

—Trabajo de equipo. —Miró al pálido guardia—. Más vale que nos demos prisa. No va a tardar en utilizar las cuerdas vocales. Ven conmigo.

Bill echó a volar por el oscuro pasillo. Subieron un tramo ascendente de escaleras de arenisca y recorrieron otro pasillo alumbrado por lámparas de estaño y bordeado por figuras de arcilla que representaban halcones e hipopótamos. Un par de guardias se asomaron al pasillo, pero, antes de que vieran a Luce, Bill la empujó por una puerta que tenía una cortina de juncos.

Luce se encontraba en un dormitorio. Columnas de piedra esculpidas para representar haces de tallos de papiro se erigían hasta un techo bajo. Había un palanquín de madera con incrustaciones de marfil junto a una ventana abierta enfrente de una cama estrecha, que era de madera labrada y estaba decorada con tanto pan de oro que brillaba.

—¿Qué hago ahora? —Luce se pegó a la pared por si alguien se asomaba al pasar—. ¿Dónde estamos?

—Este es el aposento del comandante.

Antes de que Luce pudiera deducir que Bill se refería a Daniel, una mujer separó la cortina de junco y entró.

Luce se estremeció.

Layla llevaba un vestido blanco igual de ceñido que el suyo. Sus cabellos eran abundantes, lisos y lustrosos. Llevaba una peonía blanca detrás de la oreja.

Con el corazón encogido, Luce la vio dirigirse al tocador de madera y rellenar la lámpara con el aceite de un bote que llevaba en una bandeja negra de resina. Aquella sería la última vida que Luce visitaría, aquel sería el cuerpo en el que se separaría de su alma para poner fin a todo.

Cuando Layla se volvió para rellenar las lámparas que había junto a la cama, reparó en Luce.

—Hola —susurró con voz ronca—. ¿Buscas a alguien? —El kohl que le perfilaba los ojos resultaba mucho más natural que el maquillaje de Auset.

—Sí. —Luce no perdió tiempo. Cuando fue a cogerla por la muñeca, Layla miró alarmada hacia la puerta y la cara se le crispó.

—¿Quién es?

Luce se volvió y solo vio a Bill. La gárgola tenía los ojos como platos.

—¿Lo… —Luce miró a Layla con la boca abierta— lo ves?

—¡No! —exclamó Bill—. Habla de los pasos que oye en el pasillo. Más vale que te des prisa, Luce.

Luce se dio la vuelta y cogió la cálida mano de su antiguo yo. El bote de aceite cayó al suelo, y Layla contuvo un grito. Trató de soltarse, pero entonces ocurrió.

La sensación de vacío en el estómago ya casi le resultó familiar. La habitación comenzó a dar vueltas y más vueltas, y lo único que no se desenfocó fue la muchacha que tenía delante. Sus cabellos azabache y sus ojos con motas doradas, sus mejillas todavía encendidas de amor. Confusa, Luce parpadeó, Layla parpadeó, y al otro lado del parpadeo…

El suelo dejó de moverse. Luce se miró las manos. Las manos de Layla. Le temblaban.

Bill había desaparecido. Pero tenía razón. Se oían pasos en el pasillo.

Se agachó para recoger el bote y se alejó de la puerta para verter aceite en la lámpara. Era mejor que nadie la viera haciendo algo que no fuera su trabajo.

Los pasos cesaron detrás de ella. Unas cálidas yemas le acariciaron los brazos mientras un firme torso se apretaba contra su espalda. Daniel. Percibió su brillo sin necesidad de darse la vuelta. Cerró los ojos. Los brazos de él la envolvieron por la cintura, y sus suaves labios le recorrieron lentamente el cuello y se detuvieron justo debajo de su oreja.

—Te he encontrado —susurró.

Luce se volvió despacio en sus brazos. Verlo la dejó sin respiración. Aún era su Daniel, por supuesto, pero tenía la piel del mismo color que el chocolate fundido y llevaba el negro cabello ondulado muy corto. Solo vestía un exiguo taparrabos de lino, unas sandalias de piel y una gargantilla de plata en el cuello. Sus profundos ojos violeta la recorrieron de arriba abajo, felices.

Él y Layla estaban profundamente enamorados.

Luce apoyó la mejilla en su pecho y contó los latidos de su corazón. ¿Sería esa la última vez que ella haría eso, la última vez que él la abrazaría contra su corazón? Luce estaba a punto de hacer lo correcto, lo correcto para Daniel. Pero, aun así, pensar en ello la hacía sufrir. ¡Le quería! Si aquel viaje le había enseñado alguna cosa, era cuánto amaba a Daniel Grigori. No parecía justo que se viera obligada a tomar aquella decisión.

Pero allí estaba.

En el Antiguo Egipto.

Con Daniel. Por última vez. A punto de liberarlo.

Las lágrimas le empañaron los ojos cuando él le besó tiernamente la cabeza.

—No estaba seguro de que fuéramos a tener ocasión de despedirnos —dijo—. Me marcho esta tarde para combatir en Nubia.

Cuando Luce lo miró, Daniel acunó sus mejillas húmedas entre sus manos.

—Layla, volveré antes de la siega. Por favor, no llores. En menos de nada, estarás otra vez colándote de noche en mi aposento con bandejas de granadas, igual que siempre. Lo prometo.

Luce respiró hondo y se estremeció.

—Adiós.

—Adiós, por ahora. —Daniel se puso serio—. Dilo, «adiós, por ahora».

Ella negó con la cabeza.

—Adiós, amor mío. Adiós.

La cortina de junco se abrió. Layla y Don se separaron cuando un grupo de guardias con las lanzas en ristre irrumpió en el aposento. Kafele encabezaba la comitiva y estaba rojo de cólera.

—Apresad a la muchacha —dijo, señalando a Luce.

—¿Qué pasa? —gritó Daniel mientras los guardias rodeaban a Luce y la esposaban—. Os ordeno que os detengáis. Quitadle las esposas.

—Lo siento, comandante —dijo Kafele—. Órdenes del faraón. Ya deberíais saberlo: cuando la hija del faraón no está contenta, tampoco lo está el faraón.

Se llevaron a Luce mientras Daniel gritaba:

—¡Iré a buscarte, Layla! ¡Te encontraré!

Luce sabía que era cierto. ¿No era así como ocurría siempre? Se conocían, ella se metía en líos, y él aparecía para sacarla del apuro, año sí, año también, por toda la eternidad, el ángel que aparecía en el último momento para rescatarla. Se cansaba solo de pensarlo.

Pero esa vez, cuando Daniel llegara, ella tendría la flecha estelar a punto. La perspectiva le contrajo dolorosamente el estómago. Volvió a sentirse al borde de las lágrimas, pero se contuvo. Al menos, había conseguido despedirse.

Los guardias la acompañaron por una interminable serie de pasillos antes de salir al exterior, donde hacía un sol de justicia. La condujeron por calles hechas de piedras planas desiguales, salieron de la ciudad por una monumental puerta abovedada y pasaron por delante de pequeñas casas de arenisca y limosos campos de labranza. La arrastraban hacia una enorme colina dorada.

Hasta que estuvieron cerca, Luce no se dio cuenta de que era una estructura construida por el hombre. La necrópolis, advirtió al mismo tiempo que el miedo confundía los pensamientos de Layla. Todos los egipcios sabían que aquella era la tumba del último faraón, Meni. Nadie salvo unos cuantos sumos sacerdotes, y los muertos, osaba acercarse al lugar donde eran sepultados los cuerpos de la realeza. Estaba cerrado con conjuros y encantamientos, algunos para guiar a los muertos en su viaje a la otra vida, y otros para ahuyentar a todos los seres vivos que se atrevieran a acercarse. Hasta los guardias que la acompañaban parecieron ponerse nerviosos conforme se aproximaban.

Pronto estuvieron en la entrada de una tumba piramidal hecha de ladrillos de barro cocido. Todos salvo dos de los guardias más fornidos se quedaron fuera. Kafele empujó a Luce para que entrara en un oscuro pasadizo y bajara por unas escaleras aún más oscuras. El otro guardia los siguió con una tea encendida.

La luz de la tea vaciló en las paredes de piedra. Había jeroglíficos pintados en ellas, y Layla leyó algún que otro fragmento suelto de oraciones a Tait, la diosa del tejido, en el que se le pedía ayuda para que conservara intactas las almas de los faraones durante su viaje a la otra vida.

Cada pocos pasos, había pasadizos ciegos: hondos huecos en las paredes de piedra. Luce advirtió que algunos de ellos habían conducido a la última morada a miembros de la familia real. Estaban sellados con piedra y grava para que ningún mortal pudiera franquearlos.

Comenzó a refrescar, la luz menguaba. El aire se impregnó de un desvaído olor a muerte. Cuando llegaron a la única puerta sin sellar situada al final del pasadizo, el guardia que llevaba la tea no quiso continuar («No estoy dispuesto a que los dioses me maldigan por la insolencia de esta muchacha»), de modo que Kafele siguió solo: descorrió el cerrojo de piedra que atrancaba la puerta y un fuerte olor avinagrado envenenó el aire.

—¿Sigues pensando que tienes alguna posibilidad de escapar? —preguntó a Luce mientras le quitaba las esposas y la empujaba al interior.

—Sí —susurró ella para sus adentros cuando el guardia cerró la pesada puerta desde fuera y volvió a atrancarla—. Solo una.

Estaba sola en la oscuridad, y el frío le arañaba la piel.

Entonces oyó un chasquido, un roce de piedra contra piedra reconocible, y una lucecilla dorada brilló en el centro de la cámara. Estaba acunada entre las pétreas manos de Bill.

—Hola, hola. —La gárgola voló hasta una pared de la cámara e introdujo la bola de fuego en una suntuosa lámpara de piedra pintada de morado y verde—. Volvemos a vernos.

Cuando Luce se habituó a la oscuridad, lo primero que vio fueron los jeroglíficos de la pared. Eran iguales que los del pasadizo, con la única salvedad de que, en estos, las oraciones estaban dedicadas al faraón: «No os descompongáis. No os pudráis. Ascended a las Estrellas Imperecederas». Había arcas imposibles de cerrar porque rebosaban monedas de oro y centelleantes gemas anaranjadas. Una enorme colección de obeliscos se extendía ante ella. Al menos diez perros y gatos embalsamados parecían mirarla de hito en hito.

La cámara era inmensa. Luce dio vueltas alrededor de unos muebles de dormitorio, entre ellos un tocador repleto de cosméticos. Había una paleta votiva con una serpiente bicéfala cincelada en el frente. Los cuellos entrelazados formaban un hueco en la piedra negra que contenía sombra de ojos de un intenso color azul.

Bill la observó mientras la cogía.

—Hay que ponerse guapo para la otra vida.

Estaba sentado en la cabeza de una escultura del anterior faraón, cuyo realismo era asombroso. La mente de Layla le dijo que aquella escultura representaba su *ka,* su alma, y vigilaría la tumba: el faraón de carne y hueso yacía momificado detrás de ella. Dentro del sarcófago de arenisca habría varios ataúdes encajados unos en otros, y dentro del más pequeño yacería el faraón embalsamado.

—Ten cuidado —le advirtió Bill. Luce no se había dado cuenta siquiera de que tenía las manos apoyadas en un cofrecito de madera—. Contiene las vísceras del faraón.

Luce se apartó rápidamente y sacó la flecha estelar de debajo de su vestido. Cuando la cogió, el astil le calentó los dedos.

—¿Seguro que va a dar resultado?

—Si prestas atención y haces lo que digo —respondió Bill—. Veamos. El alma reside en el mismo centro de tu ser. Para llegar a ella, debes pasarte la flecha por la mitad del pecho, en el momento justo, cuando Daniel te besa y tú notas que empiezas a calentarte. Después, tú, Lucinda Price, te separarás de tu antiguo yo, como siempre, pero tu alma maldita se quedará atrapada en el cuerpo de Layla, donde se quemará y desaparecerá.

—Estoy… estoy asustada.

—Tranquila. Es como cuando te quitan el apéndice. Estás mejor sin él. —Bill se miró la muñeca gris y vacía—. Según mi reloj, Don llegará de un momento a otro.

Luce se colocó la punta de la flecha en el pecho. Los grabados circulares le hicieron cosquillas bajo los dedos. Las manos le temblaron con nerviosismo.

—Tranquilízate. —Luce tuvo la sensación de que la voz de Bill se había alejado.

Intentaba prestarle atención, pero solo oía los pálpitos de su corazón. Tenía que hacer aquello. No había más remedio. Por Daniel. Para librarlo de un castigo que solo sufría por ella.

—Vas a tener que darte mucha más prisa cuando llegue el momento o Daniel te detendrá. Un rápido corte en tu alma. Notarás que algo se separa, una corriente de aire frío, y luego… ¡pum!

—¡Layla! —Don apareció ante ella. La puerta seguía cerrada. ¿Por dónde había entrado?

A Luce le temblaron las manos, y la flecha estelar se le cayó al suelo. La recogió con rapidez y volvió a esconderla bajo el vestido. Bill había desaparecido. Pero Don estaba… Daniel estaba justo donde ella quería.

—¿Qué haces aquí? —La voz se le quebró por la tensión de tener que fingirse sorprendida de verlo.

Él no pareció darse cuenta. Corrió a su lado y la abrazó.

—Salvarte la vida.

—¿Cómo has entrado?

—No te preocupes por eso. Ningún mortal, ninguna losa, puede ser un obstáculo para un amor tan verdadero como el nuestro. Siempre te encontraré.

Envuelta en sus brazos broncíneos, el instinto de Luce era sentirse reconfortada. Pero en aquel momento no podía. Tenía el corazón confuso y frío. Aquella felicidad fácil, aquella sensación de total confianza, todas las maravillosas emociones que Daniel le había enseñado a experimentar en cada vida, eran una tortura para ella en ese momento.

—No temas —susurró él—. Deja que te explique, amor mío, qué sucede después de esta vida. Tú regresas, tú resucitas. Tu renacimiento es hermoso y real. Tú vuelves a mí, una y otra vez…

La luz de la lámpara vaciló, y sus ojos violeta centellearon. Luce sintió el calor de su cuerpo apretado contra el suyo.

—Pero muero una y otra vez.

—¿Qué? —Daniel ladeó la cabeza. Incluso cuando su físico le resultaba tan exótico, Luce siempre reconocía sus expresiones: aquella adoración desconcertada cuando ella expresaba algo que él no esperaba que entendiera—. ¿Cómo…? Da igual. Da lo mismo. No importa. Lo que importa es que volveremos a estar juntos. Siempre nos encontraremos, siempre nos amaremos, pase lo que pase. Jamás te abandonaré.

Luce se arrodilló en las escaleras de piedra. Ocultó la cara entre las manos.

—No sé cómo lo soportas. Una y otra vez, la misma tristeza…

Él la levantó del suelo.

—El mismo éxtasis…

—El mismo fuego que lo extingue todo…

—La misma pasión que vuelve a encenderlo todo. Tú no lo sabes. No puedes recordar lo maravilloso…

—Lo he visto. Lo sé.

Ahora tenía toda la atención de Daniel. Él no parecía seguro de si creerla o no, pero, al menos, la escuchaba.

—¿Y si no hay ninguna esperanza de que algo cambie? —preguntó Luce.

—Esperanza es lo único que hay. Un día, tú sobrevivirás. Esa verdad absoluta es lo único que me da fuerzas para seguir adelante. Jamás renunciaré a ti. Aunque esto dure eternamente. —Le enjugó las lágrimas con el dedo pulgar—. Te querré con toda mi alma, en todas las vidas, en todas las muertes. Nada me atará salvo mi amor por ti.

—Pero es muy duro. ¿No es duro para ti? ¿No has pensado alguna vez…? ¿Y si…?

—Un día, nuestro amor vencerá este ciclo siniestro. Eso lo es todo para mí.

Luce lo miró y vio el brillo del amor en sus ojos. Estaba convencido de lo que decía. No le importaba volver a pasar por el mismo sufrimiento; seguiría adelante, la perdería una y otra vez, alentado por la esperanza de que algún día sobrevivirían a aquello. Sabía que estaban malditos, pero seguía intentándolo, y siempre lo haría.

Su entrega a ella, a ellos, le despertó un sentimiento al que creía haber renunciado.

No obstante, aún tenía objeciones: aquel Daniel no sabía qué desafíos les aguardaban, cuántas lágrimas derramarían con el paso de los siglos. No sabía que Luce lo había visto en sus momentos de más honda desesperación. Qué le haría el dolor de sus muertes.

Pero por otra parte…

Luce sí lo sabía. Y aquello lo cambiaba todo.

Los peores momentos de Daniel la habían aterrorizado, pero las cosas habían cambiado. Se sentía comprometida con su amor desde el principio, pero ahora sabía cómo protegerlo. Lo había contemplado desde muchas perspectivas distintas. Lo comprendía de un modo que jamás había creído posible. Si Daniel desfallecía en algún momento, ella podría levantarle el ánimo.

Lo había aprendido del mejor maestro, el propio Daniel. Había estado a punto de matar su alma, de borrar su amor para siempre, pero cinco minutos con él la habían devuelto a la vida.

Algunas personas se pasaban la vida entera buscando un amor como aquel.

Ella lo había tenido desde el principio.

El futuro no le deparaba ninguna flecha estelar. Solo a Daniel. Su Daniel, al que había dejado en el patio de sus padres en Thunderbolt. Tenía que marcharse.

—Bésame —susurró.

Daniel estaba sentado en las escaleras, con las piernas separadas lo justo para que Luce se deslizara en el hueco. Ella se arrodilló y se puso de cara a él. Sus frentes se tocaban. Y las puntas de sus narices.

Daniel le cogió las manos. Parecía querer decirle alguna cosa, pero no encontraba palabras.

—Por favor… —suplicó ella mientras acercaba sus labios a los de él—. Bésame y libérame.

Daniel la levantó y la sentó en su regazo para abrazarla. Sus labios hallaron los de ella. Eran tan dulces como el néctar. Luce gimió cuando una corriente de alegría inundó todas las fibras de su ser. La muerte de Layla estaba cerca, ella lo sabía, pero jamás se sentía tan segura ni tan viva como cuando Daniel la estrechaba entre sus brazos.

Entrelazó las manos en la nuca de Daniel y palpó los firmes músculos de sus hombros, las diminutas cicatrices que protegían sus alas. Las manos de Daniel le recorrieron la espalda, le despeinaron los largos cabellos. Cada caricia la extasiaba, cada beso era tan maravilloso y puro que le daba vértigo.

—Quédate conmigo —suplicó Daniel. Tenía las facciones tensas, y sus besos se habían vuelto más ardientes, más desesperados.

Debía de haber notado el calor del cuerpo de Luce. El calor que había surgido de su centro, se le había extendido al pecho y le había encendido las mejillas. Luce tenía lágrimas en los ojos. Lo besó con más pasión. Ya había vivido aquello muchas veces, pero, por algún motivo, se sentía distinta.

De repente, Daniel desplegó las alas y la envolvió hábilmente en ellas, una blanda cuna blanca que los mantenía unidos.

—¿Lo crees de verdad? —susurró ella—. ¿Que un día sobreviviré?

—Con toda mi alma —respondió él mientras le cogía la cara entre las manos y ceñía sus alas alrededor de ambos—. Te esperaré el tiempo que haga falta. Te querré eternamente, en todo momento.

Luce había empezado a arder. Lloró de dolor y se retorció en los brazos de Daniel mientras el calor la inundaba. Le estaba quemando la piel, pero él no la soltó ni un instante.

Había llegado la hora. La flecha estelar estaba escondida bajo su vestido y aquel era el momento en que debería utilizarla. Pero jamás renunciaría a Daniel. No cuando sabía que, por muy duro que fuera, él jamás renunciaría a ella.

La piel comenzó a ampollársele. El calor era tan brutal que no pudo hacer nada aparte de tiritar.

Y, después, solo pudo gritar.

Layla ardió y, mientras las llamas devoraban su cuerpo, Luce sintió que su propio cuerpo y el alma que compartían se separaban y buscaban el modo más rápido de eludir aquel calor implacable. La columna de fuego se tornó más alta y ancha, hasta que llenó la cámara y el mundo, hasta que lo fue todo y Layla no fue nada.

Luce esperaba oscuridad y halló luz.

¿Dónde estaba la Anunciadora? ¿Seguía dentro de Layla?

El fuego aún ardía. En vez de apagarse, se estaba propagando. Las llamas devoraron la oscuridad y ascendieron hacia el cielo como si la propia noche fuera inflamable, hasta que Luce solo vio su resplandor rojo y dorado.

En todas las otras muertes de sus antiguos yoes, Luce había regresado a la Anunciadora de inmediato. Algo había cambiado, algo que la inducía a ver cosas que no podían ser ciertas.

Unas alas en llamas.

—¡Daniel! —gritó. Las supuestas alas de Daniel surcaron las lenguas de fuego y se prendieron, pero no ardieron, como si estuvieran hechas de fuego. Lo único que Luce distinguía eran alas blancas y ojos violeta—. ¿Daniel?

El fuego avanzó en la oscuridad como una ola gigantesca en un océano. Rompió contra una orilla invisible y cubrió violentamente a Luce, primero el cuerpo, después la cabeza, antes de seguir su avance.

Luego, como si alguien hubiera apagado una vela con los dedos, se oyó un silbido y todo se tornó oscuro.

Un viento frío se levantó detrás de ella. Se le puso la piel de gallina. Se abrazó el cuerpo, levantó las rodillas y se sobresaltó al advertir que no había nada bajo sus pies. No estaba volando, sino solo flotando, a la deriva. Aquella oscuridad no era una Anunciadora. No había utilizado la flecha estelar, pero ¿había, de algún modo… muerto?

Tenía miedo. No sabía dónde estaba, solo que estaba sola.

No. Había alguien más. Unos arañazos. Una débil luz gris.

—¡Bill! —gritó al verlo, tan aliviada que se echó a reír—. Oh, gracias a Dios. Creía que estaba perdida. Creía… Oh, da igual. —Respiró hondo—. No he sido capaz de hacerlo. No he podido matar mi alma. Encontraré otra forma de romper la maldición. Daniel y yo… No voy a renunciar a esto.

Bill estaba lejos, pero se acercó, trazando bucles en el aire. Cuanto más se aproximaba, más grande parecía. Fue aumentando de tamaño hasta ser dos, tres, diez veces más grande que la pequeña gárgola de piedra con la que Luce había viajado. Entonces comenzó la verdadera metamorfosis.

Dos alas de color azabache más gruesas y carnosas le brotaron de los omóplatos e hicieron añicos sus conocidas alitas de piedra. Las arrugas de la frente se le ahondaron y se le extendieron por todo el cuerpo hasta que pareció espantosamente viejo. Las garras de las manos y los pies le crecieron y se volvieron más puntiagudas y amarillas.

Centellearon en la oscuridad, afiladas como cuchillas. El pecho se le hinchó y se le llenó de un recio vello negro y rizado mientras seguía aumentando de tamaño hasta ser infinitamente más grande.

Luce se esforzó por contener el gemido que le anegaba la garganta. Y lo consiguió, hasta el momento en que los pétreos ojos grisés de Bill, apagados por capas de cataratas, enrojecieron y brillaron tanto como el fuego.

Entonces gritó.

—Siempre has elegido mal. —La voz de Bill se había vuelto monstruosa, grave, flemosa y áspera, no solo para los oídos de Luce, sino para su alma. Su aliento era como una bofetada y hedía a muerte.

—Eres… —Luce no pudo terminar la frase. Solo había una palabra para la malévola criatura que tenía delante, y la idea de pronunciarla en voz alta resultaba aterradora.

—¿El malo de la película? —Bill se rió entre dientes—. ¡Sorpreeesa! —Alargó tanto la «e» de la palabra que Luce estuvo segura de que se pondría a toser, aunque no lo hizo.

—Pero me has enseñado muchísimas cosas. Me has ayudado a comprender… ¿Qué motivos podías tener…? ¿Cómo…? ¿Desde el principio?

Apreciaba a Bill, por muy bribón y repugnante que fuera. Había confiado en él, lo había escuchado, casi había matado su alma por hacerle caso. Y eso le dolía. Había estado a punto de perder a Daniel por culpa de Bill. A lo mejor aún perdía a Daniel por culpa de Bill. Pero él no era Bill...

No era un mero demonio, como Steven o incluso Cam en sus peores momentos.

Era el mal encarnado.

Y estaba con ella desde el principio. No la había dejado ni a sol ni a sombra.

Trató de no mirarlo, pero su oscuridad lo impregnaba todo. Parecía que Luce estuviera flotando en un cielo nocturno, aunque todas las estrellas estaban a una distancia increíble; no había ni rastro de la Tierra. Cerca de ella, había zonas más negras, espirales de oscuridad. Y de vez en cuando aparecía un destello de luz, un rayo de esperanza. Luego, la luz se desvanecía.

—¿Dónde estamos? —preguntó.

Satanás se burló de la futilidad de su pregunta.

—En ningún sitio —respondió. Su voz ya no tenía el conocido tono de su compañero de viaje—. En el tenebroso núcleo de nada en el centro de todo. Ni en el Cielo ni en el Infierno ni en la Tierra. Un siniestro lugar de tránsito. Nada que tu mente pueda comprender aún, así que, probablemente —sus ojos enrojecidos parecieron abultarse—, para ti solo es un lugar espeluznante.

—¿Qué son esos destellos de luz? —preguntó Luce mientras trataba de disimular cuán espeluznante le parecía aquel lugar. Ya había visto al menos cuatro: radiantes incendios que surgían de la nada y enseguida eran engullidos por regiones más oscuras del cielo.

—Oh, eso. —Bill observó un destello que resplandeció por encima del hombro de Luce y se desvaneció—. Ángeles en ruta. Demonios en ruta. Una noche ajetreada, ¿verdad? Parece que todo el mundo va a alguna parte.

—Sí. —Luce había estado esperando otra explosión de luz en el cielo. Cuando ocurrió, proyectó una sombra y ella la atrapó, desesperada por moldear una Anunciadora antes de que la luz se extinguiera—. Yo incluida.

La Anunciadora se expandió rápidamente en sus manos, tan pesada, urgente y flexible que, por un momento, creyó que lo conseguiría.

Pero algo la agarró por detrás. Bill la tenía sujeta en una de sus sucias garras.

—Aún no estoy listo para despedirme de ti —susurró con una voz que la hizo temblar—. ¿Sabes?, te he cogido cariño. No, espera, no es eso. Siempre te he… tenido cariño.

Luce dejó que la sombra se desvaneciera entre sus dedos.

—Y, como a todos mis seres queridos, te necesito en mi presencia, sobre todo ahora, para que no malogres mis designios. De nuevo.

—Al menos, ahora me has dado un objetivo —replicó Luce, al tiempo que forcejeaba para librarse. Era inútil. Él la agarró con más fuerza, y los huesos le crujieron.

—Siempre has tenido un fuego interior. Me encanta eso de ti. —Satanás sonrió, y fue algo terrible—. Ojalá se quedara dentro tu chispa, ¿no? Algunas personas son desafortunadas en amores.

—No me hables de amor —espetó Luce—. No me puedo creer que haya hecho caso de una sola palabra de las que has dicho. Tú no sabes nada del amor.

—No es la primera vez que me lo dicen. Pero resulta que sé una cosa importante sobre el amor: tú crees que el vuestro es más grande que el Cielo y el Infierno, y que el futuro de todo depende de él. Pero te equivocas. Tu amor por Daniel Grigori es menos que insignificante. ¡No es nada!

Su rugido fue como una onda expansiva que retiró el pelo de la cara a Luce. Ella dio un grito ahogado y respiró de forma entrecortada.

—Di lo que quieras. Amo a Daniel. Siempre lo haré. Y eso no tiene nada que ver contigo.

Satanás se la acercó a los ojos enrojecidos y le arañó la piel con la afilada uña del dedo índice.

—Sé que lo amas. Se te cae la baba por él. Solo dime por qué.

—¿Por qué?

—Por qué. ¿Por qué él? Exprésalo en palabras. Transmíteme el sentimiento. Quiero conmoverme.

—Por un millón de razones. Porque sí.

Su sonrisa de dientes desiguales se hizo más hueca, y un sonido parecido a los gruñidos de mil perros surgió de sus entrañas.

—Era una prueba. Has suspendido, pero la verdad es que no es culpa tuya. Es un desafortunado efecto secundario de la maldición que pesa sobre ti. Has dejado de tomar decisiones.

—Eso no es cierto. Si haces memoria, acabo de tomar la importante decisión de no matar mi alma.

Aquello lo enojó. Luce lo percibió en su modo de dilatar las fosas nasales, en su forma de alzar el puño y hacer que un pedazo estrellado de cielo se apagara como si alguien hubiera pulsado un interruptor. Pero aquella fue la vez que tardó más en responder. Se limitó a quedarse con la mirada perdida en la profundidad de la noche.

A Luce se le ocurrió una idea horrible.

—¿Me has dicho la verdad? ¿Qué habría pasado si hubiera utilizado la flecha estelar para…? —Se estremeció, asqueada de haber estado tan cerca—. ¿Qué es todo esto para ti? ¿Quieres eliminarme para poder echarle el guante al Daniel? ¿Por eso siempre te ibas cuando estaba él? ¿Porque él te habría perseguido y…?

Satanás se rió entre dientes. Su risa debilitó el brillo de las estrellas.

—¿Crees que Daniel Grigori me da miedo? Desde luego, tienes muy buena opinión de él. Dime, ¿qué clase de ideas descabelladas te ha metido en la cabeza sobre su importancia en el Cielo?

—El mentiroso eres tú —repuso Luce—. Desde que te conozco, no has hecho más que mentir. No me extraña que todo el universo te desprecie.

—Me teme. No me desprecia. Hay una diferencia. El miedo entraña envidia. Quizá no lo creas, pero hay muchos que desean ejercer el poder que yo ejerzo. Que… me adoran.

—Tienes razón. No te creo.

—Sencillamente, no sabes lo suficiente. Sobre nada. Te he llevado a visitar tu pasado, te he mostrado la futilidad de tu existencia, con la esperanza de abrirte los ojos, y lo único que consigo de ti es «¡Daniel! ¡Quiero a Daniel!».

La arrojó a la negrura. Luce cayó y solo se detuvo cuando él la fulminó con la mirada, como si sus ojos pudieran congelar el movimiento. Satanás trazó un estrecho círculo a su alrededor, con las manos a la espalda, las alas recogidas y la cabeza vuelta hacia el cielo.

—Todo lo que ves aquí es todo lo que hay que ver. Lo ves desde lejos, sí, pero está todo: todas las vidas y mundos, y todo lo que escapa al limitado intelecto de los mortales. Míralo.

Luce lo hizo y le pareció distinto de antes. El campo de estrellas era interminable, la noche estaba salpicada de tantos puntos brillantes que había más luz que oscuridad.

—Es hermoso.

—Estoy a punto de hacer tabla rasa. —Satanás le sonrió torvamente—. Ya estoy harto de este juego.

—¿Es esto un juego para ti?

—Es un juego para él. —Pasó la mano por el cielo y dejó una oscura estela de noche—. Y me niego a ceder ante el Otro solo por una balanza cósmica. Solo porque nuestros bandos estén equilibrados.

—Equilibrados. Te refieres al equilibrio entre los ángeles caídos que se han aliado contigo y los que se han aliado con…

—No lo nombres. Pero sí, ese otro. Ahora mismo hay un equilibrio y…

—Un ángel más tiene que tomar partido —concluyó Luce al recordar la larga charla que Arriane le había dado en el restaurante de Las Vegas.

—Ajá. Salvo que esta vez no voy a dejarlo en manos del azar. He tenido poca visión con la idea de la flecha estelar, pero me he dado cuenta del error. He estado maquinando. Trazando un plan. A menudo mientras tú y alguna antigua repetición de Grigori estabais absortos en vuestros patéticos toqueteos. Así que, ¿sabes?, nadie va a poder sabotear lo que he planeado.

»Voy a hacer tabla rasa. Voy a empezar de cero. Puedo borrar los milenios anteriores a ti y a tu existencia anómala, Lucinda Price

—bufó—, y volver a empezar. Y esta vez, jugaré mejor. Esta vez, ganaré.

—¿Qué significa, «hacer tabla rasa»?

—El tiempo es como una enorme pizarra, Lucinda. No hay nada escrito que una persona inteligente no pueda borrar. Es una medida drástica, sí, y hacerlo supone echar miles de años por la borda. Un gran inconveniente para todos los afectados, pero, oye, ¿qué son unos pocos milenios perdidos en la inabarcable noción de eternidad?

—¿Y eso cómo se hace? —preguntó Luce—. ¿Qué significa?

—Significa que vuelvo al principio. A la Caída. Al momento en el que todos fuimos expulsados del Cielo por ejercer el libre albedrío. Estoy hablando de la primera gran injusticia.

—¿Quieres revivir tus momentos estelares? —preguntó Luce, pero él no la escuchaba, estaba absorto en los detalles de su estratagema.

—Tú y el cargante Daniel Grigori haréis el viaje conmigo. De hecho, tu alma gemela viene hacia aquí.

—¿Qué motivo puede tener Daniel para…?

—Yo le he indicado el camino, por supuesto. Ahora, lo único que tengo que hacer es llegar a tiempo de ver cómo expulsan a los ángeles y cómo comienza su caída a la Tierra. Será un momento tan hermoso…

—¿Cómo comienza su caída? ¿Cuánto tiempo tardaron en caer?

—Nueve días, según algunas versiones —murmuró Satanás—, pero a los expulsados nos pareció una eternidad. ¿Nunca se lo has preguntado a tus amigos? Cam. Roland. Arriane. ¿Tu querido Daniel? Estábamos todos.

—Ves cómo vuelve a pasar. ¿Y luego qué?

—Luego hago algo inesperado. ¿Y sabes qué es? —Soltó una risita y los ojos le centellearon.

—No —respondió Luce en voz baja—. ¿Matar a Daniel?

—Matarlo, no. Capturarlo. Voy a capturarlos a todos. Abriré una Anunciadora como una red gigantesca y la proyectaré al futuro. Después, me fusionaré con mi antiguo yo y me llevaré a toda la hueste de ángeles al presente. Incluso a los desagradables.

—¿Y qué?

—¿Cómo que «¿Y qué?»? Pues que empezaremos otra vez desde el principio. Porque la Caída es el principio. No es una parte de la historia, sino el origen de la historia. ¿Y todo lo de antes? Pues no habrá pasado.

—No habrá pa… ¿Te refieres, por ejemplo, a la vida de Egipto?

—Borrada.

—¿China? ¿Versalles? ¿Las Vegas?

—Borrada, borrada, borrada. Pero hay más aparte de ti y tu novio, niñata egoísta. Está el Imperio romano y el supuesto Hijo del Otro. Está la patética decadencia de la humanidad desde que surge del barro primordial de la Tierra hasta que convierte el mundo en un pozo negro. Está todo lo que ha sucedido, eliminado por un minúsculo salto en el tiempo, como una piedra que hace cabrillas en el agua.

—Pero no puedes… ¡borrar todo el pasado!

—Claro que puedo. Es como acortar la cinturilla de una falda. Se quita la tela que sobra, se juntan las dos partes y es como si el trozo intermedio no hubiera existido. Empezaremos de cero. El ciclo entero se repetirá, y yo tendré otra oportunidad de convencer a las almas importantes. Almas como…

—Él nunca será tuyo. Jamás se unirá a tu bando.

Daniel no había cedido ni una sola vez en los cinco mil años que Luce había presenciado. Aunque la mataran una vez tras otra y lo privaran de su único amor verdadero, él no se daría por vencido y elegiría un bando. E incluso si, de algún modo, perdía su determinación, ella estaría allí para respaldarlo: ahora sabía que era lo bastante fuerte para sostenerlo si él vacilaba. De igual modo que él la había sostenido a ella.

—Da igual cuántas veces hagas tabla rasa —dijo—. Eso no cambiará nada.

—Oh. —Satanás se rió como si sintiera vergüenza ajena: una carcajada pastosa y espeluznante—. Claro que lo hará. Lo cambiará todo. ¿Quieres que te explique cómo? —Alzó una garra puntiaguda y amarillenta—. En primer lugar, Daniel y Cam volverán a ser hermanos, tal como lo fueron en los primeros tiempos después de la Caída. Eso será divertido para ti, ¿no? Peor aún: no habrá nefilim. Los ángeles todavía no habrán pisado la Tierra y no habrán tenido tiempo de copular con los mortales, así que despídete de tus amiguitos de la Escuela de la Costa.

—No…

Satanás chasqueó sus monstruosos dedos.

—Ah, otra cosa que olvidaba mencionar: ¿qué será de tu historia con Daniel? Se borra. Así pues, ¿qué será de todo lo que has descubierto en tu misión, todas las cosas importantes que crees haber aprendido durante nuestros viajecitos? Ya puedes irte despidiendo.

—¡No! ¡No puedes hacer eso!

Satanás volvió a cogerla en su fría garra.

—Oh, querida, ya está casi hecho. —Se rió a carcajadas, y sus risas sonaron como una avalancha mientras el tiempo y el espacio los envolvían.

Luce se estremeció, se encogió y forcejeó, pero él la tenía sujeta con demasiada fuerza bajo su ala repugnante. Luce no vio nada. Solo notó una ráfaga de aire y una explosión de calor antes de que un frío ineludible se apoderara de su alma.

20
Fin del viaje

Las Puertas del Cielo
La Caída

Por supuesto, solo había un lugar donde podía encontrarla.

El primero. El principio.

Daniel se dirigía hacia la primera vida, dispuesto a esperar tanto como Luce tardara en llegar. La estrecharía entre sus brazos, le susurraría al oído «Por fin. Te he encontrado. Jamás dejaré que te vayas».

Emergió de las sombras, y un brillo cegador lo dejó petrificado.

¡No! Aquel no era su destino.

Aquel aire divino y aquel cielo opalescente. Aquel abismo cósmico de luz adamantina. El alma se le encogió al ver los níveos bancos de nubes que rozaban la negra Anunciadora al pasar. Lo oyó, a lo lejos: el acorde inconfundible de tres notas que nunca cesaba. La música que el trono del Etéreo Monarca emitía con solo irradiar luz.

No. No. ¡No!

Él no tenía que estar allí. Quería reunirse con Lucinda en su primera encarnación en la Tierra. ¿Cómo había terminado precisamente allí?

Había desplegado las alas de forma instintiva. Al abrirlas, su sensación había sido distinta que en la Tierra. No la gran liberación de ser por fin él mismo, sino un hecho tan corriente como lo era respirar para los mortales. Sabía que resplandecía, pero no como a veces brillaba bajo la luna de los mortales. Allí, su gloria no era nada secreto, ni tampoco extraordinario. Era normal.

Hacía mucho tiempo que Daniel no estaba en casa.

Aquel lugar lo atraía. Los atraía a todos, como el olor de un hogar de infancia (a pinos o galletas caseras, a la suave lluvia de estío o al perfume almizclado de un puro paterno) atraía a cualquier mortal. Tenía un poder inmenso. Esa era la razón de que Daniel se hubiera mantenido alejado de él durante aquellos últimos seis mil años.

Había regresado, y no por voluntad propia.

¡El querubín!

El ángel pálido y etéreo de su Anunciadora: lo había engañado.

Se le erizaron las plumas de las alas. Aquel ángel tenía algo sospechoso. Su marca de la Balanza en la nuca era demasiado reciente. Todavía estaba hinchada y enrojecida, como si se la acabaran de hacer…

Daniel había caído en una trampa. Tenía que marcharse, fuera como fuera.

Flotaba. Allí arriba siempre se flotaba. Siempre se surcaba el aire más puro. Extendió las alas y notó que la niebla blanca se ondulaba por encima de él. Atravesó los bosques celestiales, sobrevoló el Huerto del Conocimiento, torció por el Bosque de la Vida. Dejó atrás lagos de un blanco satinado y las estribaciones de los argénteos Montes Celestes.

Había pasado muchas épocas felices allí.

¡No!

Todo aquello debía permanecer en lo más oculto de su alma. No había tiempo para la nostalgia.

Redujo la velocidad y se acercó a la Pradera del Trono. Estaba tal como él la recordaba: la blanca alfombra de nubes que conducía al centro de todo. El propio Trono, de un brillo deslumbrante, irradiando el calor de la bondad pura, tan luminoso que, incluso para un ángel, era imposible mirarlo directamente. Nadie podía acercarse siquiera a ver al Creador, que estaba sentado en el Trono envuelto en luz, de modo que la sinécdoque habitual, llamar Trono a toda la entidad, era apropiada.

Daniel posó la mirada en el semicírculo de altares argénteos que, situados a diversas alturas, rodeaban el Trono. Cada uno llevaba escrito el rango de un arcángel distinto. Aquel solía ser su cuartel general, un lugar que venerar, al que acudir, donde comunicar mensajes al Trono.

Vio el altar brillante que él mismo había ocupado, cerca de la esquina derecha superior del Trono. Estaba allí desde que el Trono existía.

Pero solo había siete altares. Antes, eran ocho.

Un momento.

Daniel hizo una mueca. Sabía que había cruzado las Puertas del Cielo, pero no había pensado en qué momento lo había hecho. Era importante. El Trono solo había estado desequilibrado de aquella forma durante un período muy breve: el poco tiempo transcurrido entre la decisión de Lucifer de desertar y el momento en el que los demás se habían visto obligados a tomar partido.

Había llegado en el breve lapso transcurrido entre la traición de Lucifer y la Caída.

Se avecinaba el gran cisma en el que algunos se aliarían con el Cielo y otros lo harían con el Infierno, en el que Lucifer se transformaría en Satanás ante sus propios ojos y el Gran Brazo del Trono barrería a legiones de ellos de la faz del Cielo y los arrojaría a la Tierra.

Se acercó a la Pradera. El acorde armonioso aumentó de volumen, al igual que lo hizo el murmullo del coro de ángeles. Todas las almas más brillantes se hallaban congregadas en la resplandeciente Pradera. Su antiguo yo estaría ahí; todos lo estaban. Había tanta luz que Daniel no veía con claridad, pero su memoria le recordó que Lucifer había podido pronunciar su discurso desde su altar reubicado en el otro extremo de la Pradera, justo enfrente del Trono, aunque en una posición mucho menos elevada. Los otros ángeles estaban reunidos delante del Trono, en el centro de la Pradera.

Aquel era el momento de la votación, el último momento de unidad antes de que el Cielo perdiera la mitad de sus almas. Entonces, Daniel se había extrañado de que el Trono lo permitiera. ¿Creía el que tenía dominio sobre todas las cosas que el llamamiento de Lucifer a los ángeles culminaría en pura humillación? ¿Cómo podía haberse equivocado tanto?

Gabbe aún hablaba de la votación con asombrosa claridad. Daniel apenas recordaba nada, salvo el suave roce de un ala que lo tocó para mostrarle su solidaridad. El roce que le transmitió: «No estás solo».

¿Se atrevería ahora a mirar esa ala?

Quizá había una forma distinta de proceder en la votación para que la maldición de la que fueron objeto después no les afectara tanto. Daniel se estremeció profundamente al darse cuenta de que podía convertir aquella trampa en una oportunidad.

¡Por supuesto! Alguien había reformulado la maldición para que Lucinda tuviera una vía de escape. Mientras había ido tras ella, Daniel había dado por hecho que había sido la propia Luce. Que en algún momento de su huida inconsciente al pasado, había introducido una laguna. Pero quizá… quizá había sido él desde el principio.

Ahora estaba allí. Podía hacerlo. En cierto sentido, ya debía de haberlo hecho. Sí, había perseguido las consecuencias de la maldición a través de los milenios por los que había viajado para llegar allí. Lo que hiciera en el Cielo, en ese momento, en el mismo principio, influiría en cada una de sus vidas posteriores. Por fin, todo comenzaba a cobrar sentido.

Él sería quien atenuaría la maldición, quien permitiría que Lucinda viviera y viajara a su pasado. Tenía que haber empezado allí. Y tenía que haberlo empezado él.

Se abatió sobre la pradera de nubes y sobrevoló lentamente su luminosa linde. Había centenares de ángeles allí, miles, radiantes en su nerviosismo. La luz era increíble cuando se sumó a la multitud. Nadie advirtió su anacronismo; la tensión y el miedo de los ángeles brillaban demasiado.

—¡Ha llegado la hora, Lucifer! —gritó su Voz desde el Trono. Aquella voz había dado la inmortalidad a Daniel, y todo lo que ello implicaba—. ¿Es esto lo que verdad deseas?

—No solo para nosotros, sino para nuestros ángeles —respondió Lucifer—. Todos merecemos tener libre albedrío, no solo los hombres y mujeres mortales a los que observamos desde aquí. —Lucifer se dirigió a los ángeles y brilló más que el lucero del alba—. Se ha trazado la línea en el suelo de nubes de la Pradera. Ahora sois libres de elegir.

El primer escriba celestial, rodeado de una radiante aureola incandescente, se cernió en la base del Trono y comenzó a recitar sus nombres. Empezó por el ángel de menor rango, el hijo del Cielo número 7812:

—Geliel —gritó el escriba—, el último de los veintiocho ángeles que gobiernan las mansiones de la luna.

Así fue como empezó.

En el cielo opalescente, el escriba tomó nota cuando Chabril, el ángel de la segunda hora de la noche, escogió a Lucifer, y Tiel, el ángel del viento del norte, escogió el Cielo, junto con Padiel, uno de los guardianes de los partos, y Gadal, un ángel que realizaba ritos mágicos para los enfermos. Algunos de los ángeles pronunciaron largos discursos, otros apenas dijeron una palabra; Daniel casi no prestó atención. Estaba concentrado en localizar a su antiguo yo y, además, ya sabía cómo terminaba aquello.

Se abrió paso entre el campo de ángeles, agradecido por el tiempo que llevaba que todos los ángeles votaran. Tenía que reconocerse antes de que se alzara entre la multitud y pronunciara las ingenuas palabras que le habían costado tan caro.

Se produjo un alboroto en la Pradera: susurros y destellos de luz, un rumor retumbante. Daniel no había oído el nombre, no había visto al ángel que se había alzado por encima de los demás para anunciar su decisión. Se abrió camino a empujones entre las almas que tenía delante para ver mejor.

Roland. El ángel se inclinó ante el Trono.

—Con todos mis respetos, no estoy listo para elegir. —Miró al Trono, pero señaló a Lucifer—. Hoy perdéis un hijo, y todos los que estamos aquí perdemos un hermano. Parece que muchos lo seguirán.

Por favor, no toméis esta funesta decisión a la ligera. No obliguéis a nuestra familia a escindirse.

Daniel se quedó destrozado al ver el alma de Roland, el ángel de la poesía y la música, su hermano y amigo, suplicando en el blanco cielo.

—Te equivocas, Roland —bramó el Trono—. Y, al desafiarme, has hecho tu elección. Acógelo en tu bando, Lucifer.

—¡No! —gritó Arriane, y surgió del centro del resplandor para quedarse suspendida junto a Roland—. ¡Por favor, solo dadle tiempo para comprender qué entraña su decisión!

—La decisión ha sido tomada —fue la única respuesta del Trono—. Sé lo que hay en su alma, pese a sus palabras: ya ha elegido.

Un alma rozó la de Daniel. Caliente y formidable, reconocible al instante.

Cam.

—¿Qué eres? —susurró Cam. Había presentido de forma innata que Daniel no era el mismo de siempre, pero resultaba imposible explicarle la verdad a un ángel que jamás había salido del Cielo, que no tenía ninguna noción de lo que se avecinaba.

—Hermano, no te inquietes —le suplicó Daniel—. Soy yo.

Cam lo cogió del brazo.

—Eso lo percibo, aunque también veo que no eres tú. —Negó gravemente con la cabeza—. Confío en que estés aquí por una razón. ¿Puedes impedir que esto suceda?

—Daniel. —El escriba había pronunciado su nombre—. Ángel de los vigilantes, los Grigori.

¡No! Todavía no. No había decidido qué decir, qué hacer. Se abrió paso entre la cegadora luz de las almas que le rodeaban, pero ya era demasiado tarde. Su antiguo yo se alzó en el aire despacio, sin mirar ni al Trono ni a Lucifer.

Miraba a lo lejos. La miraba a ella, recordó Daniel.

—Con todos mis respetos, no haré esto. No elegiré el bando de Lucifer ni tampoco el del Cielo.

Un clamor surgió de entre los bandos de ángeles, de Lucifer y el Trono.

—Elijo el amor, lo que todos habéis olvidado. Elijo el amor y os dejo con vuestra guerra. Te equivocas planteándonos esto, Lucifer —le dijo Daniel con serenidad—. Todo lo que es bueno en el Cielo y en la Tierra nace del amor. Esta guerra no es justa. Esta guerra no es buena. El amor es lo único por lo que merece la pena luchar.

—Hijo mío —rugió la voz firme y resonante del Trono—, lo malinterpretas. Mi gobierno aún se rige por el amor, el amor a todas mis creaciones.

—No —repuso Daniel en voz baja—. Esta guerra es por orgullo. Expulsadme, si debéis hacerlo. Si ese es mi destino, me someto a él, pero no a vos.

La carcajada de Satanás fue un fétido eructo.

—Tienes el valor de un dios, pero la mente de un adolescente mortal. Y tu castigo será el de un adolescente. —Lucifer movió la mano hacia un lado—. El Infierno no lo acepta.

—Y ya ha dejado clara su decisión de abandonar el Cielo —dijo decepcionada la voz del Trono—. Como con todos mis hijos, veo lo que hay en tu alma. Pero ahora no sé qué será de ti, Daniel, ni de tu amor.

—¡Él jamás tendrá a su amor! —gritó Lucifer.

—¿Tienes algo que proponer, Lucifer? —preguntó el Trono.

—Hay que darle un castigo ejemplar —dijo Lucifer, furioso—. ¿No lo veis? ¡El amor del que habla es destructivo! —Sonrió cuando las semillas de su acto más vil comenzaron a germinar—. Así pues, ¡que destruya a los amantes y no al resto de nosotros! ¡Ella morirá!

Gritos ahogados entre los ángeles. Era imposible, lo último que nadie se esperaba.

—Ella morirá siempre —continuó Lucifer, con la voz cargada de veneno—. Jamás pasará de la adolescencia, morirá una y otra vez justo en el momento en el que recuerde tu decisión. Para que nunca estéis verdaderamente juntos. Ese será su castigo. Y, en cuanto a ti, Daniel…

—Es suficiente —dijo el Trono—. Si Daniel decide mantenerse firme en su decisión, lo que propones, Lucifer, será castigo suficiente. —Hubo un silencio largo y crispado—. Compréndelo: no deseo esto para ninguno de mis hijos, pero Lucifer tiene razón. Hay que darte un castigo ejemplar.

Aquel era el momento en el que Daniel tenía la oportunidad de introducir una laguna en la maldición. Con audacia, se alzó en el aire para quedarse suspendido junto a su antiguo yo. Había llegado la hora de cambiar las cosas, de modificar el pasado.

—¿Qué es este desdoblamiento? —rugió Lucifer con los ojos repentinamente enrojecidos. Los entrecerró y miró a los dos Daniel.

Por debajo de Daniel, los ángeles parpadearon con desconcierto. Su antiguo yo lo miró asombrado.

—¿Por qué estás aquí? —susurró.

Daniel no esperó a que nadie le hiciera más preguntas, ni tan siquiera esperó a que Lucifer tomara asiento o el Trono se recobrara de la sorpresa.

—He venido de nuestro futuro, de milenios después de vuestro castigo…

El súbito desconcierto de los ángeles era palpable en el calor que irradiaban sus almas. Por supuesto, aquello rebasaba todo lo que ellos podían imaginar. Daniel no veía el Trono con suficiente claridad para saber qué efecto había surtido su regreso en Él, pero el alma de Lucifer estaba roja de rabia. Se obligó a continuar:

—He venido a suplicar clemencia. Si debemos ser castigados y, Maestro, no cuestiono vuestra decisión, por favor, recordad al menos que uno de vuestros grandes atributos es vuestra misericordia, que es misteriosa y grande, y una lección de humildad para todos nosotros.

—¿«Misericordia»? —gritó Lucifer—. ¿Después de la magnitud de tus traiciones? ¿Acaso se arrepiente tu yo futuro de su decisión?

Daniel negó con la cabeza.

—Mi alma es vieja, pero mi corazón es joven —dijo mientras miraba a su antiguo yo, que parecía aturdido. Después, contempló el alma de su amada, hermosa y radiante—. No puedo ser distinto de como soy, y soy las decisiones de todos y cada uno de mis días. Me atengo a ellas.

—No cambiaremos de opinión —concluyeron los dos Daniel al unísono.

—Entonces, nosotros nos atenemos al castigo impuesto —bramó el Trono.

La luz radiante tembló y, en el largo silencio que siguió, Daniel se preguntó si no se habría equivocado al intervenir.

Luego, por fin:

—Pero seremos misericordiosos.

—¡No! —gritó Lucifer—. ¡El Cielo no es el único agraviado!

—¡Silencio! —El Trono alzó la voz conforme hablaba. Parecía cansado y dolido, y menos seguro de lo que Daniel creía posible—. Si un día su alma nace sin que el sacramento del bautismo haya elegido un bando por ella, será libre de crecer y elegir ella, para recrear este momento. Para librarse del castigo impuesto. Y, con ello, someter a la prueba definitiva a este amor que, en tu opinión, es superior a los derechos del Cielo y de la familia; su elección será tu redención o sellará tu castigo. No podemos hacer más.

Daniel se inclinó, y su antiguo yo se inclinó a su lado.

—¡Esto es inconcebible! —vociferó Lucifer—. ¡Ellos no deben estar nunca juntos! Jamás…

—Está hecho —tronó la Voz, como si su capacidad para la misericordia hubiera llegado a su límite—. No toleraré a los que me lleven la contraria en esta o cualquier otra cuestión. Partid, todos los que habéis elegido mal o no lo habéis hecho. ¡Las Puertas del Cielo están cerradas para vosotros!

Algo parpadeó. La luz más brillante de todas se apagó de golpe. El Cielo se volvió oscuro y gélido.

Los ángeles gritaron sorprendidos y tiritaron. Se apiñaron.

Luego, silencio.

Nadie se movió y nadie habló.

Lo que sucedió a continuación era inimaginable, incluso para Daniel, que ya lo había visto todo una vez.

Por debajo de ellos, el cielo vibró, y el lago blanco rebosó, inundándolo todo con sus vaporosas aguas blancas. El Huerto del Conocimiento y el Bosque de la Vida se desmoronaron, y el Cielo entero tembló mientras desaparecían.

Un relámpago argénteo surgió del Trono y alcanzó el extremo oeste de la Pradera. El suelo de nubes se ennegreció, y un abismo de la más honda desesperación se abrió como un cenote justo debajo de Lucifer. Con toda su cólera impotente, él y los ángeles más próximos desaparecieron.

Los ángeles que aún no habían elegido tampoco pudieron mantenerse aferrados al Cielo y cayeron al abismo. Gabbe fue uno de ellos, Arriane y Cam también, así como otros de los mejores amigos de Daniel: daños colaterales provocados por su decisión. Incluso su antiguo yo, con los ojos muy abiertos, fue arrastrado hacia el agujero negro y engullido por él.

Una vez más, Daniel no había podido hacer nada para impedir que sucediera.

Sabía que los ángeles caídos tardarían nueve días en llegar a la Tierra. Nueve días que él no podía permitirse el lujo de pasar sin encontrarla. Se arrojó al abismo.

Al borde del vacío, miró abajo y vio un punto de luz, a mayor distancia de la que era posible imaginar. No era un ángel, sino una bestia con unas alas enormes más negras que la noche. Y volaba hacia él, hacia arriba. ¿Cómo?

Acababa de ver a Lucifer en el Cielo, en el Juicio. Había sido el primero en caer y debería estar muy abajo. Aun así, no podía ser nadie más. Daniel enfocó bien la vista, y las alas le ardieron de la raíz a las puntas cuando advirtió que la bestia llevaba a alguien bajo el ala.

—¡Lucinda! —gritó, pero la bestia ya la había soltado.

Todo su mundo se detuvo.

No vio hacia dónde se dirigía Lucifer después de aquello porque se había lanzado en pos de Luce. Reconocía el brillante fuego de su alma. Se precipitó al abismo, con las alas pegadas al cuerpo para alcanzar una velocidad inimaginable. Caía tan deprisa que el mundo se emborronó a su alrededor. Extendió los brazos y…

La cogió.

De inmediato, echó las alas hacia delante para protegerla como si fueran un escudo. Al principio, ella pareció alarmada, como si acababa de despertar de una horrible pesadilla, y lo miró intensamente a los ojos mientras exhalaba todo el aire que tenía en los pulmones. Le tocó la mejilla, le pasó los dedos por las crestas plumosas de las alas.

—Por fin. —Daniel respiró muy cerca de ella y halló sus labios.

—Me has encontrado —susurró Luce.

—Siempre.

Por debajo de ellos, la masa de ángeles caídos iluminó el cielo como un millar de estrellas radiantes. Parecía que una fuerza de atracción invisible los mantuviera unidos mientras se aferraban unos a otros durante la larga caída del Cielo. Era trágico e imponente. Por un momento, pareció que todos vibraban y ardían con hermosa perfección. Mientras él y Luce miraban, un relámpago negro cruzó el cielo y pareció envolver la luminosa masa de ángeles caídos.

Luego, todo salvo Luce y Daniel se volvió negro. Como si todos los ángeles, de golpe, se hubieran colado por un hueco del cielo.

Hasta aquí hemos llegado

Savannah, Georgia
27 de noviembre de 2009

Era la última Anunciadora por la que Luce quería viajar en mucho tiempo. Cuando Daniel abrió la sombra proyectada por la inexplicable intensidad con que las estrellas habían brillado de golpe en aquel cielo extraño e interminable, Luce no miró atrás. Se aferró a su mano, profundamente aliviada. Estaba con Daniel. Dondequiera que fueran sería su hogar.

—Espera —dijo él antes de que ella se lanzara al interior de la sombra.

—¿Qué pasa?

Daniel le recorrió la clavícula con los labios. Ella arqueó la espalda, lo agarró por la nuca y lo atrajo hacia sí. Sus dientes se tocaron, y la lengua de Daniel encontró la suya. Mientras estuviera así, Luce no necesitaba respirar.

Abandonaron aquel pasado lejano fundidos en aquel beso, un beso tan esperado y tan apasionado que todo lo demás se desdibujó alrededor de Luce. Era un beso con el que la mayoría de las personas se pasaba la vida soñando. Allí estaba el alma que Luce buscaba desde que dejó a Daniel en el patio de sus padres. Y seguían juntos cuando Daniel salió volando de la Anunciadora bajo una nube plateada arrastrada por un viento suave.

—Más —dijo ella cuando él por fin se separó.

Volaban a tanta altura que Luce apenas veía nada de lo que había abajo. Un mar bañado por la luna. Diminutas olas blancas que rompían contra una costa oscura.

Daniel se rió y volvió a estrecharla contra su pecho. Parecía incapaz de dejar de sonreír. Qué agradable era notar su cuerpo apretado contra el de ella, y cuán hermosa era su piel a la luz de las estrellas. Cuanto más se besaban, más segura estaba de que jamás tendría suficiente. Había poca diferencia (y, no obstante, la había toda) entre los Daniel a los que había conocido en sus otras vidas y el Daniel que ahora tenía los labios pegados a los suyos. Por fin podía devolverle el beso sin dudar de sí misma ni de su amor. Sentía una felicidad sin límites. Y pensar que casi había renunciado a aquello…

Comenzó a cobrar conciencia de la realidad. Había fracasado en su misión de romper la maldición que pesaba sobre ellos. Satanás la había engañado, le había tendido una trampa.

Aunque detestaba interrumpir sus besos, cogió el cálido rostro de Daniel en sus manos. Lo miró a sus ojos violeta mientras trataba de reunir fuerzas.

—Lo siento —se disculpó—. Siento haber huido de esa forma.

—Tranquila —dijo él, despacio y con absoluta sinceridad—. Tenías que irte. Estabas predestinada a hacerlo. Tenía que ocurrir. —Volvió a sonreír—. Hemos hecho lo que debíamos, Lucinda.

Luce se sintió inundada por un calor que le dio vértigo.

—Empezaba a pensar que ya no volvería a verte nunca más.

—¿Cuántas veces te he dicho que siempre te encontraré? —Daniel le dio la vuelta y apretó su espalda contra su pecho. La besó en la nuca, le rodeó el torso con los brazos, su postura de vuelo, y se pusieron en camino.

Luce jamás se cansaría de volar con Daniel. Sus alas blancas extendidas azotaban el cielo de medianoche con increíble elegancia. La humedad de las nubes le salpicó la frente y la nariz mientras los fuertes brazos de Daniel seguían envolviéndola, haciendo que se sintiera más segura y protegida de como se había sentido en mucho tiempo.

—Mira —dijo Daniel, alargando un poco el cuello—: la luna.

La esfera parecía lo bastante próxima y lo bastante grande para que Luce la tocara.

Surcaron el aire, sin hacer apenas ruido. Luce respiró hondo y abrió los ojos de par en par, sorprendida. ¡Conocía aquel aire! Era la particular brisa salobre de la Georgia costera. Estaba… en casa. Notó lágrimas en los ojos cuando pensó en sus padres, y en su perro, Andrew. ¿Cuánto tiempo llevaba lejos de ellos? ¿Qué sucedería cuando regresara?

—¿Vamos a mi casa? —preguntó.

—Primero tienes que dormir —dijo Daniel—. Para tus padres, te has marchado hace solo unas horas. Aquí es casi medianoche. Volveremos en cuanto amanezca, una vez que hayas descansado.

Daniel tenía razón: debería descansar y verlos por la mañana. Pero, si no la llevaba a su casa, ¿adónde iban?

Se aproximaron a una zona arbolada. Las estrechas copas de los pinos se mecieron al viento y las playas de arena desiertas centellearon cuando las sobrevolaron. Se dirigían hacia un islote próximo a la costa. Tybee. Luce había ido infinidad de veces allí durante su infancia…

Y en una ocasión, hacía menos tiempo… una pequeña cabaña con un tejado a dos aguas y humo que salía de su chimenea. Una puerta roja con el cristal manchado de sal. Una ventana abuhardillada. Le resultó familiar, pero se sentía tan cansada y había estado en tantos sitios últimamente que no la reconoció como la cabaña en la que se había alojado justo después de marcharse de Espada & Cruz hasta tener los pies en el blando suelo limoso.

Después de que Daniel le hubiera hablado por primera vez de sus anteriores vidas juntos, después de la truculenta batalla en el cementerio, después de que la señorita Sophia se hubiera transformado en un ser malvado y hubiera asesinado a Penn, después de que todos los ángeles le hubieran dicho que, de pronto, su vida corría peligro, Luce había dormido allí, sola, durante tres delirantes días.

—Podemos descansar aquí —dijo Daniel—. Es un refugio para los ángeles caídos. Tenemos unos cuantos sitios como estos repartidos por el mundo.

Debería estar entusiasmada por la perspectiva de tener una noche entera para descansar, ¡con Daniel a su lado!, pero algo la inquietaba.

—Tengo que decirte una cosa. —Se volvió hacia él en el camino.

Un búho ululó desde el pino y el agua lamió la playa, pero, por lo demás, el islote estaba en silencio.

—Lo sé.

—¿Lo sabes?

—Lo he visto. —Los ojos de Daniel adquirieron una tormentosa tonalidad gris—. Te ha engañado, ¿verdad?

—¡Sí! —gritó Luce avergonzada, con las mejillas encendidas.

—¿Cuánto tiempo ha estado contigo? —Daniel se movió, inquieto, casi como si tratara de dominar sus celos.

—Mucho. —Luce hizo una mueca—. Pero hay más. Tiene un plan espantoso.

—Siempre tiene algún plan espantoso —masculló Daniel.

—No, esto es importante. —Luce se dejó envolver por sus brazos y apoyó las manos en su pecho—. Me ha dicho… ha dicho que quería hacer tabla rasa.

Daniel la agarró con más fuerza por la cintura.

—¿Cómo?

—No lo he entendido todo. Ha dicho que iba a volver al momento de la Caída para abrir una Anunciadora y llevarse a todos los ángeles hasta el presente. Ha dicho que iba a…

—Borrar el tiempo transcurrido desde entonces. Borrar nuestra existencia —terminó Daniel con voz ronca.

—Sí.

—¡No! —Daniel la cogió de la mano y la arrastró hacia la cabaña—. Podrían estar espiándonos. Sophia. Los Proscritos. Cualquiera. Entremos a refugiarnos. Tienes que contarme todo lo que te ha dicho, Luce, todo.

Daniel casi desencajó la puerta roja de la cabaña al abrirla y, una vez dentro, cerró de un portazo. Un instante después, antes de que pudieran hacer nada más, dos brazos los envolvieron en un gigantesco abrazo.

—Estáis a salvo. —El alivió le quebró la voz.

Cam. Al volverse, Luce vio al demonio vestido enteramente de negro, como el «uniforme» que habían llevado en Espada & Cruz.

Tenía las enormes alas áureas recogidas. Emitían destellos de luz que se reflejaban en las paredes. Estaba pálido y demacrado; sus ojos destacaban como esmeraldas.

—Estamos aquí —dijo Daniel con tono cansado mientras le daba una palmada en el hombro—. No sé si diría a salvo.

Cam miró a Luce con atención. ¿Por qué estaba allí? ¿Por qué Daniel parecía alegrarse de verlo?

Daniel la condujo a la desgastada mecedora de mimbre próxima al hogar encendido y le indicó que se sentara. Ella se dejó caer en la silla. Él tomó asiento en el brazo y le puso una mano en la espalda.

La cabaña estaba tal como ella la recordaba: era acogedora y olía a canela. El estrecho camastro en el que durmió tenía sábanas limpias. Allí estaba la angosta escalera por la que se subía a la pequeña buhardilla. La lámpara verde seguía colgada de una viga.

—¿Cómo has sabido que vendría aquí? —preguntó Daniel a Cam.

—Roland ha leído algo en las Anunciadoras esta mañana. Ha pensado que era probable que volvierais, y que quizá ocurría alguna cosa más. —Cam miró a Daniel de hito en hito—. Alguna cosa que nos afecta a todos.

—Si lo que Luce dice es cierto, esto no es algo a lo que ninguno de nosotros pueda enfrentarse solo.

Cam miró a Luce con la cabeza ladeada.

—Lo sé. El resto está en camino. Me he tomado la libertad de hacer correr la voz.

En ese momento, una ventana se hizo añicos en la buhardilla. Daniel y Cam se pusieron en pie de un salto.

—¡Somos nosotros! —trinó la voz de Arriane—. Nos siguen dos nefilim, así que viajamos con la elegancia de un equipo de hockey universitario.

En el techo de la cabaña, una gran explosión de luz dorada y plateada hizo temblar las paredes. Luce se levantó rápidamente de la mecedora justo a tiempo de ver cómo Arriane, Roland, Gabbe, Molly y Annabelle, la muchacha que en Helston había descubierto que era un ángel, descendían al suelo con las alas desplegadas. Todos juntos, eran una explosión de color: negro y dorado, blanco y plateado. Los colores representaban bandos distintos, pero allí estaban. Juntos.

Al cabo de un momento, Shelby y Miles bajaron ruidosamente por la escalera. Aún iban vestidos con la ropa que llevaban en la cena de Acción de Gracias (Shelby con un jersey verde y Miles con unos vaqueros y una gorra de béisbol), de la cual parecía que hiciera una eternidad.

Luce tenía la sensación de estar soñando. Era maravilloso ver aquellas caras conocidas en ese momento, caras que se había preguntado sinceramente si volvería a ver algún día. Las únicas personas que faltaban eran sus padres, por supuesto, y Callie, pero a ellos los vería pronto.

Empezando por Arriane, los ángeles y los nefilim envolvieron a Luce y a Daniel en otro gran abrazo. Incluso Annabelle, a quien Luce apenas conocía. Incluso Molly.

De pronto, se pusieron todos a gritar...

Annabelle pestañeó con sus ojos de párpados rosados: «¿Cuándo habéis vuelto? ¡Tenéis que contarnos un montón de cosas!». Gabbe besó a Luce en la mejilla: «Espero que hayas tenido cuidado… y espero que hayas visto lo que necesitabas ver». Y Arriane: «¿Nos habéis traído algo bueno?». Y Shelby, sin aliento: «Te hemos buscado durante… no sé, siglos. ¿Verdad, Miles?». Y Roland: «Me alegra ver que has vuelto a casa de una pieza, Luce». Por fin, Daniel los acalló a todos con la seriedad de su tono: «¿Quién ha traído a los nefilim?».

—Yo. —Molly rodeó a Shelby y a Miles con el brazo—. ¿Tienes alguna objeción?

Daniel miró a los amigos que Luce había hecho en la Escuela de la Costa. Antes de que ella tuviera ocasión de salir en su defensa, una sonrisa asomó a las comisuras de su boca y dijo:

—Bien. Vamos a necesitar toda la ayuda que podamos conseguir. Sentaos todos.

—Lucifer no puede hablar en serio —dijo Cam mientras negaba con la cabeza, aturdido—. No es más que un último recurso desesperado. No se atreverá… Probablemente, solo intentaba conseguir que Luce…

—Sí se atreverá —lo interrumpió Roland.

Estaban sentados en círculo cerca del fuego, enfrente de Luce y Daniel, que ocupaban la mecedora. En el armario de la cocina, Gabbe había encontrado salchichas, nubes de azúcar y paquetes de chocolate en polvo, y había improvisado una cocinilla delante de la chimenea.

—Él preferiría volver a empezar a quedarse sin su orgullo —añadió Molly—. Y, además, no tiene nada que perder borrando el pasado.

A Miles se le cayó el perrito caliente, y el plato repiqueteó en el duro suelo de madera.

—¿No significaría eso que Shelby y yo no existiríamos? ¿Y qué hay de Luce? ¿Dónde estaría ella?

Nadie respondió. Luce se sintió incómoda por no ser un ángel. Notó un súbito calor en los hombros.

—¿Cómo es posible que sigamos aquí si el tiempo se ha reescrito? —preguntó Shelby.

—Porque todavía no han terminado de caer —respondió Daniel—. Cuando lleguen a la Tierra, será un hecho consumado y no habrá forma de pararlo.

—Entonces, tenemos… —Arriane contó para sus adentros— nueve días.

—¿Daniel? —Gabbe lo miró—. Dinos qué podemos hacer.

—Solo se puede hacer una cosa —respondió él. Todas las brillantes alas de la cabaña se aproximaron a él, expectantes—. Debemos llevarlos a todos al lugar donde los ángeles caímos la primera vez.

—¿Dónde es eso? —preguntó Miles.

Nadie habló durante un buen rato.

—Es difícil decirlo —respondió por fin Daniel—. Sucedió hace mucho tiempo y todos éramos nuevos en la Tierra. Pero —lanzó una mirada a Cam— tenemos medios para averiguarlo.

Cam silbó bajito. ¿Estaba asustado?

—Nueve días no son mucho tiempo para localizar el lugar de la Caída —dijo Gabbe—. Y no digamos para pensar en cómo detendremos a Lucifer cuando lleguemos, si es que lo hacemos.

—Tenemos que intentarlo. —Luce respondió sin pensar, sorprendida por su certidumbre.

Daniel escudriñó al grupo de ángeles, a los supuestos demonios y a los nefilim. Su mirada los abarcó a todos, su familia.

—Entonces, ¿estamos juntos en esto? ¿Todos? —Por fin, sus ojos se detuvieron en Luce.

Y, aunque no podía imaginarse el mañana, Luce se echó en sus brazos y dijo:

—Siempre.

Índice

TAMBIÉN DE LAUREN KATE

OSCUROS

Hay algo dolorosamente familiar en Daniel Grigori. Misterioso y reservado, capta la atención de Luce Price desde el mismo momento que lo ve en su primer día en el internado Espada y Cruz en Savannah. Él es lo único que la alegra en un sitio donde los móviles están prohibidos y las cámaras de seguridad te siguen a cada paso. Sólo hay un problema: Daniel no quiere tener nada que ver con ella —y así se lo ha hecho entender. Pero Luce no lo puede dejar ir. Irremediablemente atraída, está empeñada en averiguar qué secretos guarda Daniel tan desesperadamente... aunque le cueste la vida. En el proceso, Luce descubrirá que esta historia de amor aparentemente nueva tiene un origen que, en realidad, se remonta miles de años atrás —un origen más trágico y formidable de lo que nunca podría haber imaginado.

Ficción/Juvenil

TORMENTO

Aunque ella lo ignore, Luce es una pieza clave en la lucha entre el bien y el mal. Por eso los Proscritos, ángeles caídos condenados al exilio, quieren secuestrarla, para extorsionar a ángeles y demonios a cambio de ganarse un nuevo acceso al Cielo. Daniel y Cam son conscientes del peligro que corre Luce y pactan una tregua para trabajar juntos y poder dar caza a los Proscritos. Durante este tiempo, los dos quieren mantener a Luce lejos del peligro y la esconden en la Escuela de la Costa, un exclusivo colegio en la que conviven humanos y nefilim, los hijos de humanos y ángeles caídos que la protegerán. Allí aprenderá que las sombras que la acechan, las Anunciadoras, pueden mostrarle imágenes de sus múltiples pasados. Gracias a ello, Luce pronto entenderá muchas de las cosas que Daniel no ha querido contarle y empezará a sospechar que su relación está motivada por intereses ocultos.

Ficción/Juvenil

VINTAGE ESPAÑOL
Disponibles en su librería favorita.
www.randomhouse.com